AF399630

Geboren in der Kleinstadt Soltau, lebt **Jennifer Eilitz**, die unter dem Pseudonym Jennifer Lillian ihre Romane veröffentlicht, auch heute noch mit ihrem Freund und ihrem gemeinsamen Sohn in der Lüneburger Heide. In ihrer Freizeit widmet sie sich gerne Büchern verschiedener Genres und schreibt seit 2017 selber Romane. Ihr Debütroman erschien 2017 im bookshouse-Verlag. Weitere folgten 2018 bei Edel Elements und Knaur/Feelings.

JENNIFER LILLIAN

Schneeküsse
AUF
EASTWOOD CASTLE

Eine süße **Enemies to Lovers Romance**
zum Einkuscheln an kalten Tagen

Überarbeitete Neuausgabe Oktober 2024

Copyright © 2024 dp Verlag, ein Imprint der
dp DIGITAL PUBLISHERS GmbH
Made in Stuttgart with ♥
Alle Rechte vorbehalten

Schneeküsse auf Eastwood Castle

ISBN 978-3-98998-617-6
E-Book-ISBN 978-3-98998-394-6
Hörbuch-ISBN 978-3-98998-396-0

Copyright © 2022, dp DIGITAL PUBLISHERS
Dies ist eine überarbeitete Neuausgabe des bereits 2022 bei
dp DIGITAL PUBLISHERS erschienenen Titels Snowflake Love
(ISBN: 978-3-96817-568-3).

Covergestaltung: ArtC.ore-Design / Wildly & Slow Photography
Umschlaggestaltung: ARTC.ore Design
Unter Verwendung von Abbildungen von
© shutterstock.com: © Svetlana Larina, © Denis Belitsky,
© Aleksandrs Muiznieksg, © Ordasiphoto, © Yi Chang Sic,
© RYosha
Lektorat: Astrid Rahlfs
Satz: dp DIGITAL PUBLISHERS GmbH
Druck und Bindung: Books on Demand GmbH, Norderstedt

Für dich, meine liebe Oma!

Vorwort

Ihr Lieben,

ich freue mich, dass ihr zu diesem Buch gefunden habt. Denn es bedeutet nicht nur, dass euch womöglich der Klappentext oder das wunderschöne Cover angesprochen haben, sondern vielmehr, dass ihr gemeinsam mit mir nach *Eastwood Castle* reist. Nicht nur ein Ort zum Wohlfühlen und Abtauchen, nein es ist auch ein Ort, den es zwar (leider) nicht in Wirklichkeit gibt, aber mir einen Raum geboten hat, um ein paar Themen besser verarbeiten zu können.
Auch für Nell und Dylan ist *Eastwood Castle* ein ganz besonderes Schloss. Während Nell nämlich über sich hinauswächst und versucht ihr chaotisches Leben ein Stück weit zu ordnen, zeigt Dylan eine ganz neue Seite an sich. Aber ich will euch hier nicht alles vorwegnehmen …
Jetzt wünsche ich euch erst einmal eine traumhafte Reise und ich bin gespannt, was *Eastwood Castle* für euch bereithält.

Willkommen im Schlosshotel!
Eure Jennifer

Kapitel 1

„Denk bitte daran, meinen Anzug aus der Reinigung zu holen." Gregs Worte klingelten in Nells Ohren wie ein lauter Tinnitus, als sie sich ihre Haare zu einem Pferdeschwanz band.

„Oh, so ein Mist!", fluchte sie ihr eigenes Spiegelbild an, als sie sich an Gregs Bitte erinnerte, und legte sofort einen Zahn zu. Seinen Anzug hatte sie komplett verdrängt und er würde ausflippen, wenn sie dieses überteuerte Stück erneut vergessen würde. Denn das war leider bereits das dritte Mal in den vergangenen drei Monaten passiert.

„Wie sehe ich denn aus, wenn ich mit meinem alten Fetzen dem Kunden gegenübersitze, Nell? Kannst du mir das mal verraten? Gutes Aussehen ist bei einem Kundentermin fast noch wichtiger als das Gespräch an sich. Und mit einem zwei Jahre alten Anzug kann ich diesem Menschen, bei dem es um sehr viel Geld geht, nicht gegenübertreten. Das musst du doch verstehen, Schatz. Ich brauche meinen Armani-Anzug! Nur so kann ich mich voll und ganz in das Verkaufsgespräch einfühlen und du hattest bei deinem … Job", er hatte das Gesicht verzogen, als hätte er auf eine Biene gebissen, „doch jede Menge Zeit. Oder ist es für die Zukunft deiner Kunden ausschlaggebend, welchen Strauß Rosen sie ihrer Frau mit nach Hause bringen? Dafür hast du Kollegen, die das machen können." *Immerhin bringen diese Männer, die ich im Blumenladen bediene, ihren Frauen einen Blumenstrauß mit* war alles, was Nell in diesem Moment gedacht hatte, während Greg eindringlich auf sie eingeredet hatte, als würde er sie bekehren wollen. Greg war kein Fan von ihrem – wie er es ausdrückte – gewöhnlichen Job als Floristin, bei dem man ja angeblich kein Geld verdiente. Dabei war das immer genau das, was sie hatte machen wollen. Sie liebte Blumen, alles Bunte auf dieser Welt und daher auch ihre Arbeit. Sie hatte sicherlich keine Lust, sich so wie Greg tagein tagaus in Designerklamotten vor irgendwelchen reichen Leuten zum Hampelmann zu machen und ihnen den Hintern zu küssen. Und morgen hatte Greg wieder einen wichtigen Termin – da war ihm gutes Aussehen noch wichtiger als die Luft, die er zum Atmen brauchte.

Eilig zog Nell sich ihre Jeanshose an, wobei sie mit einem Fuß im Hosenbein hängen blieb und sich nur gerade so an der weiß lackierten Schlafzimmerkommode festhalten konnte, um nicht der Länge nach hinzufallen. Anschließend griff sie auf dem Weg zur Haustür nach ihrer Handtasche und ihrem Wintermantel und stolperte aus der Wohnung. Ein Blick auf ihre Armbanduhr verriet ihr, dass sie es noch vor ihrer Arbeit pünktlich schaffen konnte, bei der Reinigung zu sein, ehe diese zur Mittagspause schloss. Es würde knapp werden, aber es war möglich. Letzten Endes fragte sich Nell, warum sie sich diesen Stress eigentlich machte, aber sie wollte zur Abwechslung mal ein bisschen mehr

Harmonie in ihre und Gregs Beziehung einfließen lassen. In letzter Zeit war er immer so gestresst und genervt gewesen, da freute sie sich über jedes Fünkchen Freude, was zu Hause herrschte. Und Greg hatte mit seinen zweiunddreißig Jahren in den vergangenen Tagen immer wieder auf die ersten grauen Haare aufmerksam gemacht. So ausgebrannt war der *Ärmste* schon gewesen. Da konnte er sich nicht auch noch um solche Kleinigkeiten wie einen Gang zur Reinigung kümmern. Sie konnte sich bildlich vorstellen, wie er ihr diese Worte an den Latz knallen würde. Und ausgerechnet heute war auch noch ihr Jahrestag und Greg hatte ihr mit trauriger Miene erklärt, dass er am Abend zwingend Überstunden machen müsse und erst spät nach Hause käme. Sie brauchte nicht auf ihn zu warten. Was sie einmal mehr enttäuschte, denn irgendwo tief in ihrem Innersten war da die Hoffnung auf den langersehnten Ring an ihrem Finger gewesen. Aber morgen Abend, wenn sie ihr romantisches Jahrestags-Essen nachholen würden, wäre ja noch alles möglich. Vielleicht war es dann endlich so weit. Sie wünschte es sich schon so lange. Und vor allem könnte es ihrer Beziehung, die im Moment durch ein kleines Tief ging, den nötigen Schub geben, damit wieder alles so werden konnte wie früher. Daher wollte sie heute keinen Streit vom Zaun brechen. Mit rotem Kopf hetzte sie die mittlerweile überfüllte Londoner Hauptstraße entlang, mit stetigem Blick auf ihre Uhr. Massenweise Leute kamen ihr mit ihren Aktentaschen, Einkaufstüten oder Kinderwagen entgegen. Sie machten keinerlei Anstalten, einer heftig japsenden Frau, die offensichtlich kurz vor einem Kollaps stand, aus dem Weg zu gehen. Noch zehn Minuten und die Reinigung würde schließen! Am Nachmittag hätte Nell definitiv keine Zeit dafür. Morgen stand eine große Hochzeit an, mit der ihre Chefin Chloe nicht nur ein gut gehendes Projekt an Land gezogen hatte, sondern welche auch für den Ruf des Blumenladens, in dem Nell arbeitete, überaus wichtig war. Chloe und Piper würden Nell einen Kopf kürzer machen, wenn sie sich zwischendurch aufmachte, um Gregs Anzug aus der Reinigung zu holen. Zumal die beiden ohnehin nicht sehr gut auf ihren Freund zu sprechen waren. Nell schätzte, wenn sie für jemand anderen einen Botengang machen müsste, würde das sicherlich kein Problem sein – selbst wenn es sich um Hamsterfutter für eine Nachbarin handelte.

Sie lief einen Schritt zügiger, sah die grüne Ampel vor sich und rannte noch schneller. An Läden vorbei, deren Aufstellern sie gekonnt auswich und weiteren Menschen, die es an diesem Morgen scheinbar weniger eilig hatten als sie. Zumal der vom Schnee bedeckte Boden und der dicke Wintermantel es ihr nicht unbedingt leichter machten, sich in der Menschenmasse zu bewegen. Im Slalom hetzte sie in Richtung Ampel, aber sie schaffte es einfach nicht mehr rechtzeitig. Orange, Rot, anhalten, warten.

„Mist!", fluchte sie und rang nach Luft. Eigentlich hätte sie mit neunundzwanzig etwas sportlicher sein können, schalt sie sich innerlich und nahm weitere tiefe Atemzüge, um am Leben zu bleiben. Ein erneuter nervöser Blick auf ihre Uhr ließ sie unruhig werden. Sie hatte nicht mehr viel Zeit. Ungeduldig hüpfte Nell von einem Bein auf das andere, wog zwischendurch sogar kurz ab, wie hoch das Risiko war, wenn sie blindlings über die Straße laufen würde, aber das war der Anzug dann doch nicht wert. Wobei ... für Greg vielleicht sogar schon.

Grün!

Sie hechtete los, rempelte unzählige Menschen an, die ihr Beleidigungen hinterherriefen, bei denen sich ihr die Nackenhaare aufstellten, und bog um die nächste Ecke. Am Ende der Straße befand sich die Reinigung. Sie hatte es fast geschafft. Das Glück zeigte Nell an diesem Tag jedoch mit erhobenem Mittelfinger, dass es wieder einmal nicht auf ihrer Seite war, denn aus einer Seitengasse, direkt vor ihr, setzte ein Laster zurück, sodass Nell gezwungen war, anzuhalten.

„Oh nein!" Mit keuchendem Atem sah sie zur anderen Straßenseite, doch diese jetzt bei dem Verkehr zu erreichen, schien so aussichtslos wie die Überlebenschance bei einem Sprung von einem Hochhaus.

Sie wartete, den Blick immer wieder auf die Uhr gerichtet. Nur noch drei Minuten! Und der Lastwagenfahrer schien alle Zeit der Welt zu haben. Zudem war das rückwärtige Einfädeln in den Verkehr, bei dem hohen Aufkommen beinahe unmöglich. Nachdem sie kurz durchgeatmet hatte, war der Lkw schließlich so weit, dass Nell ihn vor dem Fahrerhaus umrunden konnte. Sie hatte noch eine Chance! Die letzten Meter hastete sie völlig außer Atem und erreichte schließlich ihr Ziel.

Nell entwich ein erleichtertes Glucksen, als sie gegen die Eingangstür drückte. Allerdings erstarb ihr Lachen in ebendiesem Moment, als sich diese nicht einmal ansatzweise regte. Gleichzeitig tauchte eine Frau auf der anderen Seite der Tür auf und drehte entschuldigend das Schild, welches eben noch optimistisch *Offen* gezeigt hatte, um. Jetzt prangte Nell das Wort *Geschlossen* entgegen. So ein verdammter Mist! Sie wappnete sich innerlich bereits jetzt vor dem bevorstehenden Sturm ...

Mit gesenktem Kopf und den Händen in den Jackentaschen vergraben, stapfte sie in Richtung Blumenladen. Im Geiste legte sie sich bereits die Worte zurecht, mit denen sie Greg erklären würde, dass sie es nun schon zum dritten Mal nicht geschafft hatte, seinen Anzug aus der Reinigung zu holen. Natürlich könnte sie sagen, dass es die Schuld des Londoner Verkehrs war, aber das klang selbst für Nell zu halbherzig. Als sie in die Straße zum Blumenladen einbog, prallte sie jedoch gegen etwas Hartes. Erschrocken wich sie zurück und blickte einem grimmig schauenden, aber zugegebenermaßen sehr gutaussehenden Mann in die Augen.

„Können Sie nicht aufpassen?", schimpfte Nell und besann sich, dass der Mann nichts für ihre missliche Lage konnte. Entschuldigend schüttelte sie den Kopf. „Tut mir leid, ich wollte Sie nicht so anfahren. Ich war in Gedanken und ..."

„Nell? Bist du das?"

Verwirrt starrte sie ihn an. Scheinbar bemerkte er ihre Verwunderung, denn sie konnte ihn gedanklich nicht in ihrer Kontaktliste einsortieren.

„Dylan", sagte er schließlich und legte sich, wie um den Effekt zu verstärken, eine Hand auf die Brust. „Dylan Bresslin."

Dylan Bresslin! Schlagartig hatte sie einen kleinen Jungen vor Augen, der zwar durch sein niedliches und vor allem freundliches Aussehen den Anschein hatte erwecken können, ein wahrer Engel zu sein, hinter dessen Maske jedoch der Teufel persönlich gesteckt hatte. Dylan Bresslin, ihr ehemaliger Schulkamerad, den sie bis in die Highschool hinein wie ein klebriges Kaugummi unter der Schuhsohle nicht losgeworden war. Sticheleien und fiese Streiche hatten bei ihm und seiner ach so tollen Clique zum Tagesprogramm gehört und bedauerlicherweise war sie es gewesen, die sein Bedürfnis, andere zu drangsalieren, abbekommen hatte.

„Dylan Bresslin", wiederholte sie ungläubig.

„Überrascht, mich zu sehen?", fragte er neckisch und versenkte seine Hände in den Taschen seines schwarzen Wintermantels.

„Um ehrlich zu sein, ja. Ich wusste nicht, dass du hier in der Stadt bist."

„Ach, ich bin erst kürzlich wieder hergezogen. Hab' einen Job als IT-Spezialist in einer Medien-Agentur angenommen. Und du? Geht es dir gut? Du bist ein bisschen blass um die Nase."

Ihr entging sein hämisches Grinsen nicht. Genauso wie früher, dachte sie. Ganz genauso wie in der Schule.

„Meine blasse Nase lass mal lieber meine Sorge sein", entgegnete sie scharf und straffte die Schultern. „Entschuldige bitte, ich würde ja liebend gerne mit dir plaudern, aber ich muss zur Arbeit. Also dann … hab noch ein schönes Leben."

Sie setzte erhobenen Hauptes zum Weitergehen an und erntete sofort ein heiteres Lachen von Dylan. „Oh Mensch, Nell. Bist du immer noch das schnippische Mädchen von damals? Du nimmst mir doch wohl nicht mehr übel, dass ich dich ab und zu mal ein bisschen gefoppt habe, oder?"

„Ein *bisschen* gefoppt?“ Nell fielen beinahe die Augen aus den Höhlen und sie blieb dicht neben ihm stehen. Sie konnte seinen Duft einatmen, der, wie sie nur ungern zugeben musste, sehr anziehend wirkte, doch sie schüttelte den Gedanken daran sofort ab.

„Ich denke nicht, dass das hier der richtige Ort und der richtige Moment sind, um über die Vergangenheit zu sprechen. Zudem wärst du so ziemlich die letzte Person, mit der ich über die Schulzeit plaudern würde. Aber einen Tipp gebe ich dir gerne an die Hand: Google doch mal den Unterschied zwischen *Foppen* und *Mobben*. Vielleicht öffnet dir das ein bisschen die Augen und du verstehst, warum ich nicht gerade Luftsprünge mache, dich hier zu sehen. Also, leb wohl, Dylan Bresslin.“ Die letzten Worte betonte sie noch einmal mit Nachdruck und hielt seinem Blick stand.

Doch er wirkte alles andere als geschockt, sondern ein schiefes Lächeln umspielte seine Lippen. Was ihn leider nicht weniger attraktiv erscheinen ließ. Sie wandte sich hastig ab und entfernte sich mit zügigen Schritten von ihrem ehemaligen Erzfeind aus Kindheitstagen. Dennoch konnte sie seinen stechenden Blick förmlich in ihrem Rücken spüren. Allerdings fühlte sie sich ein wenig besser, denn schließlich hatte sie ihm endlich einmal die Stirn geboten und ihn einfach so stehen zu lassen, gab ihr auch eine gewisse Genugtuung. Aber sei es drum. Sie musste die Erinnerungen an ihn schnell wieder abschütteln. Immerhin hatte sie ganz andere Probleme, mit denen sie sich auseinandersetzen musste. Und Dylan, das Ekelpaket-von-damals Bresslin, sollte nie wieder eines davon werden.

Kapitel 2

„Ich sagte doch, es tut mir leid“, wiederholte Nell zum x-ten Mal, doch Greg ließ sich nicht erweichen. Ihn anzurufen und ihm von ihrem Malheur zu berichten, hatte sie schon jede Menge Kraft und Nerven gekostet.

„Dann holst du ihn eben am Nachmittag ab. Wo ist das Problem, Schatz?“, fragte er und Nell spürte seinen Frust durch den Hörer hindurch. Es war beinahe so, als würde ihr Smartphone bei jedem seiner Worte vibrieren.

„Ich fürchte, dass das nicht geht. Wir haben einen Großauftrag und es gibt einiges zu tun. Chloe und Piper bringen mich um, wenn ich die beiden jetzt hängen lasse.“

„Sollen die Leute doch auf die Wiese gehen und sich ihre Blumen selbst pflücken! Herrgott, es ist nur Grünzeug! Morgen um zehn habe ich ein Gespräch mit einem großen Kunden. Du glaubst ja gar nicht, wie extrem wichtig das ist. Schatz, ich glaube, ich kann da einen ganz dicken Fisch an Land ziehen“, erklärte er eindringlich und Nell konnte sich regelrecht das Leuchten in seinen Augen vorstellen. Er hatte es immer, wenn er über die Arbeit sprach. Bei Nell hatte er das schon lange nicht mehr. In seinen Augen erkannte sie ja nicht einmal mehr ein leichtes Glimmen, wenn er sie ansah.

„Aber die Frau von der Reinigung sagte mir, dass sie morgen Ruhetag haben und der Anzug heute abgeholt werden müsse. Ansonsten habe ich nichts Ordentliches anzuziehen", ereiferte er sich weiter.

Nell schnaubte und rollte genervt mit den Augen. Es war ihr ehrlich gesagt herzlich egal, mit welchem seiner sündhaft teuren Anzüge er umherrannte und den Kunden Honig ums Maul schmierte, aber das behielt sie besser für sich. Außerdem sahen seine Anzüge ohnehin alle gleich aus. Wenn ihr das schon auffiel, dann würden seine Kunden mit Sicherheit keinen Anstoß daran nehmen – ob nun von Versace oder Armani.

„Es tut mir leid, Greg. Ich kann da wirklich nichts machen. Vielleicht musst du dich ausnahmsweise mal selbst um deine Sachen kümmern. Auch wenn du es nicht verstehst, aber ich liebe meinen Job und als *Blumenpflückerin* habe ich dennoch eine gewisse Verantwortung für meine Kunden", entgegnete sie und wusste zeitgleich, dass sie damit alles nur noch schlimmer machte. Aber sich auf der Nase herumtanzen und sich beleidigen zu lassen, das musste sie nun wirklich nicht. Außerdem war da noch immer dieses gewisse Fünkchen Wut in ihr, das Dylan Bresslin geschuldet war.

„Gut, wenn du meinst, dass deine Arbeit genauso viel wert ist wie meine, dann kann ich ja kündigen und du schaust mal, wie du uns dann über die Runden bringst", gab er in arrogantem Tonfall zurück.

In Nell stieg ein ungeheurer Groll auf und sie wollte gerade zum Gegenschlag ansetzen, als Greg einfach weitersprach. „Ich werde meine Sekretärin Liza losschicken, damit sie ihn mir holt. Auf sie kann ich mich wenigstens verlassen. Sie wird sich freuen, wenn sie deinetwegen Überstunden schieben darf. Ich richte herzliche Grüße von dir aus."

Dann frage sie das nächste Mal doch einfach gleich.

Außerdem waren Nell Lizas Überstunden ziemlich egal. Immerhin bekam sie diese bezahlt, da sollte sie sich mal nicht so anstellen.

„Klingt nach einem guten Plan!", schoss Nell zurück. „Dann solltest du sie das nächste Mal einfach gleich fragen. So kannst du dir wenigstens deine fiesen Kommentare sparen. Ich wünsche dir übrigens auch einen schönen Jahrestag!"

Greg seufzte am anderen Ende der Leitung und kurz wurde es still.

„Tut mir leid, Schatz."

Nell sagte nichts, sondern blickte sich im Büro des Blumenladens um und schüttelte entmutigt den Kopf. Warum musste es in letzter Zeit immer alles so kompliziert zwischen ihnen sein?

„Schatz? Bist du noch dran?"

Nell nickte, obwohl Greg sie nicht sehen konnte, und antwortete schließlich: „Ja, ich bin noch dran."

„Ich wollte dich nicht so anfahren. Ich bin nur so aufgeregt wegen des Gespräches morgen, verstehst du? Ich sitze schon den ganzen Tag an den Vorbereitungen und die werden bis in den späten Abend dauern …"

„Natürlich verstehe ich das. Dennoch ist das kein Grund, mich so anzuschnauzen."

„Du hast recht. Und das Essen holen wir morgen nach, einverstanden? Diese Überstunden sind einfach …"

„... unglaublich wichtig, um in der Hierarchie nach ganz oben zu kommen", wiederholte Nell Gregs Worte, die er beinahe täglich rauf und runter betete.

„Ganz genau. Also warte nicht auf mich. Wir sehen uns morgen dann."

Nell schnaubte resigniert. „Ja, bis morgen."

Nachdem sie einen kurzen Moment die Augen geschlossen und tief durchgeatmet hatte, legte sie ihr Smartphone in den Spind des Büros, band sich ihre roséfarbene Schürze um und trat wieder nach vorne in den Verkaufsraum, aus dem ihr ein herrlicher Blumenduft entgegenschlug. Der Geruch verschiedener Blumen hatte etwas Magisches und wirkte wie eine beruhigende Droge auf sie und sogleich entspannte sie sich ein wenig. Im Verkaufsraum stieß sie auf Piper, die sie mit fragenden nussbraunen Augen ansah.

„Na, hast du es wieder einmal verbockt?" Kichernd wandte sie sich ihrem Blumengesteck zu, an welchem sie voller Leidenschaft werkelte.

Nell beobachtete sie einen Moment, wie sie mit flinken Fingern eine Ranke Efeu um das Gesteck wickelte und schüttelte seufzend den Kopf. „So sehr, wie man es nur verbocken kann. Ich bin unfähig und mein Job ist so viel wert wie eine Karre Mist. Neulich sagte er sogar zu mir, dass ich mit meinen neunundzwanzig Jahren ruhig mehr vom Leben erwarten darf. Während Greg also die dicken Fische an Land zieht, beißen an meine Angel gerade mal Saugschmerlen an."

„Ach Süße, ich sag es dir ja schon lange: Diesen Vogel hätte ich schon längst in den Wind geschossen." Sie schob sich eine lange blonde Strähne hinter die Ohren, die aus ihrem Pferdeschwanz entwichen war.

„Piper, bitte …“, seufzte Nell, während sie nach dem Ordner angelte, der sich oberhalb des Regals hinterm Tresen befand, „… das Thema hatten wir oft genug. So einfach ist das alles nicht. Greg hat nur einen schlechten Tag und steht ziemlich unter Druck, wegen seines Termins morgen. Und wenn er so im Stress ist, merkt er manchmal gar nicht, was er da eigentlich sagt.“

„Ich glaube, du merkst auch nicht mehr, was er da eigentlich sagt. Dass du ihn auch immer noch in Schutz nimmst! Er ist jeden Tag genervt, gestresst, erschöpft, abgehetzt … wie viele Beispiele brauchst du noch?“ Piper ließ von ihrem Gesteck ab und legte zwei rosafarbene Rosen beiseite, bevor sie Nell von der Seite musterte, eine Hand in die Hüften gestemmt, die andere mahnend trommelnd auf dem Tresen. „Du solltest wirklich mal darüber nachdenken, ob das mit euch beiden noch eine Zukunft hat. Ich meine … ihr seid schon so lange zusammen und wie lange wartest du bitte schon auf einen Antrag? Ich sag dir, der Kerl ist mit sich selbst verheiratet, der wird dir nie deinen langersehnten Ring schenken.“

Nell zuckte seufzend mit den Schultern. „Glaube mir, ich denke vermutlich öfter darüber nach, als du dir vorstellen kannst. Ich weiß, dass es so nicht weitergehen kann. Immerhin ist es nicht mehr so schön, wie es einmal war. Aber zumindest verbindet uns auch so viel miteinander. Wir haben die letzten neun Jahre zusammen verbracht und wir hatten viele gute Zeiten. Früher war Greg wirklich toll. Einfühlsam, lustig, zuvorkommend und einfach … Greg eben. Ich kenne nur ihn. Ich kenne es nur, mit Greg zusammen zu sein und ist das nicht auch irgendwie was Besonderes?“

„Etwas Besonderes wäre es, wenn ein Prinz auf einem Pferd vor deiner Haustür steht und dich fragt, ob du die Prinzessin des Buckingham Palace werden möchtest. Aber bei Greg ist nichts besonders. Außer vielleicht sein arrogantes Auftreten und sein Job als Arschlecker, den er seit ein paar Monaten hat", schnaubte Piper und wischte sich die Hände an ihrer Schürze ab.

„Ja, du triffst den Nagel auf den Kopf." Nell schlug gedankenverloren die Seite des Ordners auf, der das Konzept für die morgige Hochzeit beinhaltete. Es gab noch eine ganze Menge zu tun und sie wollte und durfte sich jetzt nicht zu sehr ablenken lassen.

„Tu mir einen Gefallen und denk zur Abwechslung auch mal an dich. Greg hat sich verändert. Und du bist nicht mehr glücklich, das sehe ich doch. Mein Rat an dich: Verpass diesem Kerl einen saftigen Tritt in den Hintern!"

„Ich liebe deine zügellose Zunge", kicherte Nell, während sie so tat, als würde sie die wichtigsten Infos für den Auftrag verinnerlichen.

„Nell, ich weiß, dass du mir insgeheim Recht gibst, es aber eigentlich nicht wahrhaben willst. Also bitte ich dich nur um eine Sache: Denk darüber nach, ob du ohne Greg nicht besser dran wärst."

Pipers sorgenvoller Ton in der Stimme erreichte Nell mehr als sie zugeben wollte und so atmete sie schwer aus. „Okay. Weißt du was? Du hast recht. Du hast total recht." Resigniert klatschte sie mit der flachen Hand auf den Ordner und sah ihre Kollegin und gleichzeitig beste Freundin an. „Dass unsere Beziehung allmählich aus dem Ruder läuft, dessen bin ich mir bewusst und ich weiß auch, dass du und Chloe vollkommen recht habt. Es ist nur …", Nell blickte sich nachdenklich um, „… wir sind schon so lange ein Paar. Es ist normal für mich, mit ihm zusammen zu sein. Es gab immer nur Greg und ich weiß eben auch, wie es mal zwischen uns gewesen ist und das war toll. Wirklich. Manchmal habe ich die Hoffnung, dass es noch einmal so werden könnte wie früher, als wir so verliebt und glücklich waren. Außerdem könnte es ja auch sein, dass er mir morgen die große Frage stellt und deshalb so nervös ist." Nell blickte verschwörerisch zu ihrer Freundin.

Doch Piper zog als Antwort skeptisch eine Braue in die Höhe. „Morgen? Habt ihr nicht *heute* euren Jahrestag? Immerhin sprichst du schon seit Tagen davon."

„Ja, ich weiß. Aber Greg muss länger arbeiten und daher haben wir es um einen Tag verschoben."

„Das lasse ich mal unkommentiert", seufzte Piper, als wäre ihre Freundin ein hoffnungsloser Fall. Als Nell ihren Gesichtsausdruck bemerkte, lächelte sie versöhnlich. „Ich werde mir deine Worte zu Herzen nehmen, okay? Außerdem werde ich mit Greg reden, dass wir dringend etwas ändern müssen."

„Das solltest du auch", pflichtete Piper ihrer Freundin bei und deutete drohend mit einer Schere auf sie, ehe sie sich wieder ihrem Gesteck aus Rosen und Efeu zuwandte.

Am Morgen war es im Laden ruhig, sodass keine Kunden sie von diesem Gespräch abhalten konnten. Nell blickte kurz auf, um zu schauen, ob sie die Blumen für den Strauß, den sie noch anfertigen musste, vorrätig hatten. Natürlich war es so. Chloe hatte mal wieder an alles gedacht und die Blumen ordentlich auf die Apfelkisten, die gegenüber vom Tresen standen, in Vasen aufgereiht und beschriftet. Als Nell den alten, in mintgrün gestrichenen Buffetschrank begutachtete, fand sie eine Reihe aufgerollter Spitzenbänder, die sie um ihren Strauß binden konnte. Sie liebte dieses alte Möbelstück, welches Chloe eines Tages auf einem antiken Flohmarkt, gut eine Stunde von London entfernt, erstanden hatte. Allein dieses Stück in ihrem mickrigen Auto hierher zu transportieren, war eine Tortur gewesen, an die die drei Freundinnen nur zu gerne zurückdachten. In mühevoller Arbeit hatten sie das alte Ding sorgsam abgeschmirgelt und mit Farbe bestrichen. Die Glasscheiben an den oberen Türen hatten sie ersetzen lassen müssen, da diese zu viele Risse gehabt hatten, sodass man die Blumenvasen, die sie verkauften, darin kaum noch hatte erkennen können.

„Sieht übrigens toll aus, was du da machst“, wechselte Nell das Thema und deutete mit einem Kopfnicken auf Pipers Werk.

„Danke. Das ist für morgen. Das Brautpaar soll es an seinem Platz stehen haben. Das Gesteck wird vorne am Tisch leicht herunterhängen. Ich werde noch dieses süße Band aus cremefarbener Spitze und die rosa Perlen hineinarbeiten, die wir letzte Woche auf dem Großmarkt gekauft haben.“

Sie lächelte, als sie darüber sprach und wieder einmal konnte man ihr die Leidenschaft, mit der sie ihrem Job nachging, ansehen. Piper war dafür gemacht, Floristin zu sein. Sie und Nell hatten sich damals in der Ausbildung kennengelernt. Irgendwann hatte Piper dann, während Nell in einem Blumenladen gearbeitet hatte, der kurz vor dem Bankrott gestanden hatte, freudestrahlend bei ihr angerufen und erzählt, dass sie noch jemanden in Chloes Laden brauchen würden. Nell war sofort Feuer und Flamme gewesen und das hatte sich als eine der besten Entscheidungen ihres Lebens entpuppt. Sie liebte den wunderschönen kleinen Laden am Stadtrand von London, bei dessen Aufbau sie hatte mitwirken dürfen. Damals hatten ein großer Umbau und eine Neuausrichtung bevorgestanden und dafür hatten sie kompetentes Personal gebraucht. Mit ihrer Chefin Chloe, die für Nell und Piper mehr Freundin als Chefin war, war diese Art zu arbeiten traumhaft. Die drei waren ein gutes Gespann und mit Bobby, der ab und zu aushalf, wenn Not am Mann war, fühlten sie sich so manches Mal unbesiegbar.

Chloes Flower Dream hatte sich in der Stadt einen guten Namen gemacht, konnte aber noch mehr Publicity vertragen. So war der Auftrag für die riesige Hochzeit mit knapp zweihundertfünfzig Gästen morgen natürlich das gewesen, wonach sie schon lange die Finger ausgestreckt hatten. Wenn jetzt alles gut lief, dann würde es sich herumsprechen und sie konnten darauf aufbauen.

„Was steht als Nächstes an?", fragte Nell und blätterte im Ordner.

„Chloe hat eine To-Do-Liste neben die Kasse gelegt, dort hat sie alle einzelnen Punkte, die wir heute unbedingt erledigen müssen, aufgelistet. Etwa um 17 Uhr fahren wir hier los und bringen die ganzen fertigen Sträuße und Gestecke schon einmal zum Anwesen. Die Hortensien, die wir neben den Tisch mit den Geschenken und vor die Terrassentür stellen, bringen wir morgen früh hin, damit die auch richtig frisch sind. Auch das Schleierkraut, was du schon mit dem Tüll vorbereitet hast, werden wir erst morgen anliefern, damit bis dahin bei der Kälte nichts kaputtgeht. Ansonsten sieh mal nach, wie es mit den Gestecken für den Geschenketisch aussieht."

„Okay, mache ich", antwortete Nell und warf einen Blick auf die Liste. So sehr sie sich auch versuchte zu konzentrieren, immer wieder drifteten ihre Gedanken zu Greg ab. Piper hatte recht mit allem, was sie über ihn gesagt hatte. Dennoch fand sie es ihm gegenüber nur fair, ihm eine letzte Chance zu gewähren. Sie verstand den Druck, der auf ihm lastete und war positiv gestimmt, dass sich bald wieder alles einrenken würde. Eine letzte Chance würde sie ihnen beiden geben! Daher würde sie diese für sich selbst auch auf jeden Fall nutzen und wusste auch schon wie.

Kapitel 3

Als Nell am späten Abend in die kalte, winterliche Abendluft vor ihrem Appartementhaus trat, atmete sie einmal tief ein und langsam wieder aus. Heute Abend würde sie den Grundstein für ihre gemeinsame Zukunft legen. Sie hatte es sich ganz genau ausgemalt: Sie würde ihn in seinem Büro überraschen. Immerhin schlug er sich gerade durch seine Überstunden. Nun, sie wusste, wie sie ihm die Zeit ein bisschen angenehmer machen könnte. Bei ihrem Lieblingsrestaurant um die Ecke kaufte sie zwei leckere Pizzen. Mit extra viel Käse und scharfer Salami – genauso, wie Greg seine am liebsten mochte. Anschließend machte sie sich in einem schicken knielangen Kleid aus roter Seide und mit langen, offenen braunen Haaren, die ihr in aufwändig gedrehten Wellen über die Schultern fielen, auf den Weg zu ihm. Es würde ihm sicherlich gefallen, wenn sie ihn in dieser Aufmachung überraschte. Meinte er nicht immer, dass sie kein bisschen spontan sei? Jetzt konnte er mal sehen, das dem keinesfalls so war. Und noch mehr würde es ihm gefallen, wenn sie ihren Wintermantel vor ihm öffnete und er das sexy rote Kleid an ihr sah. Es war eigentlich untypisch für sie, solche aufreizenden Kleider zu tragen, doch Greg hatte es ihr an ihrem Jahrestag vor zwei Jahren geschenkt und bisher hatte sie es noch nie getragen. Da war doch heute der beste Moment für den Auftritt gekommen.

Mit gemischten Gefühlen stand sie wenig später vor dem Riesengebäude, welches hoch in den Himmel aufstrebte. In dieser Stadt konnte man die gutgehenden Firmen, die sich in einem der anmutig in die Höhe ragenden Gebäude befanden, von den mittelständischen Unternehmen, die meist neben dem Obst- und Gemüseladen von nebenan ansässig waren, bestens unterscheiden. Jedenfalls hatte ihr Greg das einmal so erklärt. Nell bevorzugte zwar immer die kleinen, idyllischen Büros und Geschäfte, aber wer eine große Nummer sein wollte, musste seinen Platz über den Wolken einnehmen. Das waren zumindest Gregs Worte, als er sich für die freie Stelle als Projektmanager in der Firma *Smart for Homes* bewarb. Sie seufzte. Bevor er damals diesen Job angenommen hatte, hatte er nicht so viel Wert auf materielle Dinge gelegt und sie erinnerte sich, wie viel besser es ihnen beiden damit ergangen war.

Mit dem Fahrstuhl fuhr Nell einige Stockwerke hinauf und nutzte die Zeit, um sich im Spiegel an der Wand zu betrachten. Ihre Wangen hatten durch die Kälte eine zartrosa Farbe angenommen und ihre Frisur war leicht durcheinandergeraten. Mit ein paar geschickten Handgriffen richtete sie sich die Haare, umklammerte dabei fest die beiden Pizzakartons in ihrer anderen Hand und atmete einige Male tief ein und wieder aus, ehe der Fahrstuhl im vierzehnten Stock zum Stehen kam. Erst dachte Nell, dass sie sich im Stockwerk getäuscht hatte, denn schon in der Kabine ertönten lautstarke Bässe und Musik. Doch ein kontrollierender Blick auf den blinkenden Knopf neben der Vierzehn verriet ihr, dass sie richtig war. Sie straffte ihre Schultern und trat mit wackeligen Beinen in das Stockwerk, nachdem sich die Türen des Fahrstuhls geöffnet hatten. Einige Male musste sie blinzeln, um zu registrieren, was hier eigentlich los war. Ein Haufen gut gekleideter Menschen mit Drinks in der Hand, die sich angeregt unterhielten, lachten, tanzten oder sich über ein Büfett hermachten, das sich über die komplette linke Seite des Großraumbüros erstreckte. Was war denn hier nur los? Sie hatte das Gefühl, als wäre sie auf einer Studentenparty gelandet. Wieso hatte Greg ihr nichts von einer Party erzählt? Sie spürte ein ungutes Gefühl in sich aufkeimen und atmete ein paarmal tief durch. Vielleicht gab es ja für alles eine logische Erklärung.

Als sie sich durch die Menschenmenge schlängelte, war sie froh über die Wahl ihres Outfits. Designerkleidung, wo sie nur hinsah. Ob knappe Röcke, die sportlich trainierte Frauenbeine betonten, oder maßgeschneiderte Anzüge, die einfach nur den prallen Inhalt des Portemonnaies demonstrieren sollten. Hier war alles vertreten und sie stach nicht großartig hervor. Na ja, die Pizzakartons konnten eine gewisse Aufmerksamkeit auf sich ziehen. Ein paar Gesichter kannte sie sogar und nickte ihnen bemüht freundlich zu, sobald sie an ihnen vorbeihuschte. Immer wieder blickte sie sich suchend nach Greg um, doch konnte sie ihn nirgends entdecken. Die Musik war laut und von überall her schien der Bass zu dröhnen, sodass Nell sich fragte, wie die Leute es wohl schafften, hier ein normales Gespräch zu führen. Unwillkürlich dachte Nell an den Film *Wolf of Wall Street* mit Leonardo DiCaprio. Fehlten nur noch Stripperinnen, die auf den Tischen tanzten. Und gab es in diesem Film nicht auch einen Löwen im Büro? Innerlich keimte in ihr eine Wut auf Greg auf, da ihr bewusst wurde, dass er sie dreist angelogen hatte. Von wegen Überstunden! Hier stieg eine dicke, fette Party!

Sie konnte ihn in dem Getümmel nicht finden und nahm sich vor, es in seinem Büro zu versuchen. Gerade hatte sie es geschafft, sich aus dem größten Gewühl zu quetschen, da spürte sie eine Hand auf ihrem Arm. Erst dachte sie, Greg hätte sie gefunden, doch als Nell sich umsah, blickte sie Bradley, seinem engsten Arbeitskollegen und Freund, in die leicht rötlich wirkenden Augen.

„Nell", rief er überrascht, „was führt dich denn hierher?"

So sehr Nell mit der Wut auf Greg zu tun hatte, sie versuchte dennoch, ruhig zu bleiben, und setzte dann ein freundliches Gesicht auf. Immerhin konnte Bradley nichts für dessen Lügen. Sie mochte Bradley, daher sollte er ihren Groll nicht abbekommen. Dennoch wunderte sie sich über die Farbe seiner Augen und ahnte, dass er es nicht nur bei ein paar Drinks belassen hatte.

„Ich suche Greg", brüllte sie gegen den Lärm an und ging ein paar Schritte weiter, um der Lautstärke um sie herum zu entkommen. Bradley folgte ihr und steckte die Hände in die Taschen seines Sakkos.

„Ich wollte ihn überraschen. Wir hatten heute einen ... na ja ... nicht ganz so tollen Tag und ich dachte, vielleicht kann ich ihm eine Freude machen, wenn ich hier aufschlage und ihn mit Pizza überrasche. Ich denke allerdings, wenn ich mich hier so umsehe, dass er wohl keine Pizza essen mag, wo es doch hier so großartiges Essen gibt."

Mittlerweile kam Nell sich mit der Pizza in ihren Händen völlig lächerlich vor. Es hätte sie nicht gewundert, wenn die Leute sie für eine Pizzabotin gehalten hätten.

Schließlich setzte sie ihren Weg in Richtung von Gregs Büro fort, woraufhin Bradley Schritt hielt.

„Das klingt nach einer … super Überraschung! Hat Greg dir nicht gesagt, dass wir hier heute das Firmen-Neujahrsfest feiern?"

Nell blinzelte einige Male ungläubig. „Nein, das hatte er wohl vergessen zu erwähnen. Bei den ganzen Überstunden, die er ja machen muss …", fügte sie scharf hinzu und spürte die aufsteigende Röte in ihrem Gesicht. Sie kam sich absolut lächerlich vor.

Bradley schaute Nell wissend an und zuckte schließlich entschuldigend mit den Schultern. „Kann man ja auch mal vergessen. Der Ärmste hat immer so viel zu tun. Sicherlich ist er schon auf dem Weg nach Hause. Hat heute einen leicht gestressten Eindruck gemacht und dann der Termin morgen … na ja, du kennst ihn ja", schwafelte er und strich sich seine Haare mit einer lockeren Bewegung nach hinten.

Stutzig blickte Nell ihn an. „Wenn er auf dem Weg nach Hause gewesen wäre, dann wäre er mir mit Sicherheit begegnet, denn ich komme gerade von dort."

Bradleys Augen fixierten sie und er blieb unverwandt stehen. Nell konnte Gregs Büro schon sehen. Es waren nur noch wenige Schritte, doch irgendetwas in Bradleys Ton hielt sie vom Weitergehen ab.

„Dann war er sicher noch eine Kleinigkeit essen. Er hatte irgendwas von Hunger gesagt und sich dann aus dem Staub gemacht. Diese Party hier ist ...", er seufzte, „... nun ja ... immer dasselbe. Die üblichen betrunkenen Kunden und Mitarbeiter, die sich zulaufen lassen, als wären wir hier beim Spring Break." Bradley lachte unsicher und allmählich verlor Nell die Geduld.

„Er wollte etwas essen gehen, wenn es doch hier etwas umsonst gibt, und entschuldige bitte, es sieht mir mit all dem Kaviar und den Austern nicht gerade danach aus, als würde man sich freiwillig für ein abgepacktes Sandwich vom Kiosk entscheiden. Außerdem sieht mir eure kleine Feier ...", sie ließ ihren abschätzigen Blick über die wild tanzenden Gäste schweifen, „... nicht sehr langweilig aus. Also genau das Richtige für den lieben Greg. Mit Sicherheit hatte er nicht vor, die Party frühzeitig zu verlassen, um unseren Jahrestag zu feiern!"

Nell schüttelte wütend den Kopf. Sie musste unbedingt mit Greg reden, denn insgeheim hoffte sie noch immer, dass es sich um ein Missverständnis handelte. Vielleicht saß er ja auch artig in seinem Büro und arbeitete hart, während die anderen feierten. Doch wirklich glauben konnte sie das nicht.

Wieder blickte sie zu Gregs Büro. Bradley folgte ihrem Blick mit Unbehagen und begann plötzlich unsicher zu lachen. Seine Augen schienen noch einen Tick rötlicher zu werden.

„Ihr habt euren Jahrestag? Das ist ja großartig! Meinen Glückwunsch! Wie lange seid ihr nun schon zusammen? Viele Jahre, nicht? Also, als ich und Beth uns damals kennengelernt haben, da ..."

Nell schnaubte genervt. „Okay Bradley, es tut mir leid, aber ich habe gerade keine Zeit für so was. Denn ich würde gerne meinen Freund suchen und ich glaube, ich weiß auch, wo er ist. Ich sehe nämlich Licht in seinem Büro und hinter der Jalousie zudem einen großen Schatten. Vielleicht übergibt er sich ja da in seinen Mülleimer. Ich wünsche dir noch einen schönen Abend. Lass lieber die Hände vom Alkohol und dem anderen Zeug, was auch immer du zu dir genommen hast."

Hastig wandte Nell sich von ihm ab und marschierte entschieden in Richtung Gregs Büro. Hinter ihr hörte sie noch, wie Bradley etwas rief, verstand ihn aber nicht, da sie sich viel zu sehr auf die Tür konzentrierte, die sie im Begriff war zu öffnen. Als sie in Gregs Büro marschierte, erkannte sie ihren Freund, wie er im schicken Hemd dastand und sich angeregt mit einer jungen brünetten Frau in ziemlich knappem Kleid unterhielt. Sie hatte dabei ihre Hand auf seine Schulter gelegt und schien ihm einen unsichtbaren Krümel wegzuwischen. Was für eine billige Geste, schoss es Nell durch den Kopf und ihr klappte der Mund auf, ohne dass ein Wort aus ihr drang. Ihr Herz setzte einen kurzen Moment aus, als sie sah, wie Greg beim Lachen den Kopf in den Nacken warf und in das glockenhelle Kichern der Frau einstimmte. In der Hand hielt er ein Glas mit einer goldenen Flüssigkeit.

Als er Nell schließlich erblickte, sah er sie mit großen Augen an und hielt urplötzlich inne. Sein Mund öffnete und schloss sich wieder und auch die junge Frau entzog ihm hastig ihre Hand. Jetzt erkannte Nell auch, wer die Dame mit dem kurzen Kleid war: Liza, seine Sekretärin.

„Ähm, ich denke, wir hätten jetzt auch alles Wichtige besprochen. Bis morgen dann", wimmelte Greg sie ab.

Ein Schatten huschte über ihr Gesicht. Schließlich wandte sie sich ab und spazierte mit einem kurzen Nicken in Nells Richtung an ihr vorbei. Dabei zog sie einen blumigen Duft hinter sich her, der in Nell eine gewisse Übelkeit aufkommen ließ. Doch Nells Blick haftete weiterhin auf ihrem Freund, der bei dem Versuch, sein Glas auf dem Schreibtisch abzustellen, es vor lauter Hektik beinahe fallen ließ.

„Verdammt, Nell! Was machst du denn hier?"

Völlig regungslos stand Nell da, die Pizza noch immer in ihren Händen. Hinter ihr hörte sie Schritte und die Stimme von Bradley. „Tut mir leid, Mann", murmelte er, im kläglichen Versuch, irgendetwas an dieser Situation zu retten.

„Verzieh dich, Bradley!", knurrte Nell durch zusammengebissene Zähne, ließ aber Greg dabei nicht aus den Augen.

„Entschuldige, Nell", sagte er leise hinter ihr, ehe er mit eiligen Schritten davonlief.

„Nell, es tut mir leid", schwafelte Greg leise und sie bemerkte ein leichtes Taumeln in seinem Gang, als er auf sie zukam. Doch sie trat einen Schritt zurück und ließ die Pizza neben sich auf eine Anrichte fallen. Kopfschüttelnd stand sie da und schaute ihn an. „Kannst du mir das hier erklären? Denn nach harter Arbeit sieht das nicht gerade aus, oder?"

Greg seufzte und stützte sich mit einer Hand am Schreibtisch ab. „Ich habe vergessen, es dir zu sagen, dass heute die Neujahrsfeier stattfindet. Tut mir leid."

Er machte wieder ein paar Schritte in Nells Richtung, doch sie wich zurück und zeigte drohend mit dem Finger auf ihn. „Das kann doch nicht dein Ernst sein! Mir erzählst du, dass du Überstunden machen musst und deshalb verschieben wir unseren Jahrestag? Stattdessen hockst du hier im Büro, lässt dich mit deinen Kollegen bei lauter Musik volllaufen und flirtest mit deiner Assistentin heimlich in deinem Büro?"

„Nell, Süße ...", setzte Greg an und wischte sich ein paar lockere blonde Haare aus dem Gesicht. „Verstehst du ... es ist so: Du hattest dich schon so auf den Abend gefreut und das Restaurant gebucht. Und ich war so beschäftigt mit der Arbeit, dass ich ganz vergessen hatte, dir rechtzeitig zu sagen, dass die Party stattfindet. Und du weißt, dass ich so etwas nicht einfach absagen kann. Immerhin sind einige meiner Kunden hier, mit denen ich Gespräche führen muss. Ich wollte dich nicht enttäuschen und weiß ja, wie empfindlich du manchmal reagierst, wenn es um meine Arbeit geht."

„Ach, ich reagiere empfindlich?"

„Schatz, so meinte ich das doch gar nicht." Er machte einen Dackelblick, wie ihn nur Greg perfekt einsetzen konnte, wenn er Nell besänftigen wollte, doch als er an ihr herabblickte, als hätte er vergessen, dass sie ja auch noch einen Körper unterhalb des Halses besaß, machte er große Augen. „Was machst du überhaupt hier und wie siehst du eigentlich aus?"

Für einen kurzen Moment sah Nell an sich herab, bemerkte das rote Kleid, das unter ihrem Mantel hervorblitzte und hätte sich dasselbe fragen können. Er hatte recht. Wie sah sie überhaupt aus? Was machte sie hier? Warum trug sie diesen roten Fetzen und hatte sich die Mühe gemacht, ihre Haare zu drehen, obwohl sie jetzt gemütlich auf der Couch bei einem Glas Wein sitzen könnte?

„Ich wollte dich überraschen. Ich dachte, du bist so mit der Arbeit beschäftigt, dass du vielleicht Hunger hast. Daher habe ich dir deine Lieblingspizza mitgebracht und na ja … so doof wie ich bin, habe ich mich extra für dich in Schale geworfen. Ich wollte dir … uns … eine letzte Chance geben. Ich wollte versuchen, es besser zu machen. Aber die Entscheidung hast du mir gerade abgenommen. Immerhin schienen du und Liza dringende Angelegenheiten zu besprechen."

„Eine letzte Chance? Nell, was redest du denn da? Das hier …", er machte mit den Armen eine ausladende Geste, „… ist wirklich nichts. Nur eine kleine Party und eine klitzekleine Flunkerei. Und Liza ist nur meine Sekretärin. Wir haben uns bloß unterhalten. Nichts, weshalb du dir Sorgen machen müsstest." Er warf ihr einen vorsichtigen Blick zu, als könnte sie jeden Moment explodieren. Es würde nicht mehr viel fehlen, aber sie hatte früh gelernt, ihre Fassung zu bewahren.

„Na ja, ich bin ja auch rechtzeitig hereingeplatzt. Weißt du was, Greg? Ich frage mich, was passiert wäre, wenn ich nicht hier aufgetaucht wäre. Wenn du mir schon deine Party verheimlichst und ich weiß, dass der wahre Grund ist, dass es dir schlichtweg wichtiger ist, hier zu sein, als unseren Jahrestag zu feiern, dann will ich gar nicht wissen, was du mir noch alles verschweigst. Du hast mich bitterböse enttäuscht, Greg." Fassungslos schüttelte Nell mit dem Kopf und strich sich ein paar Haare aus dem Gesicht. Traurig schaute sie auf die Pizza neben sich. Mit einem Mal war ihr klar, was zu tun war.

„Ich werde heute nicht nach Hause kommen. Du brauchst also nicht auf mich zu warten."

„Hey Süße, was redest du denn da? Nicht nach Hause kommen? Natürlich sollst du nach Hause kommen.“

Nell straffte ihre Schultern und schluckte den Kloß in ihrem Hals herunter. „Ich denke, es ist besser, wenn wir eine Pause einlegen.“

„Eine Pause? Was meinst du mit Pause?“

„Eine Beziehungspause. Ich brauche Abstand von dir, von uns, von dem Ganzen hier. Und wenn du nicht weißt, was das ist, dann kannst du ja morgen, wenn du wieder nüchtern bist, einfach mal das Wort Beziehungspause im Internet nachschlagen.“

Nells Stimme brach und sie wandte sich hastig ab.

Greg hinter ihr verstummte und Nell schaffte es noch gerade rechtzeitig zum Fahrstuhl, bevor ihre Tränen unaufhaltsam flossen.

Kapitel 4

„Ich habe schon immer gesagt, dass Greg ein Arschloch ist", knurrte Piper aufgebracht und stellte Nell einen heißen Tee vor die Nase.

„Dass du das schon immer gesagt hast, bringt mir nur leider in diesem Moment auch nichts", schniefte Nell leise und vergrub ihr Gesicht in den Händen.

Wie hatte es nur so weit kommen können? Vor ein paar Stunden hatte sie ihnen noch eine neue Chance geben wollen und ihm dann doch erklärt, dass sie eine Beziehungspause machen wollte.

Piper setzte sich an ihren Küchentisch Nell gegenüber und drückte ihr die Hand auf den Arm. „Es tut mir leid, Nell. Aber vielleicht ist es eine gute Sache, wenn ihr erst einmal eine Pause einlegt. Oder es sogar ganz beendet", fügte sie leise hinzu.

Nell schüttelte jedoch entschieden den Kopf. „Ich denke, dass eine Pause das Richtige ist, um mir über alles klarzuwerden. So kann jeder mal für sich sehen, was ihm am anderen fehlt oder wichtig ist, verstehst du? Ich hoffe, dass Greg merkt, dass seine Lügen und seine Art, wie er mit unserer Beziehung umgeht, einfach zu weit gehen. Und außerdem stelle ich mir immer wieder die Frage, was wohl passiert wäre, wenn ich nicht in sein Büro geplatzt wäre. Ich meine, haben die beiden was miteinander? Sie wirkten so vertraut und wie er sie angesehen hat! So hat er mich ewig nicht angeschaut."

„Hm … ich will mich ja nicht so weit aus dem Fenster lehnen, aber ganz ehrlich? Zuzutrauen wäre es ihm. Immerhin ist Greg ein Mann, der förmlich danach lechzt, seine Bestätigung zu bekommen. Und wo geht das besser, als bei seiner heißen Sekretärin?" Als Piper Nells traurigen Gesichtsausdruck wahrnahm, hob sie beschwichtigend die Hände. „Entschuldige, dass ich so direkt bin, aber bei Greg fallen mir einfach keine netten Worte ein."

„Vermutlich hast du sogar recht." Nell kämpfte mit den Tränen. „Ich bin mir sicher, dass die Pause gut für uns ist."

„Wenn du meinst, dass eine Pause reicht …", warf Piper ein und trank einen Schluck Tee. Dabei beobachtete sie ihre Freundin ganz genau, um ihre Reaktion abzuchecken.

„Wissen tue ich es nicht. Außerdem kann ich nicht beweisen, dass er mich betrügt. Ich … ich könnte es mir nur gut vorstellen, so schlecht, wie unsere Beziehung derzeit läuft", knickte Nell schließlich ein und nestelte nachdenklich an ihren Fingern. „Dennoch bin ich bereits seit neun Jahren mit diesem Mann zusammen. Das will ich nicht einfach so wegwerfen. Ich brauche nur Abstand von ihm, das ist alles. Vielleicht suche ich mir eine eigene Wohnung, und dann haben wir fürs Erste eine räumliche Trennung. Erst neulich habe ich gelesen, wie gut das einer Beziehung tun kann. Es soll einige Paare geben, die damit viele Hürden in einer Beziehung gemeistert haben."

Piper blickte sie skeptisch an. „Willst du damit sagen, dass es das Geheimnis einer guten Beziehung ist, nicht zusammenzuleben?"

Schulterzuckend betrachtete Nell ihren Tee. „Ich sag ja nur, dass ich es mal gelesen habe."

„Na schön, mal angenommen, du suchst dir eine Wohnung. Wo bleibst du in der Zwischenzeit? Und was ist, wenn ihr euch nach wenigen Wochen schon wieder soooo toll versteht? Willst du dir dann etwa den Stress machen und wieder umziehen?"

Bedauerlicherweise hatte Nell keine Familie, zu der sie sich zurückziehen konnte. Ihre Eltern waren während Nells Ausbildung einem Jobangebot als Ärzte nach Deutschland gefolgt, um dort ihren Traum zu erfüllen und eine eigene Praxis zu eröffnen. Geschwister hatte sie keine und der Kontakt zu Verwandten wie ihrer Tante Grace bestand auch kaum. Es war dieser „Ich schicke zu Feiertagen eine Karte-Kontakt" und mehr nicht. Da wollte Nell nun wirklich nicht anklopfen und um eine Bleibe bitten. Allerdings würde sie mit ihrer Mom telefonieren, das nahm sie sich vor – auch wenn diese ohnehin keine Zeit für die *Lappalien* ihrer Tochter würde aufbringen können.

„Darüber habe ich noch nicht nachdenken können. Die Pause läuft ja schließlich erst seit ein paar Stunden."

Piper lächelte ihre Freundin zuversichtlich an. „Jedenfalls bleibst du erst einmal bei mir, das ist doch klar. Es war schon mal gut, dass du mich direkt angerufen hast und wir direkt ein paar Sachen von dir aus der Wohnung holen konnten."

„Dafür bin ich dir sehr dankbar."

Der erste Schockmoment hatte nun Gott sei Dank etwas nachgelassen. Dennoch war Nell sich sicher, dass diese Situation sie noch oft einholen würde. In diesem Moment befand sie sich jedoch in der Grübel- und Selbstmitleidsphase. Viele Fragen rumorten in ihrem Kopf und sie wusste nicht einmal ansatzweise, welche sie zuerst beantworten sollte. Unfassbar, dass Greg ihr nicht einmal hinterhergeeilt war, um sie aufzuhalten! Immerhin wäre das ein Beweis gewesen, dass er sie nicht gehen lassen wollte.

„Wir kriegen das alles hin. Wir müssen jetzt nur alle ganz ruhig bleiben und nachdenken", begann Piper, als würde sie zu einer Gruppe voller Geiseln sprechen, die mitten im Geschehen eines Banküberfalls standen. „Ich werde dir helfen, so gut ich kann, und Chloe ebenfalls. Wir finden eine süße kleine Wohnung für dich, in der du dich wohlfühlen wirst. Dann kannst du in Ruhe nachdenken und für dich sein. Vor allem kommst du dann erst mal aus diesem weißen Kasten raus, in dem du jetzt lebst", schnaubte sie.

Nell zuckte entschuldigend die Achseln. „Greg mag es eben ein bisschen neutral."

„Du meinst eher steril", rief Piper aufgebracht.

„Schon gut, du hast ja recht."

„Wenn du mich fragst, dann war das nur eine Frage der Zeit, bis das passiert. Es tut mir wirklich leid, dass ich kein gutes Haar an ihm lassen kann, aber das hat er sich selbst zuzuschreiben. So wie er dich behandelt hat, geht man nicht mit seinem Partner um. Er interessiert sich nicht für Dinge, die dir wichtig sind und das beweist doch schon, dass ihr nicht zusammenpasst.

Und dass er dich jetzt nicht einmal anruft oder die Sache klarstellen möchte, das offenbart auch noch einmal sein wahres Gesicht, findest du nicht?"

Als Antwort wischte Nell sich eine Träne beiseite.

Piper tätschelte ihr liebevoll die Hand. „Ich finde, du solltest jetzt ein bisschen runterkommen und dich aufs Ohr hauen", schlug sie vor und erhob sich müde vom Stuhl. „Es ist besser, jetzt einmal alles sacken zu lassen und eine Nacht darüber zu schlafen. Morgen sieht vielleicht schon wieder alles ganz anders aus. Wer weiß, vielleicht freust du dich sogar, dass er dir die Entscheidung so leicht gemacht hat." Sie drückte ihrer besten Freundin beim Aufstehen noch kurz die Schulter und lächelte.

„Ich gehe gleich schlafen, ich trinke nur noch kurz meinen Tee aus."

Piper nickte und gähnte laut. „Alles, was du zum Schlafen brauchst, liegt im Wohnzimmer. Ich werde morgen früh aus dem Haus gehen ... du weißt ja, der Hochzeitsauftrag und so weiter. Und wenn du etwas Stärkeres in deinen Tee träufeln möchtest, um besser zu schlafen, dann bitte, bediene dich. In der Vitrine habe ich noch Wodka und ich werde nicht so genau hinsehen, wie viel du in deinen Tee kippst."

Erschrocken schaute Nell ihre Freundin an und verschüttete dabei fast ihren Tee. „Oh nein! Die Hochzeit hätte ich fast vergessen!"

„Du schläfst dich morgen in Ruhe aus und ich rede mit Chloe. Sie wird dafür Verständnis haben und außerdem kannst du ja irgendwann nachkommen. Das wird dich ablenken. Aber erst nachdem du ein bisschen Schlaf gefunden und drei Liter Schwarztee oder besser noch Kaffee getrunken hast." Sie zeigte drohend mit dem Finger auf Nell, ehe sie ihr eine gute Nacht wünschte und ihre kleine Küche verließ.

Jetzt war Nell allein. Nur das Ticken der Kuckucksuhr von Pipers Oma neben der Küchentür zeigte ihr, dass die Welt tatsächlich nicht stillstand, sondern sich weiterdrehte. Dennoch überschlugen sich ihre Gedanken und an Schlaf war nicht im Geringsten zu denken. Sie hatte doch eine letzte Chance für sie und Greg gesehen und er hatte sie einfach weggeworfen, ohne dass sie sie hatten nutzen können. In ihr machte sich das Gefühl breit, dass sie vor einem großen Nichts stand. Einem schwarzen Loch, das Nell in sich einsaugte und sie nach und nach verschlingen würde. Seit neun Jahren war Greg ihr fester Freund und schon vorher hatten sie sich gut gekannt. Seit ihrem zwanzigsten Lebensjahr waren sie ein Paar gewesen. Ihnen war quasi eine gemeinsame Zukunft vorgezeichnet gewesen. Auch wenn er, nachdem er mit seinem neuen Job begonnen hatte, immer mehr zum Kotzbrocken wurde, so hatte er auch seine guten Seiten. Er konnte liebevoll sein, sie zum Lachen bringen und … na ja, das war's aber eigentlich auch schon. Mehr war in den vergangenen Monaten nicht drin gewesen. Aber wo sollte sie jetzt hin? Bis sie eine geeignete und vor allem bezahlbare Wohnung gefunden hätte, würde eine Ewigkeit vergehen und von ihrem Gehalt konnte sie nun wirklich keine großen Sprünge erwarten. Sie war es nicht gewohnt, allein zu leben und genau das machte ihr Angst. Außerdem liebte sie Greg doch, oder? Diese Frage hatte sie sich lange nicht gestellt, es lief ja alles so vor sich hin. Und jetzt, wo sie die Grundlage für die nächsten Schritte war, brachte sie ihren Kopf beinahe zum Explodieren.

Kapitel 5

Als Nell am nächsten Morgen erwachte, hielt sie ihre Erinnerungen zunächst bloß für einen schlechten Traum. Doch nachdem sie realisiert hatte, wo sie sich befand, wurde ihr bewusst, dass sie sich täuschte. Sie war froh, dass sie in der ruhigen Wohnung ihrer besten Freundin unterkommen konnte. Ihre vier Wände boten zwar nicht viel Platz, wirkten dadurch aber umso gemütlicher. Nell fragte sich immer wieder, warum Piper sich ständig darüber ausließ, dass sie dringend ausziehen wollte. Das schien zu einem großen Teil den Nachbarn geschuldet: dem schleimigen Typen über Pipers Wohnung, der schaurigen Oma, die Piper jedes Mal durch den Türspion ausspähte, wenn sie das Treppenhaus putzte, und vor allem den gemeinen Kindern neben ihr, die ihr immer wieder rohe Eier vor die Wohnungstür legten, ihre Türklinke mit Schokosoße beschmierten oder ihr sonstige Streiche spielten. Zu schade um die schöne Wohnung, dachte Nell. Das dunkelgrüne Sofa, auf dem sie die Nacht verbracht hatte, war ihr schon mehr als vertraut, denn es war nicht das erste Mal gewesen, dass sie darauf geschlafen hatte. Wie oft sie hier schon aufgewacht war, auf die süßen Vorhänge mit Rosendruck geschaut und stundenlang in der kleinen Küche mit Piper gefrühstückt hatte, konnte sie nicht mehr zählen. Unter diesen Umständen jetzt hier aufzuwachen, behagte ihr allerdings nicht. Sie vermutete, dass Piper schon zur Arbeit aufgebrochen war. Das bewies auch der Zettel, den sie ihr in der Küche hinterlassen hatte.

Hallo meine Liebe, ich habe dich schlummern lassen (bin mir sicher, dass du das dringend brauchst). Falls du nicht schlafen konntest, steht eine volle Kanne Tee für dich bereit. Chloe weiß Bescheid und du sollst erst zur Arbeit kommen, sobald es dir besser geht. Wir sind heute für die Hochzeit (dank dir!) gut vorbereitet und du sollst dir keine Gedanken machen. Bis später! P

Nell lächelte wehmütig, nachdem sie den Zettel noch eine Weile in den Händen gehalten hatte. Vermutlich wäre es die beste Idee gewesen, den Tag über in Selbstmitleid hier auf der Couch zu versinken und massenweise Schwarztee zu trinken, nur um ab einer adäquaten Zeit – etwa gegen späten Nachmittag – auf Wein umzusteigen. Aber sie wusste, wie wichtig die Hochzeit war und wie viel sich der Laden davon versprach. Also schob sie den gestrigen Abend vorerst beiseite, genehmigte sich eine heiße Dusche und machte sich anschließend auf den Weg zur Arbeit.

Dennoch warf sie immer wieder verstohlene Blicke auf ihr Smartphone, was ihr keine Nachrichten oder entgangenen Anrufe von Greg anzeigte. Frustriert steckte sie es in ihre Tasche zurück und verbot sich weitere Blicke auf ihr Telefon.

Leider hatte sie viel zu lange im Bett gelegen, als dass sie es pünktlich geschafft hätte, um den Feinschliff für die Hochzeitsfeier mitzugestalten, und so traf sie im Blumenladen auf zwei Gesichter, die sie mit einer Mischung aus Faszination und Mitleid ansahen.

„Nell, du bist schon hier?", fragte Chloe, kam um den Tresen herum und zog sie in ihre Arme. Ihre Umarmung und der Duft verschiedenster Blumen hatten etwas Tröstliches und so versuchte Nell, beides auf einmal so tief wie nur möglich in sich aufnehmen. Die Vertrautheit und das Wissen, dass wenigstens hier alles beim Alten bleiben würde, beruhigte sie etwas. Als Chloe von ihr abließ und sie von oben bis unten musterte, war Nell einen Moment neidisch auf ihr makelloses Aussehen, denn egal, was sie am Morgen vor dem Spiegel mit dem Make-up auch versucht hatte zu vertuschen, es war zum Scheitern verurteilt. Ihre Haare hingen strähnig über ihre Schultern, als hätten sie instinktiv ihre schlechte Stimmung angenommen, ihre Augen sahen verquollen aus, sodass die Wimperntusche ihren Effekt kaum erzielen konnte.

„Ja, ich dachte, jetzt herumzusitzen und nichts zu tun, wäre auch nicht die beste Entscheidung, den Tag zu verbringen. Dann hätte ich ohnehin nur auf mein Smartphone geschaut und vor mich hin gegrübelt. Außerdem weiß ich, wie wichtig der Auftrag heute ist und wollte euch unbedingt beim Aufbau unterstützen. Ich meine ... eine Winterhochzeit in diesem Ausmaß hatten wir noch nie. Aber wie ich sehe, seid ihr schon fertig ..."

Bei dem Wort *Hochzeit* spürte sie einen kleinen Stich im Herzen und schluckte eilig. Sie blickte von Chloe zu Piper und wieder zurück. Chloe sah in ihrem schicken hellgrauen Kostüm, welches sie extra für den heutigen

Tag aus dem Kleiderschrank gekramt hatte, umwerfend aus. Ihre schwarzen kurzen Haare hatte sie perfekt frisiert. Bei vielen anderen Frauen sähe der Kurzhaarschnitt gewagt aus, doch so, wie ihre Freundin diese Frisur trug, wirkte die wie für sie gemacht. Chloe sah mit ihrem dunklen Teint, der sich bestens von dem hellen Grau ihrer Kleidung abhob, immer toll und vor allem professionell aus. Die perfekte Geschäftsfrau eben. Attraktiv, Anfang dreißig, selbstbewusst und sie wusste, was sie im Leben erreichen wollte.

„Es lief alles wie geplant", rief sie begeistert aus und für einen kurzen Moment vergaßen die drei Frauen, weshalb sie noch alle vor wenigen Sekunden trübsinnig dreingeblickt hatten. „Cassandra, die Braut, war super zufrieden mit unserer Arbeit. Wir hatten heute Morgen lediglich die Hortensien geliefert und noch die letzten kleinen Arrangements getroffen. Du hättest sehen sollen, wie sie sich für das Schleierkraut am Altar begeistert hat und die kristallenen Perlen, die wir mit in ihren Brautstrauß eingearbeitet hatten. Ich sagte ihr, dass es deine Idee wäre." Sie zwinkerte ihr vielsagend zu und verschwand wieder in Richtung Tresen.

Nell folgte ihr mit einem Lächeln. Wie gerne wäre sie dabei gewesen, wo sie doch von Anfang an ein Fan dieser traumhaften Hochzeit gewesen war. Eine Zeremonie im Schloss! Umgeben von schneeweißer Landschaft und eine beheizte Außenterrasse, die sie mit roten Rosen geschmückt hatten, die sich blutrot von dem vielen Weiß abhoben. Die Braut Cassandra und der Bräutigam Maxwell hatten nicht nur das nötige Kleingeld für eine extravagante Hochzeit, sondern auch den Platz dafür, die Trauung und Feier in ihrem eigenen

Anwesen auszurichten. Ach, wie sehr hätte sie sich auch eine solch traumhafte Trauung gewünscht …

„Freut mich, dass alles so gut funktioniert hat."

„Cassandra hat hoch und heilig geschworen, dass sie uns auf jeden Fall weiterempfehlen wird und noch ein saftiges Trinkgeld draufgeschlagen." Piper grinste breit und auch ihr war anzusehen, wie sehr sie sich über diesen Erfolg freute. Verständlich, denn immerhin hatten sie lange genug darauf hingearbeitet.

„Außerdem …", ergänzte Chloe, die Nell und Piper ein Glas Sekt in die Hand drückte, „… hat sie derzeit viele Freundinnen, die sich in ihrem Bekanntenkreis so richtig schön romantisch an Heiligabend oder Neujahr verlobt haben. Wenn wir ein paar Aufträge bekämen, dann könnten wir uns vielleicht schon bald einen Namen außerhalb der Stadt machen und nach größeren Räumlichkeiten Ausschau halten. Ach, Mädels", sagte sie seufzend und hob das Glas in die Höhe, „ohne euch hätte ich das niemals so reibungslos hinbekommen. Ich bin sehr stolz auf uns! Auf euch, auf uns, auf unseren Laden!"

Piper lachte laut und rief ebenfalls: „Auf euch, auf uns, auf unseren Laden!" Nell rang sich ihr bestes Lächeln ab und erhob ebenfalls ihr Glas, ehe sie anstießen. Sie trank den Sekt ein bisschen zu hastig. In Anbetracht der Umstände gestattete sie es sich allerdings, ohne dabei ein schlechtes Gewissen zu haben.

„Okay Süße, und nun zu dir …", begann Chloe dann, stellte ihr Glas beiseite und stützte sich mit der linken Hand auf dem Tresen ab, um sie sorgenvoll zu mustern.

Schulterzuckend lächelte Nell. „Vermutlich hat Piper dir schon das meiste erzählt."

Diese nickte bestätigend. „Ich dachte, dann musst du es nicht noch einmal durchkauen."

„Du sollst auch gar nicht erzählen, was genau passiert ist. Ich möchte wissen, wie es dir geht."

Mit einem lauten Stöhnen stützte Nell sich mit beiden Armen ebenfalls auf den Glastresen vor Chloe ab und zuckte zum wiederholten Male mit den Schultern. „Wenn ich ehrlich sein soll, dann weiß ich es nicht. Einerseits bin ich so sauer und andererseits möchte ich mich am liebsten unter irgendeinen Stein verkriechen und heulen. Ich weiß nicht, was ich fühle. Irgendwie fühle ich von allem was: Frust, Ärger, Trauer, Wut. Es kommt mir alles so seltsam vor. Als hätten wir nur einen kleinen Streit gehabt und dass sich alles wieder richten würde. Aber wenn ich mir dann die Bilder von gestern vor Augen rufe – von ihm und Liza – dann weiß ich insgeheim, dass es nie wieder so wird, wie es mal war. Seine Lügen sind eindeutig zu weit gegangen und ich weiß nicht, ob ich ihm noch vertrauen sollte. Und dass er sich nicht meldet … na ja … zeigt ja schon, wie er zu dem Ganzen steht." Nell wischte eine Träne beiseite, die sich aus ihrem Augenwinkel zu lösen drohte. „Ich meine … was soll ich denn jetzt machen?"

„Das kann ich dir sagen", warf Chloe in angespanntem Ton ein, „du überlegst dir ganz genau, was du willst. Willst du ihn zurück oder dein Leben allein weiterführen? Wobei ich dir zu Letzterem raten würde."

Nell besah sich ihre Fingernägel. Sie waren schrecklich abgekaut und hatten dringend etwas Pflege nötig. „Ich erhoffe mir von einer Pause eine ganze Reihe von Antworten." Kleinlaut schaute sie von Chloe zu Piper und wieder zurück.

Letztere schien nicht sehr zufrieden mit Nells Antwort zu sein und Chloe verzog das Gesicht, als hätte sie in einer fremden Sprache gesprochen.

„Du wärst jedenfalls schön blöd, wenn du ihm hinterherliefest. Jetzt ist er dran, sich zu melden, und nicht andersherum", gab Chloe von sich. „Entschuldige, Süße, aber lass es dir von jemandem gesagt sein, der seinen Verlobten zum Teufel gejagt hat, weil er sie eineinhalb Jahre betrogen hat. Und glaube mir ...", sie nahm Nells Hand in ihre, „... seitdem geht es mir viel besser und die Trennung hat mich außerdem zu einem stärkeren Menschen gemacht."

„Du warst schon immer ein anderes Kaliber", antwortete Nell matt und rief sich die Zeit vor Augen, in der Chloe am Bruch ihrer Beziehung gewachsen war. Ihre Freundin war tough, hatte schon von Kindesbeinen an gewusst, was sie wollte und hatte sich auch von niemandem etwas einreden lassen – außer vielleicht von Piper und ihr. Nell hingegen war das komplette Gegenteil.

„Du wirst sehen, auch du wirst daran wachsen und die richtige Entscheidung treffen", sprach Chloe ihr aufmunternd zu und trank einen letzten Schluck aus ihrem Glas.

Nell nickte, konnte sich das zu diesem Zeitpunkt allerdings kaum vorstellen. Sie wusste nicht, wie es ohne Greg weitergehen würde, wie lange sie diese Pause durchziehen würden und diese Ahnungslosigkeit brachte sie aus dem Konzept. Hinzu kam noch die quälende Frage, was er wohl gerade machte. Hatte er ihre restlichen Sachen vor die Tür gestellt, abholbereit und so präzise aussortiert, dass sie gar nicht erst noch einmal die Wohnung betreten musste? Hatte er schon die Schlösser ausgetauscht und einen Schlussstrich unter die Beziehung gezogen und den Teil mit der Pause einfach übersprungen? Oder versank er gerade in Selbsthass, auf dem Sofa sitzend, den Kopf in den Händen vergraben und verfluchte sich selbst dafür, dass er sie belogen hatte? Fragte er sich vielleicht, wie er sie am besten wieder zurückbekommen könnte? All diese Fragen riefen in Nell schreckliche Kopfschmerzen hervor.

Als ihr unaufhaltsam eine Träne über die Wange floss, kam Chloe um den Tresen gestürmt und nahm sie eilig in ihre Arme. „Ach Süße“, sagte sie mitfühlend und bettete ihr Kinn auf ihren Kopf.

Schluchzend versuchte Nell die Tränen aufzuhalten, versagte aber in diesem Kampf. Chloe tätschelte ihr den Rücken und sie zwang sich, einige Male tief durchzuatmen. Schließlich ließ sie von ihr ab und rang um ein Lächeln. „Es geht schon ...“

„Weißt du was? Ich habe eine Idee. Ihr beiden ...“, Chloe deutete auf Piper und Nell, „... geht jetzt gemeinsam einen Earl Grey trinken und stopft euch mit Scones voll.“

Piper horchte auf und Chloes Lächeln wurde breiter. Earl Grey trinken und Scones oder Shortbread zu essen, war immer eines ihrer traditionellen Treffen, bei denen sie sich vollstopfen konnten ohne Ende und dabei über ihre Probleme klagten. Es war wie eine Art Selbsthilfegruppe für Freundinnen, die eine Vorliebe für gutes Gebäck und ein Händchen für eine schlechte Partnerwahl hatten.

„Und was ist mit dir? Und dem Laden?", hakte Piper nach, doch Chloe tat das mit einem Wisch ihrer Hand ab. „Macht euch darum mal keine Sorgen. Ich komme schon klar. Ich würde euch ja liebend gerne begleiten, aber ich habe heute noch eine ganze Menge zu erledigen und meine Mutter kommt heute Abend vorbei." Sie seufzte und lehnte sich erschöpft mit dem Rücken an den Tresen. Sie alle wussten, was es bedeutete, wenn sich Chloes Mutter ankündigte: viel Wein, viel Musik und übelriechende Räucherstäbchen. Wenn die Hippie-Zeit auch schon viele Jahre zurück lag, so war doch ein Teil davon bei Chloes Mutter Bernadette hängengeblieben. Während Chloe ihrer Mutter alles und jedes in der Wohnung hinterher räumte, räucherte Berny – der Name, mit dem die Frauen sie anzusprechen hatten – die ganze Wohnung aus, um positive Energien in dem verklemmten Käfig freizusetzen, die durch Chloes akkuraten Lebensstil verloren zu gehen schienen.

„Oh je", sagte Piper nur, während sie betreten zu Boden schaute. Am Montag, so wussten sie, wenn Chloe zur Arbeit kam und ihre Mutter wieder die Heimreise angetreten hatte, würde sie eine Weile brauchen, um das Wochenende zu verarbeiten. Da würde es schon mehr brauchen als nur einen Tee und Scones.

„Ja, sie fand, es sei mal wieder an der Zeit, ihre liebste und einzige Tochter zu besuchen und ihr das Leben schwer zu machen", entgegnete Chloe auf Pipers Bemerkung. „Also, geht nur ohne mich und rächt mich, falls ihr am Montag nichts von mir hören solltet. Bobby kommt später noch vorbei und hilft mir, die restlichen Sachen von der Hochzeit zu verarbeiten. Einiges, was übergeblieben ist, werden wir hier im Laden noch verwenden können."

Nell sah sich einen Moment um. Während im Verkaufsraum alles wunderbar hergerichtet war, sah es hinterm Tresen und im Lager aus, als hätte eine Bombe eingeschlagen. Ihr schlechtes Gewissen übermannte sie, als sie darüber nachdachte, untätig zu bleiben, aber sie wusste, dass sie gegen Chloe nicht ankommen würde.

Nur schweren Herzens trennten sie sich voneinander und so überließen Piper und Nell ihre Freundin sich selbst, die einem Wochenende der besonderen Art entgegenblickte.

Kapitel 6

„Sie tut mir so leid“, sagte Piper seufzend, als sie gemeinsam die Nebenstraße entlangliefen, auf dem Weg zu ihrem Lieblingscafé *Cosy Teatime*. Sie schlenderten an kleinen Antiquitätengeschäften, Boutiquen und Teestuben vorbei, bei denen sie im Normalfall je mindestens einmal Halt gemacht hätten. Heute stand Nell jedoch nicht der Sinn nach einer fröhlichen Bummeltour.

„Ich würde lieber mit ihr tauschen, als darüber nachzudenken, was mich in der kommenden Zeit erwarten wird“, erklärte sie daher.

Das winterliche Wetter war an diesem Tag wunderbar, die Sonne schien auf sie herab und ein bisschen fühlte es sich so an, als würde sie schadenfroh auf Nell herablachen.

„Jetzt machst du aber Witze! Niemand möchte in diesem Fall mit Chloe tauschen.“ Piper stieß ihr neckisch in die Seite und zwinkerte ihr zu.

Nell grinste schließlich zustimmend und war froh, in diesem Moment ihre beste Freundin bei sich zu haben.

Die beiden Frauen bogen um eine Ecke wenige Straßen weiter und erreichten schließlich ihr Ziel. Drinnen suchten sie nach ihrem Stammplatz, einer gemütlichen

Ecke, bestehend aus bequemen Sesseln und einem kleinen Tisch mit Mosaikmuster. Sie liebte dieses Café. Es war nicht sonderlich groß, aber dafür umso gemütlicher. Keiner der Sessel, die um die kleinen Tische herum verteilt standen, passte zum anderen. Alles war kunterbunt zusammengewürfelt und doch wirkte es so perfekt aufeinander abgestimmt. Mal ganz abgesehen von dem leckeren Tee, den Kaffeesorten und der Auswahl an Leckereien konnte man hier Ruhe finden und abschalten. An manchen Tagen kam Nell sogar allein hierher, um ein paar Minuten Frieden zu finden und für sich sein zu können. Dabei versuchte sie immer, die vielen kleinen Details in sich aufzusaugen, die sie zu Hause nur zu gern ebenso liebevoll hergerichtet hätte. Allerdings hatte ihr Greg dabei immer einen gehörigen Strich durch die Rechnung gemacht. „Solchen Schnickschnack braucht kein Mensch. Wir sind doch keine Messis, die sämtlichen Nippes sammeln und ihn hier verstauben lassen", hatte er einmal lauthals geschimpft, als sie, der Einrichtung zum Trotz, eine Patchwork-Lampe im Antiquitätenladen um die Ecke gekauft hatte, ganz ähnlich der, die hier im Café auf einer der im Shabby Chic gehaltenen Anrichten platziert war. Nun hatte die Lampe immerhin einen geeigneten Platz im Blumenladen gefunden.

Sie lümmelten sich in die Sessel, ohne einen Blick in die Karte werfen zu müssen. Es dauerte nicht lange, da wurde auch schon ihre Bestellung aufgenommen.

„Hach", seufzte Piper mit einem zufriedenen Lächeln. „Ich liebe diesen Laden. Soll ich dir mal was verraten?"

Nell sah ihre Freundin fragend an. „Jetzt machst du mich aber neugierig."

„Früher habe ich immer davon geträumt, ein eigenes Café aufzumachen."

„Wirklich? Du?" Nell machte große Augen. Tatsächlich hatte Piper ihr noch nie davon erzählt. Immer schien es für sie nur ihren Job als Floristin zu geben.

Piper nickte, auf dem Gesicht ein verträumtes Lächeln, als stelle sie es sich gerade bildlich vor. „Als ich klein war, habe ich zumindest immer davon geträumt. Aber je älter ich wurde, desto mehr verschlug es mich in eine andere Richtung, bis ich dann schließlich Floristin wurde. Aber der Gedanke an ein eigenes Café ist nie ganz verflogen. Wer weiß, vielleicht wird mein Traum ja eines Tages mal wahr."

„Wie meinst du das? Hast du schon einen genaueren Plan?"

Piper wollte gerade ansetzen, etwas zu sagen, da kam ihre Bestellung. Die Kellnerin drapierte alles auf dem kleinen Tisch, wünschte ihnen freundlich einen guten Appetit und verschwand wieder. Der Anblick der leckeren Sachen bescherte Nell eine gewisse Vorfreude. Auf sie warteten zwei Scones mit Clotted Cream und dazu zwei große Becher Tee.

Piper stürzte sich auf ihren Scone und stöhnte genussvoll. „Was ich damit sagen möchte, ist …", nahm sie den Faden wieder auf, während sie sich die Cream mit einem Messer auf ihr Gebäck strich, „… dass ich mir gut vorstellen könnte, nicht für immer Floristin zu bleiben. Ich meine, ich liebe meinen Job, aber ich weiß, da ist noch mehr. In meinem Leben möchte ich möglichst viel auskosten und nicht mit fünfundneunzig Jahren, die ich definitiv erreichen werde, irgendwelchen unerfüllten Träumen nachtrauern."

Nell verrührte in ihrem Becher angespannt etwas Zucker, wobei sie laut klirrende Geräusche verursachte. In ihr machte sich ein beklemmendes Gefühl breit. Wem oder was würde sie im späten Alter nachtrauern? Einer Beziehung, die alles andere als stabil und glücklich war? Oder hätte sie ohne Greg noch andere Wünsche gehabt? Vielleicht ihren eigenen Blumenladen? Sie hatte noch nie so richtig darüber nachgedacht. Was gezählt hatte, war letzten Endes immer dasselbe gewesen: Greg den Rücken freizuhalten, damit er die Karriereleiter hinaufklettern konnte.

„Ist alles in Ordnung? Habe ich was Falsches gesagt?", hakte Piper vorsichtig nach, nachdem sie bemerkt hatte, dass ihre Freundin plötzlich so still geworden war.

„Schon gut." Nells Stimme war dünn. „Ich muss nur mal kurz auf die Toilette, entschuldige bitte. Ich komme gleich wieder", sagte sie und erhob sich aus dem Sessel, nur um eilig auf der Damentoilette zu verschwinden. Durch Pipers Worte hatte sich ein riesengroßer Kloß in Nells Hals breitgemacht, sodass sie von ihren Emotionen selbst völlig überwältigt war.

Nachdem sie sich kaltes Wasser ins Gesicht gespritzt und ein paarmal tief durchgeatmet hatte, fühlte sie sich etwas besser und nahm sich vor, die Gedanken an Greg beiseitezuschieben. Zumindest für ein paar Stunden.

Piper saß nach wie vor am Tisch, den Scone kaum angerührt und vertieft in einen Flyer. Unwillkürlich musste Nell lächeln, denn sie und ihre Flyer gehörten zusammen wie Blumen und Wasser. Sobald irgendwo diese Dinger oder kleine Broschüren auslagen, stürzte Piper sich darauf, so als hätte sie Angst, irgendetwas zu verpassen. Als sie Nell kommen sah, entfernte sich die Stirnfalte aus ihrem Gesicht und ihr Blick hellte sich auf. „Geht es dir gut?“

Nell nickte und ließ sich wieder in den Sessel fallen. „Alles in Ordnung.“ Schließlich griff sie nach ihrem Gebäck. Sie deutete auf Pipers Teller. „Was ist? Schmeckt er nicht?“

„Doch. Ich wollte nur auf dich warten. Und außerdem habe ich etwas super Geniales entdeckt, was dir helfen könnte.“ Sie grinste verschwörerisch und Nell schaute neugierig auf.

„Was meinst du? Was hast du da?“

„Die Lösung deiner Probleme!“

„Die Lösung meiner Probleme? Hast du eine Zeitmaschine gefunden? Die Möglichkeit, sich einfrieren zu lassen und erst nach zehn Jahren wieder aufzutauen, bis sich mein Leben wieder normalisiert hat?“

Piper kicherte und trank einen Schluck aus ihrem Becher. Anschließend schaute sie Nell mit großen Augen an und schien wirklich überzeugt von dem, was sie in der Hand hielt.

„Das hier …“, sie wedelte mit dem Flyer vor ihrer Nase, „… bringt dir die nötige Ruhe und Erholung, die du brauchst.“

„Nun rück schon raus mit der Sprache“, forderte Nell sie lachend auf.

„Eine Erholungskur.“ Piper musterte ihre Freundin. Sie wusste, dass Nell noch nicht verstanden hatte und reichte ihr den Zettel. „Das ist eine Art Hotel, in dem du dich so richtig schön entspannen und alles hinter dir lassen kannst. Ein superschönes altes Schloss im Grünen. Fernab von allem, was einem nicht guttut. Sowas wie eine Alltags-Detox-Kur."

Skeptisch beäugte Nell den Flyer und studierte ihn aufmerksam. Piper hatte recht. Das Schloss war atemberaubend schön. Aber was sie da sollte, wusste sie nicht. Kopfschüttelnd reichte sie ihr das Papier zurück.

„Sieht nett aus, aber tut mir leid. Ich kann nicht einfach meine Sachen nehmen und davonlaufen."

Piper sah verwirrt aus, als könnte sie nicht verstehen, wie ihre Freundin diese Idee nur ausschlagen konnte.

„Aber du läufst doch nicht davon! Du gönnst dir nur einmal eine Pause von dem ganzen Chaos." Sie biss von ihrem Scone ab und ließ ihre Freundin dabei nicht aus den Augen.

„Sieh mal", begann Nell, „da steht, dass das Ganze ein vierwöchiges Programm ist. Erst einmal klingt das wie eine Sekte und zweitens kann ich nicht einfach vier Wochen Urlaub nehmen. Chloe würde mir den Kopf abreißen. Mal abgesehen davon, warum sollte ich allein verreisen? Das ist einfach nur langweilig und es sieht nicht so aus, als könnte ich da großartig etwas entdecken, außer Grüntöne in all ihren Varianten, die vermutlich auch noch mit Schnee bedeckt sind. Ich würde also nichts als Weiß anschauen."

„Wäre doch mal eine Abwechslung zu dem Schwarz, was du immer nur siehst!" Piper schaute wieder kopfschüttelnd auf den Flyer. So leicht würde Nell sie nicht davon abbringen können.

„Zunächst einmal ...", begann Piper und stützte sich mit Nachdruck auf dem Tisch ab, „... das mit dem Urlaub sollte wohl kein Problem sein, denn du hast ja immerhin kaum welchen genommen in diesem Jahr. Außerdem ist Chloe die Letzte, die etwas dagegen hat, wenn du dir eine kleine Auszeit nimmst. Und wie eine Sekte klingt das ganz und gar nicht. Es ist ein Kurhotel, in dem du verschiedene Kurse mitmachen kannst, wie beispielsweise Yoga oder sogar Reitstunden. Das klingt wie das Paradies! Du kannst lesen, lange Spaziergänge machen, andere Leute kennenlernen und das alles frei von Stadt, Arbeit, Stress und schrecklichen Männern, die einem das Leben schwer machen. Außerdem kannst du Golfen lernen. Golf! Wer will das nicht lernen?"

„Ich wüsste nicht, warum ich Golf lernen sollte", widersprach Nell. „Wenn es dir so gefällt, warum machst du dann nicht Urlaub in diesem Waldparadies?"

„Weil ich andere Verpflichtungen habe, wie beispielsweise dich zu überreden, dahin zu fahren", sagte Piper scherzend und wedelte wieder einmal mit dem Flyer vor Nells Gesicht herum.

„Piper, das Ganze wird eine Menge Geld kosten. Nicht umsonst scheint das so ein Exklusiv-Schloss zu sein, in welchem man alle Sorgen und Nöte loswird."

„Geld sollte bei dir ja wohl keine Rolle spielen. Du hast dir doch nie etwas gekauft und nur gehortet, weil Greg keinen Sinn darin gesehen hat, dass du dein Geld für sinnlose Dinge wie beispielsweise Wohnungsaccessoires ausgibst."

Wieder so eine schmerzliche Erinnerung. Greg hatte nie viel davon gehalten, sein Geld auch mal für Dinge auszugeben, die man sich einfach mal gönnen wollte.

Daher hatte sie einen übertriebenen Spartrieb entwickelt und eine ganze Menge beiseitegelegt, ohne dass Greg davon etwas wusste. Er dachte ohnehin, dass sie fast nichts verdiente in ihrem Job, da fiel es auch nicht auf, wenn sie einen Teil ihres Gehaltes sparte. Für alle Luxusgüter – das teure Auto und die schicken Klamotten – kam Greg auf. Nell erwiderte nichts, denn Piper hatte recht.

„Siehst du?", sagte sie triumphierend, als sie merkte, dass sie ins Schwarze getroffen hatte. „Schlaf einfach mal ein paar Nächte drüber. Ich denke, das wäre genau das, was du gebrauchen könntest."

Sie stopfte sich den letzten Bissen von ihrem Gebäck in den Mund und ließ sich zufrieden im Sessel zurückfallen.

„Ich denke drüber nach", seufzte Nell um des Friedens willen, wusste aber insgeheim, dass sie das garantiert nicht tun würde.

Pipers vibrierendes Smartphone riss sie aus ihrer Unterhaltung. Nell nutzte die Zeit, in der ihre Freundin telefonierte, und widmete sich den letzten Krümeln ihres Scones. Als Piper fertig war, legte sie auf und seufzte. „So was Blödes."

„Wer war das?"

„Mein Bruder. Hat sich aus seiner Wohnung ausgesperrt und braucht seinen Zweitschlüssel. Ich muss dringend zu ihm." Sie steckte das Smartphone zurück in die Tasche und wirkte zerknirscht. „Tut mir leid, dass ich das so abbrechen muss."

„Kein Problem", meinte Nell eilig. „Soll ich dich begleiten?"

„Ach was, das dauert nicht lange. Trink du nur in Ruhe aus und entspann dich ein bisschen. Wir sehen uns später bei mir. Wenn du möchtest, dann kochen wir was Schönes zusammen."

„Klingt gut. Dann bis später. Grüß deinen Bruder von mir."

„Mache ich." Piper drückte ihre Freundin zum Abschied und kurz darauf war sie verschwunden.

Nell entschied sich, ihren Tee ganz in Ruhe zu trinken und die Zeit dafür zu nutzen, ihre Gedanken zu sortieren. Pipers Flyer hatte sie ihr zuliebe in die Handtasche gesteckt, damit sie das Gefühl bekam, dass Nell zumindest einmal darüber nachdenken würde. Infrage kam dieser Erholungsurlaub allerdings nicht. Vier Wochen waren ihr viel zu lang und dann auch noch ganz allein ... Sie musste erst einmal hier ihr Chaos geregelt bekommen, ein paar Sachen aus der Wohnung schaffen und sich nach einer neuen Bleibe umsehen. Obwohl sie sich innerlich zwang, nicht auf ihr Handy zu schauen, verlor sie jedoch den Kampf. Aber es gab keinen Anruf in Abwesenheit und keine neue Nachricht. Greg hatte es noch immer nicht bei ihr versucht. Seufzend ließ sie ihr Gesicht in ihre Hände gleiten und schüttelte den Kopf. Als schließlich allmählich die Selbstmitleidsphase wie Nebel in ihr verrauchte und Platz für die nächste machte, spürte sie auch schon, um welche es sich handeln würde. Sie war traurig, am Boden zerstört, aber vor allem von Greg enttäuscht. Dennoch ... da war inzwischen etwas anderes in ihr, was sich an ihr hochschlängelte wie eine gemeine Schlange. Sie spürte Wut! Sie war verdammt nochmal wütend auf Greg. Scheinbar schien es ihn nicht im Geringsten zu kümmern, was am vorherigen Abend zwischen ihnen passiert war. Er rief nicht an, schrieb keine Nachricht und überhaupt schien es ihn nicht die Bohne zu interessieren, wie es zwischen ihnen weitergehen sollte, während sie mit rot geränderten Augen dasaß und sich mit Süßkram vollstopfte. Wie konnte es sein, dass sie die Einzige war, die sich hier Gedanken über ihre gemeinsame Zukunft machte? Immerhin sollte Greg einmal ein Teil davon sein. Vielleicht reagierte sie über. Machte ihm Vorwürfe, obwohl er vielleicht schon Wiedergutmachungs-Pläne schmiedete, aber sei es drum. Sie war wütend! Und sie wusste, dass es sinnvoll war, ihre Wut jetzt, in diesem Moment, zu nutzen und am richtigen Menschen auszulassen, ehe sie der Mut verließ und sie es wieder nicht mehr schaffte, mal so richtig auf den Putz zu hauen. Hastig griff sie nach ihrer Handtasche, hinterließ der Kellnerin eine Menge Geld auf dem Tisch, in der Hoffnung, dass das Trinkgeld ihren unhöflichen Abgang aus dem Café wieder wettmachen würde.

Kapitel 7

Nells lautes Klopfen hätte vermutlich Tote wieder auferstehen lassen können, allerdings maßte sie es sich nicht an, einfach in die Wohnung zu treten, obwohl es auch immer noch zum Teil ihre vier Wände waren. Dennoch wollte sie nicht einfach hineinplatzen. Doch als Greg ihr mit verwirrtem Blick die Tür öffnete, setzte ihr Herz einen kurzen Moment lang aus.

„Nell?" Greg war sichtlich überrascht, sie zu sehen.

„Greg", entgegnete Nell kühl und deutete mit einem Kopfnicken auf die Tür, die er nur einen Spaltbreit offen hielt. Er verstand die stumme Aufforderung und trat beiseite. Ohne ein Wort zu sagen, stapfte sie an ihm vorbei und zum ersten Mal seit einer Ewigkeit fühlte sie sich ihm gegenüber ebenbürtig, stark und selbstbewusst. Sie war sich darüber im Klaren, dass Greg hier den Mist verzapft hatte und nicht sie.

„Ich will dich gar nicht lange stören", begann sie und blickte sich flüchtig um, „bei was auch immer. Ich komme nur, um ein paar Sachen mitzunehmen."

„Möchtest du nicht vielleicht was trinken, damit wir reden können?" Betreten schaute er zu Boden, als würde ihm auf einmal alles ganz ehrlich leidtun. Wie man es aus den meisten Filmen kannte, sahen verlassene Männer oftmals mitgenommen aus: eine alte Jogginghose, zerzauste Haare und ein Drei-Tage-Bart. Dass er Letzteren nicht haben konnte, war ihm verziehen, denn es war immerhin erst gestern Abend passiert, aber der Rest seiner Aufmachung ließ nicht darauf schließen, dass es ihm auch nur ansatzweise schlecht ging. Einzig die Augenringe ließen erahnen, dass er wenigstens mit einem Kater zu kämpfen hatte. Dennoch überraschte es Nell, dass er mit ihr reden wollte. Trotzig verschränkte sie die Arme vor der Brust.

„Ich denke nicht, dass es viel zu reden gibt. Ich brauche einfach nur ein bisschen Abstand von dir. Das alles ist mir zu viel geworden. Deine Lügen, deine Arbeit, du …"

Greg sah sie an, als würde er sie gar nicht wiedererkennen. Verwirrt fuhr er sich durch seine blonden Haare, die sie ihm früher immer so gerne verwuschelt hatte. Jetzt trug er sie immer sorgsam seitlich nach hinten gekämmt, wobei nicht die kleinste Strähne verrutschen durfte. Auch jetzt saßen seine Haare perfekt. Als sie ihn da so stehen sah, musste sie ihre Hände fester an sich drücken, damit sie nicht auf ihn zuging und ihm mit den Händen durch die Haare streichelte. Sie war einfach ein Gewohnheitstier. Mit einem Mal überkam sie eine beinahe unbändige Sehnsucht, aber sie durfte sich davon nicht ablenken lassen. Daher rief sie sich den Grund ins Gedächtnis, weswegen sie eigentlich hergekommen war.

„Wenn es wegen gestern ist, dann tut es mir ehrlich leid." Greg schnaubte resigniert, als hätte er verstanden, dass es keinen Sinn machte, sie zu veranlassen, sich zu setzen.

„Es geht hier nicht nur um gestern Abend, Greg“, rief Nell laut aus. „Ich erkenne dich nicht mehr wieder! Deine Lügen, deine verdammte Arbeit, die dir so viel wichtiger ist als alles andere! Du flirtest mit einer anderen Frau! Du interessierst dich nicht mehr für mich. Nicht für uns und unser gemeinsames Leben. Nicht einmal einen verdammten Antrag habe ich von dir zu erwarten“, platzte sie heraus und wünschte sich, den letzten Satz wieder ungesagt machen zu können, doch dafür war es zu spät.

Greg stöhnte und fuhr sich abermals durch die Haare, die nun nicht mehr so lagen, als hätte er sie für einen Shampoo-Werbespot hergerichtet. Er marschierte an ihr vorbei in Richtung Küchenzeile, die sich unmittelbar im Raum befand. Auf einmal wirkte die Wohnung auf Nell beengend. Schien sie ihr vorher so riesig, dass sie selbst glaubte, sich so manches Mal darin zu verlieren, so hatte sie nun das Gefühl, dass sie sie jeden Augenblick erdrücken würde. Alles wirkte so weiß, so steril, so leblos. Sie beobachtete ihn, wie er sich ein Glas Wasser einschenkte.

„Hast du nichts dazu zu sagen?“, fragte sie.

Einen Moment lang haderte er mit sich und da war ihr klar, dass er vermutlich noch nie über eine Hochzeit nachgedacht hatte.

„Ich wusste nicht, dass du so was willst.“ Seufzend kam er um den Küchentresen herum und marschierte erneut an ihr vorbei, dieses Mal in Richtung Ledercouch, auf die er sich erschöpft fallen ließ. Der Ärmste! Dabei verströmte er diesen ihr so vertrauten Duft, den sie damals so gerne in sich eingesaugt hatte und der jetzt, in diesem Moment, Übelkeit in ihr hervorrief. Sie presste die Lippen fest zusammen und wartete, bis er weitersprach. Doch nichts geschah.

So fuhr sie auf: „Dass ich so was will? Du meinst heiraten? Eine Familie gründen? Eine Zukunft mit dir planen? Gott bewahre, wie ich mit Ende zwanzig nur solche verrückten Ideen haben kann."

„Du hast einfach nie was gesagt", faselte er mit Blick auf sein Glas.

Nell stemmte ungläubig die Hände in die Hüften. „Was hätte ich deiner Meinung nach denn sagen sollen? Ach Greg, hast du nicht mal Lust, mir irgendwann einen Antrag zu machen? Ist das deine Vorstellung von Romantik? Außerdem sind wir seit neun Jahren ein Paar! Ich wusste nicht, dass du da immer noch einen Denkanstoß brauchst." Kopfschüttelnd blickte sie sich um. „Hast du nie auch nur einmal über solche Themen nachgedacht?"

„Nein, eigentlich nicht. Ich meine ... sieh doch mal: Wir sind mitten in unserer besten Zeit. Ich habe einen super Job und du hast deinen ... na ja, du bist auch beschäftigt. Wir wollen doch noch verreisen und was von der Welt sehen. Da denke ich noch nicht an Familie und solche Sachen."

Wieder packte Nell eine enorme Wut, die sie gleich ausnutzen würde. „Eine Zukunft mit mir stempelst du als *solche Sachen* ab? Scheiße Greg, was haben wir die letzten Monate nur gemacht?", fauchte sie dann.

Greg zuckte leicht zusammen, scheinbar wieder überrascht von ihrer Wortwahl, die sie sonst so gut im Zaum halten konnte. Vielleicht hatte er auch nur heftige Kopfschmerzen und ihr schriller Ton provozierte dies nur noch weiter.

„Scheinbar haben wir so sehr nebeneinanderher gelebt, dass wir völlig falsche Ansichten von einer Beziehung haben. Und ich war so dumm, zu glauben, du könntest das Gleiche wie ich wollen“, fügte sie noch hinzu und bemerkte, wie er dann auf dem Sofa noch eine Etage tiefer sackte.

„Ich denke, eine Pause ist eine sehr gute Idee. Ich werde eine Weile weggehen, Urlaub machen, mich erholen“, entschied sie noch im selben Moment.

„Wo willst du denn hin?“

„Es gibt da ein Schloss – das *Eastwood Castle*. Ich denke, es ist das Beste, wenn ich eine Weile verschwinde.“ Sie war erstaunt, wie leicht die Worte über ihre Lippen kamen. „Und wenn ich wieder hier bin, werde ich mir eine neue Wohnung suchen. Vielleicht ist eine räumliche Trennung das Beste für uns. So hat jeder Zeit, sich darüber klarzuwerden, was wir von dieser Beziehung eigentlich wollen.“

„Und wie sieht so eine Pause aus?“, fragte Greg überflüssigerweise.

Nell entwich ein tiefes Seufzen. „Na was glaubst du denn? Wir pausieren unsere Beziehung. Wir sind ab jetzt gerade kein Paar mehr. Und wenn wir der Meinung sind, dass die Pause uns weitergeholfen hat, dann knüpfen wir da an, wo wir mal waren ... wo es noch gut zwischen uns war. Was weiß ich, Greg. Ich wünschte, dass es überhaupt gar nicht erst so weit kommen müsste, aber du lässt mir einfach keine Wahl. Ich kann das so nicht mehr.“ Sie setzte zum Gehen an.

„Nell!“, rief Greg, machte aber keine Anstalten, aufzustehen. Irgendetwas in ihr schrie danach, dass er doch gefälligst aufspringen und ihr folgen, sie aufhalten sollte, doch er zeigte keine Regung. Kurz vor der Tür fiel ihr ein, dass sie ihm gesagt hatte, dass sie noch Sachen holen wollte. Suchend sah sie sich um und schnappte sich die erstbeste Topfpflanze, funkelte ihn wütend an und verschwand mit der Blume unterm Arm aus der Wohnung.

Kapitel 8

„Also wirst du es wirklich tun?“, staunte Piper, als sie ihrer zerknirscht wirkenden Freundin am Küchentisch gegenübersaß. „Ich bin sehr froh, dass du ihm mal deine Meinung gegeigt hast.“ Piper konnte ihr diebisches Lächeln nur schlecht verbergen. Während Nell ihr von ihrem Besuch bei Greg erzählt hatte, war dies immer breiter geworden. Es schien, als wäre sie am liebsten dabei gewesen, um Gregs dummes Gesicht zu sehen, als Nell ihm die Ansage gemacht hatte.

„Ich weiß nicht, ob das vielleicht etwas zu überstürzt war“, gab Nell zu bedenken. „Immerhin könnte ich im Laden gar nicht so lange ausfallen. Es gibt derzeit wirklich eine Menge zu tun und ich will euch nicht hängenlassen. Überleg mal, was durch den heutigen Auftrag alles an neuen reinkommen könnte.“

„Ich wusste, dass du das sagen würdest und ich soll dir von Chloe ausrichten: Wenn wirklich so viele neue Aufträge reinkommen sollten, nähmen diese auch eine gewisse Bearbeitungszeit in Anspruch. Du wärst längst wieder da, sobald sich etwas anbahnt. Das weißt du doch schließlich auch selbst, also wird diese Ausrede nicht akzeptiert.“ Spielerisch verschränkte Piper die Arme vor der Brust.

„Also verstehe ich das richtig und du hast längst mit Chloe gesprochen?“

Piper lachte heimtückisch und setzte anschließend ihre Unschuldsmiene auf, die sie einfach zu gut beherrschte.

„Natürlich hast du!“, rief Nell schließlich empört aus.

„Nimm es mir nicht übel. Aber ich dachte, dass ich dir vielleicht einen kleinen Schubs geben müsste, ehe du dich darauf einlässt, und ich kann dir versichern, dass Chloe auf jeden Fall einverstanden ist. Sie sieht das Ganze genauso wie ich.“

„Toll, wenn ihr beide euch einig seid“, brummte Nell mit einem kaum merklichen Lächeln und trank einen tiefen Schluck, wobei sie sich beinahe den kompletten Mund verbrannte.

Der Gedanke daran, eine Zeit lang hier wegzukommen und so viel Abstand wie möglich zwischen Greg und sich zu bekommen, war wirklich verlockend. Aber es machte ihr auch Angst, allein so weit von zu Hause, von ihren Freunden und von ihrer Arbeit weg zu sein. In ihrem Kopf ratterte es wie ein Uhrwerk und sie stellte sich vor, wie es wäre, jetzt in dem Schloss zu sein, umgeben von dichtem Wald und frischer winterlicher Luft – in der Hand einen Becher mit leckerem Kaffee oder Tee und vor sich ein gutes Buch. Nichts, was sie an Greg erinnern würde, da er sich ohnehin nur für Nobelhotels mit bestem Wellness- und Partyangebot in den Großstädten interessierte. Keine Hektik, kein Stress. Keine Gregs. Ja, vielleicht würde es helfen und sie könnte das Chaos in ihrem Kopf einmal neu sortieren. Schließlich blickte Nell zu ihrer Freundin auf und lächelte. „Okay, so machen wir es.“

Ehe Nell sich versah, kam der Tag der Abreise und sie fühlte sich aufgeregter, als sie sich eingestehen wollte. Als erwachsene Frau würde sie ein paar Wochen allein im Urlaub ja wohl schaffen. Doch wenn sie es sich recht überlegte, war sie noch nie allein verreist. Bisher hatte Greg sie immer begleitet. Sie schüttelte entschieden den Kopf, als sie das bestellte Taxi schon von Weitem sah. Die Gedanken an ihn würde sie schön hierlassen. So wie Piper es ihr noch früh am Morgen geraten hatte, kurz bevor sie zur Arbeit aufgebrochen war und sich daher schon von ihr mit einer festen Umarmung verabschiedet hatte. Das winterliche Wetter blieb an diesem Morgen trüb und der Schnee auf den Gehwegen war in den vergangen paar Tagen leicht geschmolzen. Sie blickte auf den schmutzigen Schneematsch, in den düsteren Himmel und lauschte noch einmal dem lauten Stadtgewirr.

„Bis in vier Wochen!", sagte sie dann aber entschlossen zu sich selbst und stieg in ihr Taxi, was sie zum Bahnhof bringen würde.

Kapitel 9

Nachdem die Bahnfahrt angenehm verlaufen war und Nells nächstes Taxi sie nun endgültig an ihr Ziel bringen sollte, beschleunigte sich ihr Herzschlag. Der Weg wurde allmählich holpriger und immer mehr Wald umgab sie. Es war, als würde man die Zivilisation hinter sich lassen und in eine völlig neue Welt eintauchen. *In eine weiße Märchenwelt*, dachte Nell träumerisch. Mit großen Augen verfolgte sie die zunehmende Veränderung ihrer Umgebung. Lediglich hier und da durchquerten sie ein paar kleine Dörfer, wobei man von Glück sprechen konnte, wenn man einen Menschen zwischen all den verschneiten Wegen sah. Sie nahm sich im Geiste vor, unbedingt eines dieser niedlichen Dörfer zu erkunden.

Als dann noch der Waldboden unter den Reifen des Taxis zu knirschen begann, war sie sich sicher, dass sie bald da sein mussten. Nachdem sie sprichwörtlich den Wald vor lauter Bäumen nicht mehr sehen konnte, erreichten sie schließlich ein großes gusseisernes Tor, umgeben von einer Ziegelmauer. Langsam schlängelte sich das Taxi durch die offene Einfahrt und vor ihr erstreckte sich ein Gebäude, wie sie es bisher höchstens aus dem Fernsehen kannte. Nell presste ihr Gesicht näher an das Autofenster und staunte wie ein kleines

Kind mit offenem Mund, als das alte Gebäude so prunk-
voll vor ihnen lag. Bisher kannte sie nur die riesigen Gebäude aus der Stadt, in denen sich Büros, Bars, Restaurants, Nobelhotels oder Geschäfte befanden, aber ein
solch verträumtes Schloss hatte sie bisher noch nicht
gesehen. Wenn sie dort keine Märchenfilme drehten,
dann wusste sie es auch nicht.

Der Taxifahrer machte vor der ausladenden Stein-
treppe Halt, die in geschwungener Form in den Eingang von *Eastwood Castle* führte. Gedankenverloren
steckte sie ihm das Geld zu und stieg, ohne den Blick
von dem Gebäude zu nehmen, aus dem Auto. Mit ihren
Sneakers berührte sie den Steinboden, der sich vor dem
gesamten Hotel erstreckte.

„Oh mein Gott, das ist ja der Wahnsinn", murmelte sie
und bemerkte erst später, dass der Taxifahrer ihr Gepäck neben sie gestellt hatte und wieder abgefahren
war. Es wäre ihr nicht einmal aufgefallen, wenn er sich
mit ihrem Hab und Gut einfach auf und davon gemacht
hätte, so sehr war sie von dem Anblick ergriffen. Zwei
große Säulen rechts und links vom Eingang ließen das
Schloss noch mächtiger erscheinen. Ihr Blick wanderte
nach oben und sie zwang sich, ihren Mund wieder zu
schließen. Viele kleine Fenster mit Rundbögen reihten
sich aneinander und einzelne blumenhafte Elemente,
die ähnlich aussahen wie die Stuckleisten im Blumenladen, schlängelten sich die Fassade empor. Das
Schloss musste laut ihrer Zählungen etwa drei Stockwerke haben und im Dachgeschoss befanden sich lauter kleine kreisrunde Fenster. Sie war der Meinung,
dass die Bezeichnung dafür *Ochsenaugen* lautete, das

hatte sie mal irgendwo gelesen. Der Anblick überwältigte sie und in diesem Moment fühlte sich ihre Entscheidung hierher zu kommen, vollkommen richtig an. Sie atmete die Luft ein, die so viel frischer war und weniger emissionsbelastet als in der Stadt. Mit einem Lächeln auf den Lippen griff sie nach ihrer Reisetasche und schritt drei große Stufen hinauf, die sie zum Eingang führten. Die kräftige Eingangstür, die aus schwerem Holz bestand, stand offen und sie befand sich nach ein paar Schritten direkt in der Eingangshalle. Es dauerte einen Moment, ehe sie alles in sich aufnehmen konnte. Sie drehte sich staunend um ihre eigene Achse. Es war anders, als sie es sich vorgestellt hatte und sehr ländlich eingerichtet. Es gab dunkle Holzmöbel und dunkelrote Tapeten, jedoch mit modernen und hellen Elementen dekoriert. Das Parkett unter ihren Füßen glänzte und gegenüber von ihr erstreckte sich ein offener Durchgang, durch den man einen Blick auf einzelne Tische und Stühle erhaschen konnte. Vermutlich handelte es sich hierbei um ein Restaurant oder den Speisesaal. Links davor befand sich eine klobige Treppe aus ebenso dunklem Holz, die in den ersten Stock führte. Rechts von sich konnte sie die Rezeption ausmachen. Auch der Tresen war aus edlem dunklem Holz, in dessen oberste Kante filigrane Ornamente hineingeschnitzt waren. Drauf stand ein riesiger Kerzenleuchter mit sechs Armen, mit denen man Einbrecher hätte zum Teufel jagen können. Wenn man so einen zu Hause hatte, dann brauchte man keinen Baseballschläger mehr.

Hinterm Tresen stand ein Mann mittleren Alters und mit schütterem Haar. Er trug eine dunkelrote Uniform und wirkte durch seine gerade Haltung noch schlaksiger, als er ohnehin schon war. Er lächelte freundlich und nickte ihr zur Begrüßung zu. „Herzlich willkommen auf Eastwood Castle!"

„Hallo", antwortete Nell höflich und stellte ihre Reisetasche neben sich ab, „ich habe ein Zimmer auf den Namen Nelly Pierson gebucht."

„Einen Moment bitte." Der Concierge, auf dessen Namensschild auf der Brust *F. Brown* stand, griff nach einem Ordner und blätterte durch die Seiten.

Währenddessen schaute Nell sich auf dem Tresen um und entdeckte neben sich einen Aufsteller mit mehreren Flyern. Sofort musste sie lächeln, denn Piper hätte in diesem Moment beherzt zugegriffen. Interessiert langte auch sie danach und zupfte an einem Exemplar, das allerdings zwischen den anderen festklemmte. Mit einem Ruck wollte sie es aus dem Aufsteller ziehen, doch plötzlich begann dieser zu wackeln und kippte auf dem Tresen um. Einige Flyer lösten sich und fielen dem Concierge entgegen. Erschrocken blickte er auf. „Na hoppla!"

„Entschuldigen Sie bitte!", rief Nell peinlich berührt und spürte unverzüglich die Schamesröte in ihrem Gesicht aufsteigen.

„Ist doch kein Problem", antwortete ihr Gegenüber augenzwinkernd, „das passiert dauernd." Mit geschickten Handgriffen sammelte er die Flyer, die hinter den Tresen gefallen waren, auf und stopfte sie zurück in den Aufsteller, als wäre nichts geschehen.

Nell nahm sich vor, vorerst nichts mehr anzufassen und steckte ihre Hände in die Taschen ihres Mantels.

Ehrlich gesagt glaubte sie ihm nicht, dass das öfter passierte und vermutete eher, dass er sie nur beruhigen wollte. Schließlich musste sie lächeln.

Kurz darauf wandte er ihr den Rücken zu und suchte in einem Regal hinter sich nach einem Schlüssel, den er ihr wenige Momente später mitsamt einer dunkelroten Mappe über den Tresen schob. „So, Ms Pierson, Sie haben Zimmer 207. Mein Kollege wird Sie gleich auf Ihr Zimmer geleiten. Hier haben wir alles Wichtige für Sie zusammengefasst", er deutete mit einem Blick auf die Mappe, „da stehen die Zeiten für das Frühstück. Das Büfett steht von sechs bis zehn Uhr für Sie bereit. Außerdem stehen hier die Öffnungszeiten vom Restaurant und weitere Zeiten für die Kurse und Aktivitätsmöglichkeiten, die wir anbieten." Er betete alle Informationen herunter, als täte er den ganzen lieben langen Tag nichts anderes – was vermutlich auch so war – und das durchgehend mit einem freundlichen Lächeln auf den Lippen. Nell mochte ihn. Allerdings wurde ihr von dem umfangreichen Zeitplan ganz schwindelig und sie fragte sich, wie kurz einem hier der Tag vorkommen mochte, bei all den Möglichkeiten, die man von Yoga und Reiten über Wellness, Schach und Bingo-Abende hatte. Als Mr Brown fertig war, schloss er seine Einführung mit einem höflichen „Ich wünsche Ihnen einen angenehmen Aufenthalt. Sobald Sie irgendetwas brauchen, lassen Sie es mich wissen."

Kurz darauf rief er nach seinem Kollegen, einem jungen Mann um die Zwanzig, der mit einem ähnlich einstudierten Grinsen nach Nells Gepäck griff und sie bat, ihm zu folgen. Sie marschierten zu einem der Fahrstühle, die sich links vom Empfang befanden, und traten in die mit Marmorboden ausgestattete Kabine. Wenige Augenblicke später betraten sie den Korridor des zweiten Stocks und folgten einem dunkelbraunen Teppich durch das halbe Stockwerk, ehe sie Nells Zimmer erreichten. Die Einrichtung des Korridors glich der aus der Eingangshalle: dunkelrote Tapeten im Jacquard-Muster und hier und da prunkvolle Anrichten und Telefontische aus schwerem dunklem Holz. Aus den Wänden ragten goldene Lampen, die warmes Licht spendeten. An ihrem Zimmer angekommen, reichte der junge Mann Nell ihren Schlüssel, nachdem er ihr die Tür geöffnet und ihr Gepäck im Zimmer auf die Gepäckablage gestellt hatte. Nell überlegte, ob sie ihm womöglich etwas Geld zustecken sollte. Machte man das nicht so in Hotels? Dummerweise hatte sie kein Kleingeld dabei. Der junge Page wartete einen kleinen Moment und grinste unschlüssig. Da Nell nun mal kein Geld hatte, was sie ihm geben konnte – und sie konnte ihm ja schließlich auch keine Bonbons oder Kaugummis in die Hand drücken – nickte sie ihm lediglich zu. „Vielen Dank für Ihre Hilfe."

Eine peinliche Stille entstand und schließlich merkte der junge Mann, dass es hier nichts zu holen gab und zog sich mit einem gequälten Lächeln zurück.

Als sie durch ihr Zimmer trat und die Tür hinter ihr ins Schloss fiel, machte sich eine ungewohnte Stille breit. Nell ließ den Blick durch den Raum schweifen, der ganz anders eingerichtet war als das, was sie bisher im Schloss gesehen hatte. Sie blickte auf cremefarbene Tapeten, dunkle Holzmöbel, ein riesengroßes Bett und ein beigefarbenes Sofa, auf dem locker drei

Leute Platz fanden. Zwei Cocktailsessel standen direkt vor den Riesenfenstern, damit man bequem die herrliche Aussicht genießen konnte. Sie staunte und konnte sich vor Begeisterung kaum rühren. Das ausladende Himmelbett befand sich schräg stehend in der Ecke des Raumes, rechts daneben ein kleiner Tisch mit zwei bequem aussehenden Stühlen und daneben ein Schreibtisch, auf dem ein Block und zwei Stifte platziert waren. Das Zimmer hatte drei große Fenster und Nell war gespannt auf die Aussicht. Sie schaute mitten in eine wunderschöne Schneelandschaft. Vor ihr erstreckte sich ein Wald, dessen Ausmaß sie sich gar nicht vorstellen konnte und endlich freute sie sich auf die nächsten vier Wochen.

Kapitel 10

„Wirklich, Piper, es ist unglaublich!", rief Nell begeistert in den Hörer, während sie an ihrem Tee nippte und die winterlichen Sonnenstrahlen genoss, die auf sie herabschienen. Sie hatte es sich, nachdem sie sich im Zimmer eingerichtet und sich ein wenig hergerichtet hatte, auf der beheizten Schlossterrasse bequem gemacht, um den Nachmittag bei einer gemütlichen Tasse Tee ausklingen zu lassen.

„Ich wünschte, wir könnten zusammen Urlaub machen", seufzte ihre beste Freundin am anderen Ende des Hörers. „Gerade durfte ich mir von einem Kunden, der in seinem Leben vermutlich noch nie eine Rose zu Gesicht bekommen hat, anhören, dass die Qualität der Rosen zu wünschen übrig ließe, da eines der Rosenblätter – Gott bewahre – welk war. Am liebsten hätte ich ihm einen Strauß Rosen um die Ohren gehauen, aber die Blumen waren mir dann doch zu schade dafür."

Nell lachte leise. „Ich bin stolz auf dich, dass du deine Wut so gut unter Kontrolle hattest und Rücksicht auf die Blumen genommen hast."

„Danke. Und, was sind deine Pläne für die ersten Tage in Freiheit?", wollte Piper dann neugierig wissen.

Nell dachte kurz nach und starrte in den Schlossgarten, der sich vor ihr erstreckte. „Hm ... ich weiß nicht.

Das Programm hier ist sehr vielseitig. Ich kann Yogakurse besuchen, reiten, wandern gehen. Ich weiß gar nicht, wo ich anfangen soll. Gerade genieße ich einfach nur meine Ruhe."

Wieder ein Seufzen auf der anderen Seite des Hörers. „Vielleicht werde ich mir auch mal ein bisschen Ruhe gönnen. Bei dem Stress, den ich immer habe", sinnierte Piper und Nell konnte sich lebhaft vorstellen, wie sie über dem Tresen gebeugt dastand und gedankenverloren den Kopf auf ihrer Hand abstützte.

„Welchen Stress meinst du?", fragte Nell sie lachend und hörte im Hintergrund das vertraute Klingeln der Ladentür.

„Ich muss auflegen, da kommt jemand. Also, hab viel Spaß und melde dich beizeiten wieder. Bis dann."

Lächelnd legte Nell ihr Smartphone auf dem Tisch ab und lehnte sich wieder entspannt in ihrem Stuhl zurück. Die Heizpilze leisteten ganze Arbeit und Nell konnte sich nicht daran erinnern, dass sie jemals im Winter draußen gesessen hatte, eingehüllt in eine kuschelige Wärme, mit Blick auf eine atemberaubende Landschaft. Das konnte doch alles gar nicht echt sein! Sie atmete die ländliche Waldluft tief ein und wieder aus. Doch es war dieser eine Augenblick, der sie aus ihrer Entspannung riss, als sie eine bekannte Stimme hinter sich hörte.

„Ich nehme einen schwarzen Kaffee, bitte." Irgendetwas an dieser Stimme kam ihr vertraut vor. Wenn es auch nur die Aussprache oder die Art war, wie die Person das Wort Kaffee betonte: Kaffä. Irgendwo tief in ihr schrillten die Alarmglocken, doch der Gedanke war so abwegig, dass sie es sich nicht vorstellen konnte. Dennoch, sie wollte wissen, wer da hinter ihr einen Kaffä bestellte. Sie ließ ihren Blick unauffällig kreisen und schaute schräg hinter sich. Es durchzuckte Nell blitzartig, doch es war zu spät, um einfach wegzuschauen und das Weite zu suchen.

Dylan Bresslin! Dylan – ich mache dir das Leben zur Hölle – Bresslin starrte ihr geradewegs in die Augen.

„Nell? Bist du das etwa?", fragte er und wieder machte sich dieses überhebliche Grinsen auf seinen vollen Lippen breit.

Sie musterte ihn knapp und merkte, dass sie ihn neulich auf der Straße kaum angesehen hatte. Die Frisur mit den frechen Strähnen, die ihm ins Gesicht fielen, die damals seinen dunklen Charakter nur mehr unterstrichen hatte, trug er jetzt zur Seite gescheitelt. Seine Kleidung mochte teuer sein, schien allerdings kein halbes Vermögen zu kosten wie die von Greg.

„Verdammt noch mal, Nell! Was zum Teufel machst du denn hier?", fragte er verdutzt, als hätte sie kein Recht auf Anwesenheit. Dasselbe hätte sie ihn ja wohl auch fragen können!

„Erholungsurlaub", antwortete sie kühl, „um mich zu entspannen und zur Ruhe zu kommen. Dinge zu vermeiden, die mir nicht guttun", fügte sie jedoch mit Nachdruck hinzu. *Oder Abstand von Personen zu finden, die mir nicht guttun ...* Doch von der besagten Entspannung war in diesem Moment nicht mehr viel zu merken.

„Und was führt dich ausgerechnet an diesen abgelegenen Ort?"

Dylan straffte seine Schultern, vermutlich, um ihr deutlich zu machen, wie verspannt er doch war, und lächelte sein charmantestes Lächeln. „Ebenfalls Erholungsurlaub. Vermutlich wie all die anderen Gäste hier." Er raffte sich auf und schlenderte mit lässigen Schritten auf Nell zu. Dann setzte er sich auf den Stuhl gegenüber von ihr und ließ sie nicht aus den Augen.

„Oh bitte, setz dich doch", bemerkte Nell sarkastisch. Es fiel ihr schwer, in seiner Gegenwart auf ihre gute Kinderstube zu achten.

„Mit dir hätte ich hier am wenigsten gerechnet. Meine Güte, was ist die Welt doch klein", plauderte er heiter und Nell erinnerte sich schlagartig an all die schlechten Erlebnisse aus ihrer Schulzeit, doch versuchte sie die Gedanken daran schnell wieder abzuschütteln. „Tja, unverhofft kommt oft", entgegnete sie. „Und nun? Möchtest du mir, nachdem du mir schon die Schulzeit versaut hast, auch noch meinen Urlaub ruinieren?" Die Worte kamen ebenso heiter hervor wie seine und sie merkte, dass er scheinbar noch immer nicht begriffen hatte, dass sie inzwischen erwachsen und nicht mehr das kleine unscheinbare Zahnspangenmädchen von früher war.

Er hob beschwichtigend die Hände. In diesem Moment tauchte ein Kellner auf, nachdem er bemerkt hatte, dass Dylan den Platz gewechselt hatte und reichte ihm seinen Kaffä. Nachdem er sich unauffällig entfernt hatte, sah Dylan Nell wieder an. Himmel, was hatte sie sich verändert, dachte er wieder und konnte einfach nicht glauben, dass aus Nell eine so hübsche und selbstbewusste Frau geworden war. Schon neulich auf der Straße hatte sie ihn mit ihrem Aussehen regelrecht umgehauen. So hatte er sie absolut nicht Erinnerung gehabt.

„Ach, um Himmels willen, Nell. Lass doch die alten Geschichten ruhen, die sind schon hundert Jahre her", tat er das Ganze mit einem Handwisch ab. Als sie jedoch nicht antwortete, sondern ihn nur ungläubig anstarrte, als handelte es sich bei seiner Erscheinung vielleicht doch nur um eine Halluzination, räusperte er sich kurz.

„Hör zu, es tut mir leid, was damals so passiert ist. Es waren doch nur kleine Jungs-Streiche."

Mit skeptischem Blick sah sie Dylan an. Sie glaubte ihm kein Wort. Ein Dylan Bresslin entschuldigte sich niemals für sein Verhalten und wenn, dann nur, um die Lehrer um den Finger zu wickeln und hinterher erneute Angriffsaktionen zu starten. Gut, sie waren nicht mehr in der Schule, aber sich zu entschuldigen, passte einfach nicht zu ihm.

„Du glaubst mir nicht", schloss er dann, als sie nicht antwortete und er trank einen Schluck aus seinem Becher. „Na ja, wie auch immer. Ich bin jedenfalls nur hier, um ein bisschen Ruhe zu haben. Keinen Zickenkrieg, sondern nur meine Ruhe. Ich denke, das liegt auch in deinem Interesse."

„Sonst wäre ich wohl kaum hier. Weit weg von zu Hause. Und ob du es glaubst oder nicht, aber Zickenkrieg und schlechte Gesellschaft hatte ich in den vergangenen Tagen mehr als genug. Nimm es mir also nicht übel, wenn ich mich jetzt zurückziehe. Der Tag war lang und ich bin von der Anreise noch ziemlich mitgenommen." Sie lächelte gekünstelt und erhob sich von ihrem Platz. Eigentlich hatte sie nicht vorgehabt, sich von Dylan verscheuchen zu lassen, aber um des Friedens willen, trat sie heute ausnahmsweise den Rückzug an. Das würde das erste und letzte Mal sein, schwor sie sich im Geiste.

„Ich wünsche einen angenehmen Aufenthalt", prostete Dylan ihr mit seinem Kaffee zu und sie spürte, wie er ihr mit seinem Blick folgte. Sie konnte sich seine dunkelbraunen Augen, mit denen er ihren Körper gerade genauestens scannte, geradezu bildlich vorstellen.

Und Dylan war ebenfalls wie vor den Kopf gestoßen. Das konnte doch unmöglich sein, dass ausgerechnet Nell hier auf *Eastwood Castle* Urlaub machte, dachte er kopfschüttelnd. Unglaublich, wie klein die Welt doch war. Erst vor einigen Tagen in London und jetzt hier! Manchmal glaubte er wirklich, dass es irgendwo eine höhere Macht in Menschengestalt gab, die ihm ausgiebig den Mittelfinger zeigte.

Auch Nell fühlte sich veräppelt. Durfte sie etwa keinen inneren Frieden finden, sondern musste sich von der Männerwelt herausfordern lassen? Erst als sie in ihrem Zimmer ankam, atmete sie laut aus. Was zum Teufel tat Dylan hier? Gab es nicht tausende anderer Hotels, wo er Urlaub machen konnte? Nach Greg kam direkt Dylan auf ihre Liste der Männer, die sie jetzt am wenigsten sehen wollte. Dicht gefolgt von Mr Stuart, der ihr einmal einen verwelken Strauß Blumen auf den Ladentisch gepfeffert hatte, mit der Begründung, dass die Blumen viel zu schnell eingegangen seien und zu viel Wasser in Anspruch genommen hätten. Seufzend ließ sie sich auf die Bettkante fallen und fühlte den wei-

chen Samtbezug unter ihren Fingern. Noch vor wenigen Minuten war sie voller Glücksgefühle gewesen.
Doch wieder einmal hatte Dylan es geschafft, ihr das zu
nehmen. Manche Dinge änderten sich einfach nie.

Kapitel 11

Nell hatte sich dazu entschlossen, sich den Urlaub nicht von Dylan kaputt machen zu lassen. Warum auch? Immerhin hatte sie viele Jahre nicht an ihn denken müssen und so sollte es auch bleiben. Auch wenn es schwer war, denn sie würden einander vermutlich ständig begegnen. Doch es gab genügend Möglichkeiten, sich aus dem Weg zu gehen. Dylan würde ja wohl kaum einen Yogakurs besuchen oder an Lesungen im Schloss teilnehmen. Aber sei es drum, sie waren immerhin beide erwachsen. Sie vermutlich mehr als er, aber er schien kein hoffnungsloser Fall zu sein. Obwohl – die beiden Male, als sie sich begegnet waren, hatte Dylan immer noch diese überhebliche Art und dieses freche Grinsen auf den Lippen gehabt, das Nell noch zu gut vor Augen stand.

Das Abendessen hatte sie allein im Restaurant eingenommen und die ruhigen Gespräche und die leise Musik um sich herum genossen. Einige Gäste hatten sich zusammengetan, andere verbrachten, ähnlich wie Nell, die Zeit allein und genossen den Anblick auf den herrlichen Schlossgarten. Von Dylan war nichts zu sehen. Gott sei Dank! Vielleicht war ihre anfängliche Aufregung umsonst gewesen, also ging sie mit positivem Gefühl ins Bett und schloss, nachdem sie noch ein bisschen in einem Roman gelesen hatte, schließlich die Augen. Sie fiel das erste Mal seit langer Zeit in einen traumlosen und entspannten Schlaf.

Langsam öffnete Nell die Augen und es dauerte eine Weile, bis sie begriff, wo sie war. Ihr Blick wanderte durch das lichtdurchflutete Zimmer, an dessen Anblick sie sich nach dem Aufstehen durchaus gewöhnen könnte. Dieser würde sie die nächsten vier Wochen begleiten. Lächelnd rollte sie sich auf die Seite und griff nach ihrem Smartphone auf dem Nachttisch. Es war bereits halb zehn! Entgeistert schreckte Nell auf. Sie würde das Frühstück verpassen, wenn sie sich nicht beeilte. Die wunderschöne Ansicht des Zimmers würde sie zu anderer Zeit in Ruhe genießen müssen.

Nach kurzer Zeit hatte sie sich frischgemacht, eine langärmelige Bluse über einer schwarzen Jeans angezogen und verließ mit knurrendem Magen ihr Zimmer.

Wie erwartet war der Frühstückssaal mittlerweile nur noch von wenigen Menschen besetzt und so kurz vor Frühstücksende würden sie auch mit Sicherheit nichts mehr nachlegen. Nell nahm sich einen Teller und marschierte neugierig auf das Büfett zu. Sie freute sich, mit einem Blick auf das letzte Croissant im Brötchenkorb, auf ein leckeres Frühstück mit Marmelade. Mehr brauchte sie am Morgen auch nicht. Ein süßes Frühstück war zwar entgegen der typisch englischen Kultur, wo eher deftig gefrühstückt wurde, doch von süßen Sachen konnte Nell einfach nicht genug bekommen. Sie schnappte sich etwas Erdbeermarmelade in einer kleinen Schale und wollte sich gerade auf den

Weg zum Croissant machen, da entdeckte sie Dylan, der im Begriff war, das letzte Gebäck zu nehmen. Dann wandte er sich zu Nell um und lächelte charmant. „Guten Morgen, Nell!" Er zwinkerte ihr zu, hob grüßend das Croissant und ging mit einem zufriedenen Lächeln zu einem der Tische. Nell stieß einen genervten Laut aus, wandte sich um und häufte sich ein englisches Frühstück auf ihren Teller.

Wenig später hatte sie sich an einem der Tische nahe des Fensters niedergelassen. Dylan hatte es innerhalb weniger Sekunden geschafft, ihr schon wieder auf die Nerven zu gehen. Kopfschüttelnd trank sie einen Schluck tiefschwarzen Kaffees, weil sie diesen jetzt bitter nötig hatte.

Plötzlich hörte sie neben sich ein Räuspern. „Entschuldige, ist hier noch frei?"

Nell blickte einer jungen Frau direkt in die Augen, die ihre kinnlangen schwarzen Haare zu hübschen Wellen gedreht hatte. Ihre kugelrunden Augen brachten Nell sofort dazu, sie zu mögen und sie nickte schließlich. „Ja, na klar."

„Vielen Dank", stöhnte die junge Frau und stellte einen vollen Teller mit englischem Frühstück auf den Tisch. „Mittlerweile komme ich mir zwischen den ganzen Leuten hier echt einsam vor. Ich bin schon seit einer Woche in diesem Schloss und entweder haben sich schon kleine Grüppchen gebildet oder aber die Leute wollen wirklich ihre Ruhe und nichts mit anderen zu tun haben. Und ich bin ehrlich gesagt nicht der Typ dafür, viel zu schweigen und nur für mich zu sein."

Nell kicherte. „Dann hast du das Wort Erholung auf dem Flyer also nicht gelesen?"

„Oh doch, das habe ich und deshalb wollte ich auch erst nicht herkommen. Meine Mutter hat mir diesen Urlaubsquatsch hier mehr oder weniger aufgedrängt. Und da es wohl derart schlimm um mich steht, hat sie mich gleich eine Woche länger als geplant eingebucht." Sie schüttelte den Kopf. „Entschuldige, ich bin übrigens Lucy." Sie reichte Nell die Hand, die sie lächelnd ergriff und schüttelte.

„Nell. Freut mich sehr."

Lucy machte sich über ihr Frühstück her. „Und warum bist du hier?"

Nell dachte einen Moment nach, entschied sich aber dafür, nur die Kurzform ihrer Geschichte zu erzählen, um das Thema erst gar nicht so nahe an sich heranzulassen. Immerhin hatte sie sich seit gestern endlich mal wieder richtig gut gefühlt, so weit weg von zu Hause. Da durften ihre Sorgen auch gerne noch eine Weile bleiben. „Ich brauchte einfach mal eine Auszeit von zu Hause."

„Eine Auszeit, der Klassiker. Bestimmt liegt's an einem Kerl, oder?" Lucy schüttelte den Kopf. „Kommt mir sehr bekannt vor. Mein Ex-Freund hat mich nicht nur betrogen, sondern auch eine komplette Familie vor mir geheim gehalten. Frau und Kind! Einfach unglaublich."

Nell ließ ihren Kaffeebecher sinken und griff nach ihrer Gabel. Wenn sie schon dachte, dass sie Probleme am Hals hatte, so gab es immer noch Menschen, denen viel Schlimmeres widerfuhr. „Das hört sich schrecklich an."

„Viel schrecklicher ist das, was ich mit seinem Auto gemacht habe", erwiderte Lucy verschwörerisch und schob sich ein Stück Würstchen in den Mund.

„Du hast ihm ja wohl nicht die Bremsen manipuliert, oder?", hakte Nell vorsichtig nach.

„Nein, natürlich nicht! Ich hatte Hilfe von meinem Schraubenzieher und echtes Talent im Autozerkratzen bewiesen."

Nell blickte sie geschockt an, musste aber anschließend lachen bei dem Gedanken, wie Greg reagiert hätte, wenn sie sein geliebtes Auto mit einem Schraubenzieher bearbeitet hätte.

„Das ist der Grund, warum meine Freunde und vor allem meine Mum meinten, ich bräuchte mal eine kleine Auszeit", erzählte sie weiter und schüttelte den Kopf, als könnte sie es kaum glauben. „Aber egal, das liegt jetzt hinter mir."

„Ja, manchmal sollte man es dann auch hinter sich lassen", stimmte Nell ihr zu.

Lucy bedachte Nell mit einem neugierigen Blick und schaute dann ein paar Tische weiter an ihr vorbei. „Sag mal, kennst du den?" Sie deutete mit einem Kopfnicken an Nell vorbei. Diese folgte ihrem Blick zu Dylans Tisch, der sich mit einer Zeitung in der einen und einem Becher Tee in der anderen Hand entspannt zurückgelehnt hatte.

Nell schnaubte und nickte knapp. „Ja, von früher. Wir haben uns nur zufällig hier getroffen."

„Hm ... schade."

„Wieso schade?"

„Na, weil er echt heiß ist und ich gesehen habe, wie du ihm hinterhergesehen hast."

Nell blieb beinahe ein Stückchen Toast im Hals stecken. „Großer Gott, ich und Dylan? Nein, wirklich nicht."

Lucy grinste breit. „Na gut, ich glaube dir zwar nicht, aber werde nichts weiter sagen."

„Wir sehen uns dann nachher beim Wellness?", vergewisserte sich Lucy, als Nells und ihre Wege sich vor der großen Treppe trennten.

„Oh ja, ich freue mich schon", strahlte Nell. Lucy hatte ihr angeboten, ihr ein bisschen vom Schloss zu zeigen und da war der Wellnessbereich die allererste Adresse gewesen. Sie freute sich sehr darauf, doch zuerst wollte sie noch einen kleinen Spaziergang draußen im Schlossgarten unternehmen, auf den sie sich seit gestern schon gefreut hatte.

„Wir sehen uns dann um elf", rief Lucy, während sie sich auf den Weg in ihr Zimmer machte.

Insgeheim war Nell froh, jemanden gefunden zu haben, mit dem sie sich unterhalten und ein bisschen Zeit verbringen konnte. So war sie wenigstens von ihrem innerlichen Groll, dass sie Dylan in den nächsten Wochen häufiger über den Weg laufen würde, bestens abgelenkt. Außerdem fand sie Lucy sehr sympathisch und konnte sich vorstellen, ein paar lustige Tage mit ihr zu verbringen.

Die spätwinterliche Luft war an diesem Tag besonders eisig und vereinzelt rieselten ein paar Schneeflocken vom Himmel herab. So sehr Nell den Winter mochte, so sehr freute sie sich auf die Zeit, in der es allmählich in den Frühling überging. Lange würde es hoffentlich nicht mehr dauern.

Der Schlosspark war wundervoll. Mit den Händen in den Taschen vergraben, blieb Nell einen Moment lang stehen, schloss kurz die Augen und reckte ihr Gesicht in die Luft. Sie sog den winterlichen Duft von Eis und Schnee in sich ein und atmete ihn langsam wieder aus. Der sandige Weg unter ihren Füßen knirschte, als sie ihren Weg durch die Gänge des Schlossparks fortsetzte. Dabei lauschte sie dem Rascheln der Bäume. Es war, als wäre sie in einer völlig anderen Welt, jenseits der Stadt, in der sie lebte und die derzeit mit vielen Problemen behaftet war.

Sie war nicht lange unterwegs gewesen, doch das, was sie bisher vom Schloss gesehen hatte, hatte Nell so sehr beeindruckt, dass sich die Entscheidung, herzukommen, von Minute zu Minute richtiger anfühlte. Aber sie wollte Lucy nicht warten lassen, also lief sie in ihr Zimmer, kramte nach ihrem Bikini und einem großen Handtuch, schnappte sich ihren Roman vom Nachttisch und stopfte alles in eine kleine Tasche. Wenige Augenblicke später fand sie sich im Wellnessbereich des Hotels wieder, der sich im Keller befand. Ehrfürchtig folgte sie dem Gang, der im Stil vom alten Schlossgemäuer gehalten war. Ein frischer Duft nach Rosen und Lotion lag in der Luft und Nell freute sich schon darauf, sich eine Massage zu gönnen, die Lucy ihnen beiden um halb zwölf gebucht hatte. Diese wartete, als Nell das Ende des tunnelartigen Ganges erreichte, auf einer weißen Sitzbank auf sie.

„Da bist du ja", strahlte Lucy und schoss von der Bank hoch. Sie hatte ihren Bikini bereits an und ein Handtuch lässig um die Hüften gebunden. Lucy hatte eine schöne Figur, die sie zu zeigen wusste. Und dabei war sie nicht so spindeldürr, dass man meinen würde, sie bei einer Umarmung zerquetschen zu können. Ihr schwarzer Bikini betonte ein Rosentattoo schräg unter ihrem Bauchnabel und plötzlich bekam Nell Lust, sich ebenfalls eines stechen zu lassen. Greg hatte Tattoos immer gehasst und gerade jetzt gefiel ihr die Vorstellung, eines unter der Haut zu tragen, nur noch mehr.

„Es ist wunderschön hier unten", bemerkte Nell.

„Ja, oder? Ich bin fast jeden Tag hier und kann gar nicht genug von den Massagen und der Gesichtsbehandlung bekommen. Und erst den Innenpool musst du sehen", schwärmte Lucy und blickte an Nell, die noch immer in Straßenkleidung herumlief, herab. „Aber zuerst musst du dich umziehen. Komm schon, ich zeige dir die Kabinen. Selbst die sehen nobler aus als meine eigene Wohnung!"

Lucy behielt recht. Die Umkleideräume ähnelten kleinen Grotten. Die Vorhänge vor den Öffnungen waren dunkelblau und mit goldenen Ornamenten verziert. Nell hatte so etwas noch nie gesehen. Auch die Waschbecken in den Duschräumen waren golden, sodass Nell das Gefühl bekam, sich in einer komplett anderen Zeit zu befinden. Sie zog ihren dunkelblauen Bikini mit weißem Blumendruck an, schlang sich ein Handtuch um die Hüften und anschließend führte Lucy sie in den Massageraum, in dem sie schon erwartet wurden. Gemeinsam ließen sie sich durchkneten und Nell fühlte sich, als würde ihr Rücken mit einem Nudelholz bearbeitet. Es war ein süßer Schmerz. Peinlicherweise entwischte Nell dabei immer wieder ein ungewolltes Stöhnen und Ächzen, was sie nicht unterdrücken konnte. Lucy kicherte neben ihr, das Gesicht in dem Loch ihrer Liege vergraben. „Ist das dein erstes Mal?"

„Merkt man das?“, presste Nell hervor, während ihre Masseurin ihr die Daumen in den unteren Rückenbereich drückte, als würde sie einen Pizzateig ausrollen.

Lucy kicherte. „Ein bisschen vielleicht. Du bist viel zu angespannt. Du musst lockerlassen, dann tut es auch nicht so weh, wenn sie mal fester zudrücken.“

„Uhhh“, entfloh es Nell erneut und sie lachte verlegen. „Das ist leichter gesagt als getan. Aber es fühlt sich trotzdem gut an. Könnte ich mich dran gewöhnen.“

„Das wirst du. Irgendwann ist es selbstverständlich, wenn einem jemand den Rücken zerquetscht.“

„Und was kommt danach? Du hattest was von einer Gesichtsbehandlung gesagt“, ächzte Nell weiter, da sie es inzwischen aufgegeben hatte, ihr Stöhnen unter Kontrolle zu bekommen.

„Ganz genau. Du weißt schon – Gesichtsmassage, Augenmaske und so weiter. Sag nicht, dass du so was auch noch nie gemacht hast.“

„Du musst mich inzwischen für einen Neandertaler halten“, scherzte Nell.

„Ich verstehe nur nicht, wie du ohne das hier auskommst. Ich meine, du siehst so toll und erholt aus, ich dachte mir, das kann nur von täglichen Anwendungen kommen.“

„Freut mich, dass ich auf dich einen erholten Eindruck mache. Meine Freundinnen zu Hause sehen das leider nicht so. Ich gebe mir einfach immer nur viel Mühe, mich nicht zu viel und mich immer am Abend abzuschminken und natürliche Pflegecremes zu verwenden“, gab Nell zu.

„Dann musst du mir unbedingt ein paar Tipps geben!", drang es gedämpft zu Nell durch und sie freute sich schon auf die Gesichtsbehandlung.

Etwa eine Stunde später lagen beide Frauen tiefenentspannt auf einer Liege am Innenpool. Die Salzgrotte war bei den Gästen besonders beliebt, wie Lucy ihr berichtete, und Nell konnte nur zu gut verstehen, warum. Ein unterschwelliger Duft von Rosenblüten waberte durch den Raum und auch die Lotion, die Nell beim Massieren aufgetragen worden war, lag ihr noch immer wohlriechend in der Nase.

„Es ist unglaublich schön hier", pflichtete Nell ihr bei, streckte sich auf ihrer Liege und schloss ein wenig die Augen.

„Ich liebe es auch. Vor allem, weil um die Mittagszeit hier kaum was los ist. Die meisten befinden sich oben beim Essen oder sind gar nicht im Haus. Wenn ich dir eines raten darf, dann, dass du am besten nicht morgens herkommst. Dann ist hier am meisten los. Auch am Nachmittag wird es etwas voller."

„Guter Tipp."

Lucy seufzte. „Ich muss nur leider gleich los. Ich habe eine Yogastunde und muss mich vorher noch umziehen. Tut mir leid, wenn ich dich hier nun allein lasse."

Nell stemmte sich auf ihre Unterarme und lächelte Lucy an. „Überhaupt kein Problem. Ich bin glücklich darüber, dass du mir den Bereich hier unten gezeigt hast. Mach dir keine Gedanken. Ich habe mein Buch mit, genügend Zeit und kein Problem damit, die nächste Stunde hier unten zu verbringen."

Lucy grinste und schnappte sich ihr Handtuch. „Also dann ... wir sehen uns vermutlich erst morgen wieder.

Ich bin heute Abend unterwegs und nicht zum Abendessen hier."

Nell runzelte die Stirn. „Das hört sich aber geheimnisvoll an."

Lucy schürzte die Lippen und verkniff sich ein Lächeln. „Das ist es auch. Sobald sich das Geheimnis zu lüften lohnt, werde ich es dir erzählen."

„Ich will alles wissen", lachte Nell, bevor sie sich verabschiedeten und sie sich wieder auf der Liege zurücklehnte und die Augen schloss. Sie freute sich noch auf ein wenig Entspannung und Ruhe. Doch ein lautes Platschen und der anschließende Wasserhagel, der auf ihr landete, ließ sie kreischend auffahren.

Kapitel 12

Aufgeschreckt sprang Nell von ihrer Liege hoch und war triefnass. Sie griff hastig nach ihrem Handtuch, trocknete sich ihr Gesicht und blickte zum Pool. Anspannung machte sich in ihr breit, als sie sah, wer da an der Wasseroberfläche auftauchte. Natürlich war es Dylan. Er fuhr sich wie in einer schlechten Männershampoo-Werbung mit den Händen durch die Haare und lächelte Nell verschmitzt an.

„Musste das sein?", rief sie aufgeregt und hielt sich das Handtuch vor ihren Körper.

Dylan lachte laut. „Ach komm schon, Nell. Eine kleine Dusche, um wieder wach zu werden, hat noch niemandem geschadet."

„Ich war wach!", beharrte sie und starrte ihn wütend an.

„Nein, warst du nicht. Du hast tief und fest geschlafen."

Nell konnte sich gar nicht daran erinnern, geschlafen zu haben, aber als sie auf ihr Smartphone spähte, bemerkte sie, dass das wohl einige Minuten der Fall gewesen sein musste. Genervt warf sie ihr Telefon auf die Liege. „Das wäre ja ein Grund mehr gewesen, mich schlafen zu lassen. Schon mal was von Anstand gehört?"

„Ja, nur irgendwie kann ich dich und das Wort Anstand nicht unter einen Hut kriegen.“

Nell wollte gerade den Mund öffnen, um etwas Angemessenes zu erwidern, da kam Dylan angeschwommen und legte seine Arme auf den Rand des Beckens. Dabei zeichneten sich die kräftigen Muskeln seiner Oberarme ab. „Ich mache nur Spaß, Nell. Du verstehst doch Spaß, oder?“

„Irgendwie kann ich dich und Spaß nicht unter einen Hut kriegen“, entgegnete sie spitz und ließ sich wieder auf die Liege sinken. Während Dylan noch über ihre Schlagfertigkeit lachte, griff Nell demonstrativ nach ihrem Buch und begann darin zu lesen, auch wenn sie sich nicht so recht konzentrieren konnte, solange Dylan in ihrer Nähe war. Und dann auch noch mit nacktem Oberkörper, in dessen Erscheinungsbild er scheinbar viel Arbeit investiert hatte. Aber jetzt einfach so zu verschwinden, würde bedeuten, dass er sie erfolgreich vertrieben hätte. Das würde sie nicht noch einmal zulassen.

Pfeifend schwamm Dylan seine Bahnen und innerlich krümmte sich Nell vor lauter Frustration. Sie wollte lesen. In Ruhe. Auf gar keinen Fall wollte sie sein selbstgefälliges Pfeifen in den Ohren haben. Und sie wollte auch nicht ständig mit einem Auge zu ihm hinüberschielen müssen. Wie hatte dieser kleine, schmächtige Junge bloß zu so einem gut gebauten Mann werden können? Konnte er nicht einfach untergehen und nie wieder auftauchen?

Als ihm scheinbar die Puste ausging und Nell von ihrer neu gewonnenen Entspannung nichts mehr spürte, stieg Dylan aus dem Pool, griff nach seinem Handtuch und wischte sich das Wasser von seinem makellosen Körper. Neugierig linste Nell über den Rand ihres Buches hinweg, versteckte sich allerdings hastig wieder dahinter, als Dylan sich neben sie auf die Liege sinken ließ, auf der vor gut einer Stunde noch Lucy gelegen hatte.

Ächzend setzte er sich hin und schaute sie an. Sie spürte seinen durchdringenden Blick und kam sich vor, als wäre sie Ware in einem Schaufenster. Sie ließ das Buch sinken und schaute ihn mit erhobenen Brauen an. „Kann ich dir irgendwie helfen?"

„Komm schon. Seit wann bist du so schnippisch?"

Nell legte mit einem tiefen Seufzer ihr Buch beiseite. „Vielleicht seitdem du und deine kleinen nervigen Freunde mich in der Mädchentoilette eingesperrt hattet und ich erst am Abend vom Hausmeister gefunden wurde. Oder vielleicht liegt es auch an der Wasserflasche, in die du mit dem Zirkel so ein bescheidenes Loch gebohrt hast und sie dadurch meine Schultasche geflutet hatte. Ich könnte ewig so weitermachen, Dylan."

Dylan verkniff sich sichtlich ein Lachen, als fände er die Streiche von damals immer noch komisch.

„Aber das ist Ewigkeiten her. Seitdem hat sich viel verändert." Er trocknete sich mit dem Handtuch seine Haare und Nell kam nicht umhin, seinen straffen Bauch zu mustern. Eilig riss sie den Blick wieder hoch und sah ihn finster an. Nicht nur, dass er damals so ein Ekel gewesen war, musste er heutzutage auch noch so unverschämt gut aussehen?

„Außerdem", fuhr er fort, „bin ich nicht mehr der kleine freche Junge von früher." Er zwinkerte ihr zu und Nell begann, ihre Sachen zusammenzusammeln. Sie konnte sich nicht länger mit ihm unterhalten.

„Nein, das bist du nicht, da gebe ich dir recht. Aber dafür bist du der selbstgefällige, arrogante Typ von heute." Sie warf sich ihr Handtuch über die Schulter und ließ ihn einfach sitzen. Sie hoffte nur inständig, dass sie auf dem nassen Boden nicht vor ihm ausrutschen würde. Das würde doch ziemlich an ihrem Ego kratzen. Und saß ihr Bikini noch richtig? Sie konnte jetzt schlecht an ihm herumzupfen.

„Arroganter Typ von heute", hörte sie, wie Dylan ihren Satz wiederholte und so, wie er es aussprach, klang es so, als würde er ihre Beleidigung als Lob auffassen. Großer Gott, dachte Nell, dieser Typ wird sich niemals ändern!

Drei Tage waren seit dem Pooldebakel mit Dylan vergangen und Nell war stolz auf sich, dass sie ihm, so gut es ging, aus dem Weg gegangen war. Wenn sie frühstückte oder sich im Speisesaal aufhielt, dann nahm sie immer den Platz, der am weitesten von ihm entfernt lag. Wenn sie im Schlosspark spazieren ging, dann nahm sie eine schnelle Abzweigung, sobald Dylan ihren Weg kreuzte. Wenigstens beim Stall, als sie sich die Pferde angesehen und sie gestreichelt hatte, war von Dylan nichts zu sehen. Gut so. Wenn es so weiterging, dann würde sie den Erholungsurlaub genießen können. Auch wenn sie das am liebsten schon getan hätte, aber die Gedanken an Dylan hingen wie eine dunkle Wolke über ihr. Es war nicht nur seine bloße Anwesenheit, die Nell so nervte, sondern vielmehr sein freches

Grinsen, was er auflegte, wann immer sie sich begegneten. Offenbar schien es ihm zu gefallen, dass sie in ihre alten Rollen geschlüpft waren. Aber jetzt war sie erwachsen und würde ihm schon noch zeigen, dass sie nicht mehr alles mit sich machen ließ.

Von Lucy hatte Nell allerdings seit dem Wellnessaufenthalt nichts mehr gehört und allmählich machte sie sich Sorgen. Wollte sie nicht den Abend woanders verbringen? Nell hatte das Gefühl, dass sie seitdem nicht mehr ins Schloss zurückgekehrt war. Immerhin waren inzwischen drei Tage vergangen. Hoffentlich war ihr nichts passiert! Nell nippte an ihrem Tee, den sie unter einem der Heizpilze auf der Schlossterrasse trank. Gerade als sie sich dabei erwischte, sich die schlimmsten Szenarien zu Lucys Verbleib zu machen, trällerte neben ihr eine Stimme. „Hier bist du!"

Nell zuckte kurz zusammen und blickte einer strahlenden Lucy in die Augen. Erleichtert atmete sie aus. Sie schien unversehrt und so fröhlich, wie sie sie kennengelernt hatte. „Lucy! Wo warst du die ganze Zeit? Allmählich habe ich mir Sorgen gemacht. Ich habe dich nirgends mehr gesehen und deine Nummer habe ich auch nicht", erklärte Nell und hoffte, dass sie sich nicht zu aufdringlich anhörte. Immerhin kannten sie sich kaum.

„Das mit den Nummern müssen wir dringend nachholen", grinste Lucy und ließ sich vor Nell auf einem der Stühle nieder. Dabei streckte sie ihre langen Beine von sich, als wäre sie einen Marathon gelaufen. „Wie du siehst, geht es mir gut. Ich habe nur ein paar Tage … Urlaub vom Urlaub gemacht." Ihr verschwörerisches

Grinsen wurde breiter und jetzt war Nell wirklich neugierig.

„Jetzt spann mich bitte nicht so auf die Folter. Wo warst du?"

„Bei einem Typen. Ich habe ihn schon vor Monaten kennengelernt und er wohnt zufällig in der Nähe. Wir haben nur ein bisschen Zeit miteinander verbracht."

Nell stutzte und schaute Lucy über den Rand ihres Bechers hinweg an. „Versteh mich bitte nicht falsch, aber das Hotel hier ist ja nicht unbedingt ein Schnäppchen. Sag mir bitte, dass es sich gelohnt hat, für einen Mann den Luxus hier sausen zu lassen."

Lucys Grinsen wurde breiter. „Ich hatte dir doch erzählt, dass es Mums Idee war, dass ich herkomme. Nun ja, sie zahlt den ganzen Kram hier, damit ich auch *wirklich, wirklich* fahre. Wie gesagt, ich wollte das nicht, aber vermutlich hält mich meine Familie für irre."

Nell kicherte. „Und so hast du es deiner Mum also heimgezahlt."

„Ich muss sagen, es fühlt sich schon ein bisschen befriedigend an, den trotzigen Teenager zu spielen." Lucy lachte und bedeutete einem Kellner, dass sie ebenfalls einen Tee haben wollte. „Aber warum ich dich so dringend gesucht habe, hat einen ganz anderen Grund."

„Also ich weiß nicht", meinte Nell und dachte bei einem Schluck von ihrem Tee über Lucys Worte nach.

„Es ist eigentlich ganz witzig. Auch wenn diese Tanzabende jede Woche stattfinden und ich den letzten ziemlich öde fand, aber jetzt kenne ich ja dich", grinste sie und schob sich ihre schwarzen Haare hinter die Ohren, die sich sofort wieder lösten. „Das wird bestimmt lustig. Die Musik ist gut, das Essen ist sowieso wunderbar und vor allem gibt es reichlich zu trinken."

„Und was zieht man da an? Ich meine ... brauche ich ein Kleid oder so was?"

„Nein. Zieh dich einfach ein bisschen schicker an. Das mit dem Kleid sparst du dir für den letzten Abend hier auf. Da findet der Abschlussball statt. Ich habe gehört, dass der traumhaft sein soll. Ich freue mich schon so sehr darauf."

„Na gut", lächelte Nell schließlich. „Mal wieder zu tanzen, gutes Essen zu genießen und ein bisschen was zu trinken, kann ja sicherlich nicht schaden."

„Also dann ist es abgemacht!", jubelte Lucy.

„Aber nur, wenn du mir von deinem Treffen mit diesem Typen alles haarklein erzählst", forderte Nell mit einem verschmitzten Lächeln.

Der Veranstaltungsraum des Schlosses warf Nell unwillkürlich in eine andere Zeit. Er war festlich geschmückt, mit winterlich gedeckten Tischen, auf denen sich goldene Kerzenhalter mit rotem Tüll umwickelt befanden. Auch an den Wänden des Raumes hing leichter Tüll, der sich bei der ganzen Bewegung im Raum sanft aufbauschte. Märchenhaft. Hier und da standen ein paar Pflanzen, was den Raum noch gemütlicher wirken ließ.

Es war noch nicht viel los. Ein paar Gäste standen in kleinen Grüppchen zusammen, tranken ein Glas Sekt, welches zur Begrüßung von einem Kellner gereicht wurde, und andere wiederum saßen an ein paar Tischen verteilt. Nell blickte sich, mit einem Sektglas in der Hand, suchend nach Lucy um, die sich schon auf den Weg zu ihr gemacht hatte. Sie trug einen langen dunkelgrünen Faltenrock, dessen Bund sie sich bis über die Hüfte gezogen hatte. Dazu eine weiße Seidenbluse, die sie in den Rock gesteckt hatte. Ihr schwarzes Haar hatte sie zu leichten Wellen frisiert.

„Hey, Nell! Na, wie gefällt es dir hier?"

Sie umarmten sich zur Begrüßung und Nell strahlte übers ganze Gesicht. „Es ist toll. Wirklich schön, was sie aus diesem Raum gemacht haben."

„Dann genießen wir den Abend. Komm, wir holen uns was zu essen!"

Sie plünderten das Büfett und ließen sich an einem der Tische nahe des Fensters nieder. Das Essen war großartig. Nell hatte sich für den Fisch entschieden, den sie mit Kartoffeln und Gemüse aß. Lucy hingegen schwärmte von dem Steak. Sie plauderten, genossen die Musik im Hintergrund und die Gespräche der anderen Menschen um sich herum. Die Frauen und Männer hatten sich allesamt schick gemacht. Sie trugen Anzüge, teuer aussehende Schuhe oder edle Kleider. Nell fragte sich augenblicklich, wie pompös der Abschlussball dann erst werden würde, wenn das Schloss schon jetzt so auftrumpfte. Immer wieder ließ Nell ihre Blicke durch den Raum schweifen, doch sie konnte Dylan – Gott sei Dank – nirgendwo sehen. Insgeheim hatte sie ein schlechtes Gewissen, dass sie ihn einfach so angefahren und sitzengelassen hatte, als er sich beim Pool zu ihr gesellt hatte. Aber das war nichts im Vergleich zu den Gemeinheiten, die er ihr an den Kopf geworfen hatte, als sie noch zur Schule gegangen waren. Und wirklich geändert schien sich Dylan ohnehin nicht zu haben. Genug! Sie schüttelte die Gedanken an ihn ab.

„Das Essen war unglaublich", schwärmte Nell, als sie sich zurücklehnte und an ihrem Wein nippte, den sie zwischenzeitlich bestellt hatte. „Jetzt freue ich mich doch umso mehr auf den Ball."

„Der wird großartig!"

Nell stellte ihr Glas ab und beugte sich leicht über den Tisch. „Und nun erzählst du mir, wo du dich die letzten Tage herumgetrieben hast."

„Ach, es war nichts Besonderes. Ich hatte mal so einen Typen kennengelernt, Patrick heißt er", tat sie das Ganze mit einem Handwisch ab, als wäre der Name nur eine Nebensächlichkeit. „Wir haben hin und wieder geschrieben und da ich ohnehin in der Nähe war, dachte ich, es wäre nett, sich zu treffen."

„Das Treffen dauerte ganze drei Tage", rief Nell ihr lachend in Erinnerung.

„Wenn man bedenkt, dass wir die meiste Zeit im Bett verbracht haben, ist es praktisch wie *ein* Treffen." Sie grinste unschuldig und rang Nell erneut ein Lachen ab.

„Ich glaube, wenn meine Mutter wüsste, dass ich mich nicht brav im Hotel aufhalte, sondern mich mit einem Mann ein paar Tage woanders getroffen habe, würde sie mir den Kopf abreißen. Oder mich einweisen lassen. Oder schlimmer noch: Sie würde darauf bestehen, dass ich zu ihr ziehe, bis ich mich vollständig *erholt* habe! Ich glaube, dann finde ich die Einweisung noch tröstlicher, wenn du mich fragst."

„Deine Mum scheint sich sehr um dich zu sorgen", dachte Nell laut.

Kopfschüttelnd trank Lucy einen großen Schluck Wein. „Sie sorgt sich eher darum, was andere von uns denken könnten, verstehst du? Mum liebt es, die sorgende Mutter zu spielen, um sich in der Gesellschaft ein bisschen hervorzutun."

Die arme Lucy! Schlimm, was ihr Ex-Freund ihr angetan hat. Kein Wunder, dass sie durchgedreht ist. Aber dafür hat sie mich ja. Ich sorge mich so lange um sie, bis es ihr wieder bessergeht!", imitierte sie ihre Mutter und Nell verschluckte sich beinahe vor lauter Lachen. „Oh je, das hört sich wirklich nicht sehr schön an."

„Umso schöner fühlt es sich an, ihr Geld zu verschleudern", kicherte Lucy dann und deutete schließlich mit einem Kopfnicken in die Runde. „Hey, ist das nicht dein Freund da drüben?"

Nell folgte ihrem Blick und entdeckte Dylan, der sich mit einer blonden jungen Frau zu amüsieren schien.

„Da hast du etwas missverstanden. Das ist definitiv nicht mein Freund. Dylan ist ein verdammter Kotzbrocken!", schimpfte Nell und versuchte, den Blick von ihm loszueisen. Sie musste zugeben, dass er mit seinem engen dunkelblauen Hemd, welches er locker in seine Jeans gesteckt hatte, extrem gut aussah. Die blonde Frau, die sie bisher nur beiläufig wahrgenommen hatte, hatte sich ebenfalls herausgeputzt und trug ein enganliegendes rotes Kleid, was ihre meterlangen Beine bestens betonte. Schlagartig fühlte Nell sich mit ihrer engen Jeans und einer cremefarbenen Bluse, die auch nicht mehr die neueste war, falsch angezogen.

„Auch Kotzbrocken können Herzen erobern", erwiderte Lucy leichthin und beobachtete Nell, wie sie sich hastig abwandte und auf ihr Getränk starrte, was sich allmählich dem Ende neigte. Schließlich hob Lucy die

Hand und winkte dem Kellner. „Ich glaube, wir brauchen Nachschub!“

Kapitel 13

Es war schon eine gute Stunde vergangen, die Lucy und Nell am Tisch verbracht hatten. In dieser Zeit bestellten sie sich immer wieder Nachschub in Form von Wein. Allmählich fühlte Nell sich ein wenig beschwipst, was sich komisch anfühlte, denn sie hatte in der letzten Zeit nur wenig Alkohol getrunken. Aber angesichts der Tatsache, dass Lucy ein ganz schönes Tempo beim Trinken an den Tag legte und der Wein zudem wunderbar schmeckte, konnte Nell einfach nicht die Finger davon lassen. Warum auch, immerhin war sie im Urlaub und konnte tun und lassen, was sie wollte. Es gab weder Greg noch sonst wen, auf den sie Rücksicht nehmen musste. *Vergiss Greg, du bist hier, um Abstand zu gewinnen*, dachte Nell und trank einen weiteren Schluck.

Irgendwann zog es die beiden Frauen auf die Tanzfläche, auf der sich drei weitere Paare befanden. Die Musik wurde allmählich lauter und Nell fühlte sich einfach nur gelöst. Sie hatte lange nicht so einen Spaß gehabt und Lucy war die ideale Gesellschaft, um viel zu lachen. Der Abend hätte regelrecht perfekt sein können, wäre da nicht ...

„Dylan“, knurrte Nell, nachdem er sie *versehentlich* angerempelt und sie die Hälfte ihres Getränks auf dem Fußboden verschüttet hatte.

„Also, du kannst mir sagen, was du willst, aber der Typ ist wirklich heiß", äußerte Lucy, nachdem er von seiner blonden neuen Freundin wieder zwischen die anderen Gäste geschleift worden war.

„Heiß, aber ein Idiot. Glaub mir, mit dem will man nichts zu tun haben", war das Einzige, was Nell antworten konnte und tupfte sich ihre Bluse mit einem Taschentuch trocken.

„Scheint der blonden Schönheit allerdings völlig egal zu sein."

„Mir ist es jedenfalls schnurz, was er treibt, solange meine Getränke nicht darunter leiden", murrte Nell und versuchte den Ärger mit einem letzten Schluck aus ihrem Glas herunterzuspülen. Lucy bedachte ihre neugewonnene Freundin mit einem traurigen Blick. „Ich glaube, dir täte mal ein Wasser ganz gut, meinst du nicht auch?"

Nell nickte schließlich. „Vielleicht hast du recht."

„Okay, hör zu. Ich gehe kurz auf die Toilette und danach besorge ich uns beiden mal ein Wasser, in Ordnung?"

„Alles klar. Ich schnappe in der Zwischenzeit mal ein bisschen frische Luft auf der Terrasse."

„Ziehe dir bloß eine Jacke über. Heute Nacht soll es sehr kalt werden und wieder schneien", hörte Nell Lucy noch sagen, während sie sich ihren Weg zur Toilette bahnte. Nell machte sich ebenfalls auf den Weg nach draußen, griff aber noch unauffällig zu einem der Tabletts, auf denen ein paar Sektgläser für die Gäste bereitstanden.

Auf der Terrasse schlug Nell eine ungeheure Kälte entgegen und sie begann augenblicklich zu frieren. Sie griff nach einer Decke, die das Schloss auf der Terrasse in einem Korb arrangiert hatte, damit die Gäste sich daran bedienen konnten, und war dankbar für die Heizstrahler, die ihr zusätzlich ein wenig Wärme schenkten. Sie lehnte sich schließlich mit den Armen auf die Mauer, die die Terrasse von ihrem geliebten Schlossgarten trennte und blickte hinauf in den klaren Sternenhimmel. Kleine Wölkchen bildeten sich vor ihrem Mund, aber sie fühlte sich schlagartig besser. Die Kälte bescherte ihr einen klareren Kopf. Wenn auch nur für einen kurzen Moment, denn sobald sie die Augen schloss, um die Kälte auf sich wirken zu lassen, hatte sie das Gefühl, als befände sie sich in einem Karussell. Sie zog die Decke fester um ihre Schultern und genoss die Stille. Die Musik drang nur gedämpft zu ihr durch und hin und wieder ertönte Gelächter. Vermutlich war es Dylans blonde Schönheit, die gerade ihren Kopf in den Nacken warf und über seine schlechten Witze lachte, dachte Nell verächtlich und versuchte den Gedanken an ihn und alle Männer auf der Welt – vornehmlich Greg – abzuschütteln. Ihr konnte es immerhin egal sein, mit wem er sich amüsierte. Was interessierte er sie überhaupt?

„Versuchst du einen kühlen Kopf zu kriegen?", hörte sie plötzlich Dylans Stimme neben sich, fuhr erschrocken herum und hätte fast schon wieder ihr Getränk verschüttet.

„Der Versuch scheint in diesem Moment zu scheitern", murrte Nell und trank schnell einen Schluck.

Dylan lachte über ihre Bemerkung und stellte sich neben sie, den Blick auf den Garten gerichtet.

Nell schielte ihn von der Seite an. Er überragte sie um beinahe einen ganzen Kopf und ihr fiel auf, dass er seinen Dreitagebart perfekt gestutzt hatte.

„Wo ist deine kleine Freundin?", fragte sie schließlich und löste hastig ihren Blick von ihm.

„Sie macht sich nur kurz frisch", erklärte er mit einem verschmitzten Lächeln und Nell verdrehte die Augen.

„Das mit deinem Getränk vorhin tut mir übrigens leid. Schade um das gute Zeug. Ich hätte besser aufpassen sollen, doch Becky hatte es ein wenig …", er räusperte sich, „… eilig. Ist ein ganz schön wildes Mäuschen, wenn du mich fragst."

„Natürlich, da kann man schon mal alles um sich herum vergessen."

„Ach Nell, du bist immer noch so verklemmt wie früher, hab ich recht?"

Nell versteifte sich neben ihm. Er konnte es einfach nicht sein lassen. Immer musste er eine Spitze verteilen. Aber sie war nicht mehr das kleine, wehrlose Mädchen von früher. Sie war erwachsen, trug keine Zahnspange mehr, hatte ihr Leben so halbwegs im Griff, wenn auch mit ein paar Ausnahmen, und wollte es nicht zulassen, dass Dylan sie wieder in die Rolle von früher zwängte. Nicht, dass ihr noch spontan Pickel wuchsen und sich eine Zahnspange in ihrem Mund bildete, wenn er so weitermachte.

„Du kennst mich nicht, Dylan. Du hast mich noch nie gekannt. Für dich gab es immer nur eines, was du in mir sehen wolltest und das war ein wehrloses kleines Mädchen."

„Du nimmst das alles viel zu ernst."

„Du nimmst dich viel zu ernst in deiner Täter-Rolle."

Dylan lachte neben ihr und wieder verdrehte Nell die Augen. Musste er eigentlich über alles lachen, was sie sagte?

Er wandte sich mit dem Körper in ihre Richtung und lehnte sich lässig mit einem Arm auf die Mauer. „Weißt du, was ich glaube?"

„Es interessiert mich eigentlich nicht. Aber du wirst es mir ja doch sagen."

Dylan rückte ein Stückchen näher an sie heran und wieder einmal stieg ihr sein Duft in die Nase. Er roch verdammt gut, und Nell konnte verstehen, warum diese Becky ihn anschmachtete, als wäre er eine menschengroße Praline.

„Ich glaube, du bist unsicher. Das warst du früher schon und das bist du auch heute noch. Du gehst sofort in die Defensive, sobald ich dich anspreche, weil du denkst, dich sofort verteidigen zu müssen. Komplimente kannst du nicht annehmen und Spaß verstehst du schon mal gar nicht. Dass du kein Rückgrat hast, darüber müssen wir uns wohl nicht unterhalten."

Nell schloss kurz die Augen, atmete tief durch und fühlte sich mit jedem seiner Worte umso verletzter. Aber niemals würde sie zulassen, dass er merken könnte, wie sehr er sie gekränkt hatte. Mit einem gespielten Lächeln auf den Lippen wandte sie sich ebenfalls zu ihm um.

„Es ist lustig, dass du das ansprichst, Dylan. Das mit dem Spaß, meine ich. Ich habe Spaß. Ich habe sogar sehr viel Spaß und weißt du, wie viel Spaß mir das hier macht?" Sie hob ihr Glas und goss es quälend langsam über Dylans Kopf.

Er versteifte sich, bewegte sich allerdings nicht, sondern ließ es mit mahlendem Kiefer einfach geschehen. Ihre Blicke trafen sich, nachdem Nell mit einem gewinnenden Grinsen ihr Glas wieder senkte und ihm zuzwinkerte. „*Das* hat wirklich Spaß gemacht."

Dylan sagte nichts, sondern spürte, wie es in ihm zu brodeln begann. Doch er zwang sich, ruhig zu bleiben. Damit hatte er absolut nicht gerechnet und ja, vielleicht hatte er es sogar verdient. Und ja, vielleicht empfand er Nells Handlung auch als ein wenig … beeindruckend. Immerhin war sie endlich mal eine Frau, die ihm die Stirn bot und nicht nur an seinen Lippen hing oder ihm hinterherblickte, als würde sie ihn sofort vernaschen wollen.

„Ich wünsche dir und deiner Freundin noch einen wunderbaren Abend. Und oh …", sagte Nell, während sie sich in Richtung Terrassentür begab, „… erkälte dich nicht. Heute Nacht soll es sehr kalt werden." Dann öffnete sie die Tür und ließ Dylan mit klopfendem Herzen zurück.

Kapitel 14

„Du hast bitte was gemacht?", quiekte Lucy mit einem Hauch Faszination in ihrer Stimme. Auch wenn ihr Blick sagte, dass sie Nell für durchgeknallt hielt. Doch dann dachte Nell daran, dass Lucy das Auto ihres Ex-Freundes mit einem Schraubenzieher malträtiert hatte und vielleicht tatsächlich beeindruckt von Nells Tat war.

Sie saßen auf den gemütlichen Cocktailsesseln in Nells Zimmer, nachdem sie auf der Tanzfläche an Lucy vorbeigerauscht war und ihr zugeflüstert hatte: „Ich sollte gehen!" Lucy hatte die Wassergläser noch immer in der Hand gehabt und war Nell eilig gefolgt.

„Du hast ihm ernsthaft deinen Sekt über den Kopf geschüttet?"

Nell zuckte nur die Schultern und presste die Lippen fest zusammen. Rückblickend betrachtet, war es vermutlich nicht ihre Glanzstunde gewesen und sie konnte sich auch nicht wirklich entsinnen, was sie in diesem Moment geritten hatte, das zu tun. Aber der Alkohol, Dylans gemeine Bemerkung und die angestaute Wut auf ihn hatten sie dazu bewegt, einfach mal die Überlegene sein zu wollen. Und ja, sie würde lügen, wenn sie bestritte, dass es ihr irgendwie gefallen hatte, es Dylan heimzuzahlen. Wenn auch auf etwas kindische Art und Weise. Und das nasse Hemd, welches sich umso fester auf seine Brust gepresst hatte, war ein netter Bonus gewesen, den Nell ein wenig beeindruckt zur Kenntnis genommen hatte.

„Weißt du, Dylan und mich verbindet eine schreckliche Schulzeit und immer, wenn ich ihn sehe, könnte ich einfach platzen vor Wut. Sobald er den Mund aufmacht, kommt eine neue Beleidigung über seine Lippen und heute Abend habe ich das einfach nicht mehr ertragen. Mein Glas hat mich eben ein bisschen … inspiriert." Sie lächelte unschuldig und je länger der Abend dauerte, wünschte sie sich, dass sie vielleicht besser nicht so heftig reagiert hätte. Sie hätte ihn einfach stehenlassen, sich aus dem Staub machen und nichts auf seine Bemerkungen geben sollen. Aber dafür war es nun zu spät. Wenn nicht schon vorher eine gewisse Feindschaft zwischen ihnen bestand, so herrschte jetzt vermutlich Krieg.

„Ich finde, du hast vollkommen richtig gehandelt. Du musst nicht auf dir herumtrampeln lassen, nur weil er meint, sich das herausnehmen zu können. Aber vielleicht bin ich da auch einfach kein Maßstab. Gib mir am besten nie wieder einen Schraubenzieher in die Hand."

Nell musste lachen. „Das werde ich mir merken. Aber verlang jetzt bitte nicht, dass ich nie wieder ein Sektglas in die Hand nehme. Ich bemühe mich auch, es in Zukunft wieder selbst zu trinken und niemandem über den Kopf zu schütten."

„Was glaubst du … ist er sehr wütend?"

Achselzuckend schaute Nell zum Fenster neben ihrem Bett. Draußen war es stockdunkel und sie glaubte sogar kleine Schneeflocken vor ihrem Fenster tanzen zu sehen. „Wenn er mich vorher schon gehasst hat, dann hasst er mich jetzt vermutlich noch mehr. Bevor er irgendetwas sagen konnte, war ich außerdem schon im Tanzsaal verschwunden. Wenn er mich mit irgendeinem Fluch belegt hat, dann habe ich es zumindest nicht mehr mitbekommen. Ich weiß auch nicht", seufzte Nell, „meinst du, ich sollte mich bei ihm entschuldigen?"

„Auf gar keinen Fall!", prustete Lucy und schüttelte entschieden den Kopf. „Wenn er wirklich so ein Arsch ist, dann hat er das mit dem Sekt auch verdient. Schade nur um den edlen Tropfen. Das Einzige, was ihn retten könnte, ist sein gutes Aussehen, aber auch davon darfst du dich nicht blenden lassen." Lucy zeigte mit Nachdruck mit dem Finger auf Nell und kniff die Augen finster zusammen. Sie meinte es ernst und Nell beließ es lieber dabei. Sie würde einfach abwarten, was der nächste Tag bringen würde und vielleicht würde sie sich dennoch bei ihm entschuldigen.

Als Nell am nächsten Morgen aus dem Fenster blickte, meinte sie zu träumen. Über Nacht war die Welt noch schöner geworden und bot einen atemberaubenden Anblick. Der Schlosspark erstrahlte in einem satten Weiß. Nur hier und da lugten ein paar grüne Zweige unter den Bergen von Schnee hervor, die sich auf den Büschen und Bäumen gebildet hatten. Nell konnte den Blick von der weißen Landschaft kaum lösen, wollte aber schleunigst eine heiße Dusche nehmen, um die bösen Geister, die aus einem gemeinen Kater und einem schrecklich boshaften Bild ihres eigenen Ichs bestanden, zu verscheuchen. Außerdem wollte sie nicht wieder als Letzte beim Frühstück sein, sondern sich mindestens einen Liter Kaffee einverleiben und sich bei einem leckeren Frühstück zurücklehnen und auf die Landschaft schauen.

Im Frühstücksraum wimmelte es nur so von Menschen, denn vermutlich schienen alle die gleiche Idee wie Nell gehabt zu haben und schnellstmöglich nach draußen zu kommen. Von Dylan war nirgendwo etwas zu sehen und Nell atmete einen Moment lang durch. Auch Lucy konnte sie nicht entdecken, war sich aber sicher, dass diese ihren Rausch noch ausschlief. Nach dem Frühstück beschloss sie, sich den Schlossgarten in seiner schönen Winterpracht genauer anzusehen und am nächsten Tag würde sie sich der Wandergruppe anschließen, um mehr von der herrlichen Umgebung kennenzulernen. Eine nette ältere Dame – Mrs Bloomberg – hatte ihr beim Frühstück davon berichtet, wie wunderschön *Eastwood Castle* doch vor allem im Winter sei und dass die Wanderleiterin den Gästen die schönsten Stellen zeigte. Beim Frühstück hatte die alte Dame sie gefragt, ob an ihrem Tisch noch ein Platz frei wäre und so hatte sich eine entspannte Unterhaltung entwickelt.

„Herrlich, wenn Sie mich fragen", hatte sie mit starkem britischem Akzent zwischen zwei Bissen ihrer Scheibe Brot erzählt. „Die Gegend hier müssen Sie sich unbedingt genauer anschauen. So was hat man nicht alle Tage und die Zeit hier im Schloss vergeht meiner Ansicht nach viel zu schnell."

„Waren Sie schon häufiger hier?"

Mrs Bloomberg nickte kräftig und rückte ihre Brille zurecht, die ihr immer wieder von der Nase rutschte. „Das ist mein drittes Jahr. Seit dem Tod meines Mannes – Gott hab ihn selig – komme ich jedes Jahr hierher."

Nell nickte und lächelte die Dame an. „Ich werde mir Ihren Rat zu Herzen nehmen und so viel wie möglich an Eindrücken sammeln. Ich wollte mir in den kommenden Tagen einmal die Ställe genauer ansehen. Ich war zwar schon einmal da, habe aber die Pferde nur gestreichelt. Und tatsächlich denke ich darüber nach, Reitstunden zu nehmen."

„Eine gute Idee. Und oh ... sind Sie heute Nachmittag bei der Lesung dabei?" Die Augen der alten Dame wurden riesig vor Neugierde.

Nell biss sich fragend auf die Unterlippe. „Oh, ich hatte nicht gewusst, dass heute eine geplant ist."

„Sie findet im Tanzsaal statt", erklärte sie und Nells Magen zog sich bei der Erwähnung des Saals zusammen. Böse Erinnerungen an die Terrasse, Dylan und ihr Glas Sekt tanzten vor ihrem geistigen Auge.

„Es wird aus verschiedenen Büchern vorgelesen. Die Gäste können einfach nur zuhören und sich inspirieren lassen. Anschließend kann man die Bücher an einem Stand kaufen. Bei der Zeit, die man hier verbringt, lohnt es sich auf jeden Fall."

Nell nickte freudig. „Ich werde es mir anschauen, danke für den Tipp!" Es würde sicher nicht schaden, für ein wenig Lesenachschub zu sorgen.

Kurz darauf spazierte Nell durch den Schlossgarten, spürte den Schnee unter ihren Füßen und die Kälte auf ihren Wangen. Sie vergrub ihr Gesicht tief in den Schal und zog ihren Mantel fester um sich. Die Kälte hatte zwar ein wenig nachgelassen und der Schnee drohte allmählich wieder zu tauen, doch wirklich spürbar war das nicht. Es war erstaunlich, wie wenig sie in den vergangenen Tagen an zu Hause gedacht hatte. Greg hatte sich nicht einmal bei ihr gemeldet und überhaupt war es so, als würden die Gedanken an ihn immer weiter in die hinterste Ecke ihres Kopfes rutschen. Irgendwie zeigte es ihr genau das, was der Urlaub bezwecken sollte: Mit jedem Tag wurde sie sich bewusster, wie wenig sie Greg eigentlich vermisste, wie schlecht es wirklich um ihre Beziehung stand und wie wohl sie sich fühlte – so weit weg von ihrem normalen Leben. Es war scheinbar genau das Richtige gewesen, hierher zu kommen, auch wenn es den einen oder anderen Störfaktor gab. Zumal dieser Faktor wunderschöne Augen und einen beachtlichen Körper hatte. Sie schüttelte schnell den Kopf. Immerhin war sie nur froh, dass sie Dylan noch nirgendwo entdeckt hatte und Gott sei Dank hatte sie auch sonst niemand auf ihren Wutausbruch am Abend zuvor angesprochen. Vielleicht hatte sie ja auch niemand gesehen. Und vielleicht verbrachte er auch den Vormittag in seinem Zimmer und schmollte. Sollte sie sich womöglich doch entschuldigen?

Kapitel 15

Den weiteren Tag verbrachte Nell in der kuscheligen Wärme des Schlosses. Inzwischen hatte sie die Bibliothek gefunden und sie ganz genau begutachtet. Sie liebte Bibliotheken, Bücher und eben alles, was mit Lesen zu tun hatte, daher freute sie sich auch auf die bevorstehende Lesung. Um noch einen guten Platz zu bekommen, versuchte sie ein paar Minuten vor der Zeit im Tanzsaal zu sein und setzte sich in die zweite Reihe. Ein paar Gäste standen noch im Raum, unterhielten sich oder durchwühlten die Tische mit den ausgelegten Büchern. Nell wollte sich das Stöbern allerdings für hinterher aufsparen.

„Ich wusste gar nicht, dass du dich für Literatur interessierst", hörte sie plötzlich neben sich eine leise, tiefe Stimme und sie zuckte zusammen. Überrascht bemerkte sie, dass Dylan sich neben sie gesetzt hatte und sie mit neutralem Blick musterte.

„Nun, das mag daran liegen, dass du nur wenig über mich weißt", antwortete sie schlicht und blickte wieder nach vorne. Ihr Herzschlag beschleunigte sich schlagartig.

„Ich weiß allerdings, dass du ganz schön aufbrausend sein kannst", entgegnete Dylan und Nell hörte einen leichten Hauch von Verärgerung in seiner Stimme. Gut so! Immerhin sollte er nicht glauben, dass es sich dabei um eine freundschaftliche Geste gehandelt hatte.

„Ich lasse mir eben nicht mehr alles gefallen. Das müsstest du inzwischen gemerkt haben und wenn du möchtest, dass ich mich für gestern Abend entschuldige, dann hast du dich geschnitten." Sie hatte in den vergangenen Stunden immer wieder darüber nachgedacht, dass es besser wäre, sich bei Dylan zu entschuldigen. Doch just in dem Moment, in dem sie seine Stimme neben sich gehört hatte, hatte sie ihre Meinung geändert. Nichts dergleichen würde er von ihr zu hören bekommen!

„Das habe ich von dir auch nicht erwartet", entgegnete Dylan matt und verschränkte seine Arme vor der Brust. Von der Seite warf Nell einen Blick auf ihn und bemerkte, wie seine Oberarme sich anspannten. Sie schaute sich um und sah dann wieder zu Dylan. „Hier sind noch sehr viele andere Plätze frei. Musstest du dir ausgerechnet den Platz neben mir aussuchen?"

„Mich hat eben nur interessiert, ob du dich tatsächlich so für Literatur begeisterst. Immerhin warst du in der Schule ja nicht gerade die hellste Kerze auf der Torte."

Verärgerung stieg in Nell auf und sie musste sich zusammenreißen, ihn nicht vor allen anderen Menschen hier im Raum anzuschreien. Schließlich war es das, was er wollte. Doch sie durfte ihm nicht zeigen, dass er kurz davor war, sie zur Weißglut zu treiben. Zu allem Übel stimmte es noch nicht einmal, was er da behauptete. Sie hatte in der Schule immer sehr gute Noten gehabt.

„Mit deinem Erinnerungsvermögen scheint etwas nicht zu stimmen. Ich hatte in der Schule gute Noten. Vor allem in Englisch und Geschichte. Wenn du schon irgendetwas über mich behaupten möchtest, dann wäre es schön, wenn es wenigstens der Wahrheit entspräche."

Dylan schlug sich leicht auf die Stirn. „Du hast recht, entschuldige bitte. Jetzt erinnere ich mich wieder. Es war damals im Matheunterricht, als du ..."

„Dylan, verdammt noch mal!", zischte Nell ihn an und spürte ihre roten Wangen, die sich teils vor Scham und andererseits auch vor Wut ganz heiß anfühlten. „Wann verstehst du es endlich? Wir sind nicht mehr in der Schule. Ja, ich hatte vielleicht einen peinlichen Moment an der Tafel, aber das ist nichts, wofür ich mich schämen müsste. Ist das eigentlich das Einzige, womit du dich behaupten kannst?"

Dylan lachte neben ihr. „Du brauchst dich auch nicht dafür zu schämen, dass du vorne an der Tafel jedes Mal in Tränen ausgebrochen bist."

„Und weißt du auch warum?", fragte Nell, bemüht, ihre Stimme leise zu halten, damit die anderen Gäste nichts von ihrem Gespräch mitbekamen. „Weil du und deine dämlichen Freunde nichts Besseres zu tun hattet, als über mich zu lachen. Und eure Furzgeräusche waren alles andere als witzig."

Wieder versuchte Dylan sich ein Lachen zu verkneifen, doch es gelang ihm nicht. Er grinste breit. Am liebsten hätte Nell ihm sein Grinsen aus dem Gesicht geschlagen und ihm gesagt, was sie wirklich von ihm hielt. Das war nichts Gutes. Doch sein durchdringender Blick, sein falsches Lächeln, all das versetzte sie wieder in ihre Schulzeit zurück und ihr blieb die Sprache weg. Wütend griff Nell nach ihrer Handtasche und verließ den Raum. Sie spürte den Blick von Dylan auf ihrem Rücken und wünschte sich augenblicklich, dass sie diese Reise niemals angetreten hätte.

„Ernsthaft, Nell", sprach Piper mit ruhiger Stimme in den Hörer. „Das ist doch genau das, was er will. Er will dich niedermachen, damit er sich besser fühlt. Das hat er, laut deinen Erzählungen, früher schon gebraucht und scheinbar tut er das heute auch noch."

Nell schniefte und tupfte sich mit einem Taschentuch die Augen trocken. Wie ein Häufchen Elend saß sie auf ihrem Bett und blickte aus dem Fenster. Nach ihrer Flucht aus dem Tanzsaal war sie in ihr Zimmer gegangen und hatte verzweifelt ihre beste Freundin angerufen und ihr alles von Dylan erzählt. Eigentlich hatte sie vorgehabt, noch an diesem Tag das Schloss zu verlassen und nach Hause zu fahren. Diese Stichelei war einfach zu viel gewesen und hatte böse Erinnerungen an die Schulzeit geweckt. Im Geiste hatte sie schon ihre Sachen gepackt. Doch ein Anruf bei ihrer Freundin konnte ihr womöglich helfen, ihre Entscheidung zu überdenken.

„Dieser Mann ist unglaublich, Pipe! Er schafft es einfach, alles kaputt zu machen. Vielleicht ist es besser, wenn ich nach Hause komme. Ich fühle mich hier nicht wohl. Eigentlich sollte ich mich entspannen und nicht jede Sekunde darüber nachdenken, dass ich ihm begegnen könnte."

„Dann geh ihm so gut es geht aus dem Weg", schlug Piper vor und Nell schüttelte den Kopf, obwohl ihre

Freundin sie ja nicht sehen konnte. „Das habe ich versucht. Glaub mir, aber er ist einfach überall. Wie eine lästige Katze, die sich fest vorgenommen hat, dir auf Schritt und Tritt zu folgen. Und wie du weißt, mag ich Katzen sehr. Aber wenn er eine wäre, dann hätte ich ihm schon längst das Fell über die Ohren gezogen!"

Piper kicherte leise.

„Ich meine es ernst!", bekräftigte Nell ihre Aussage und schüttelte verzweifelt den Kopf. „Ich möchte hier weg. Vielleicht ist es besser, wenn ich nach Hause komme."

„Oh nein!", herrschte Piper sie an. „Du bleibst gefälligst, wo du bist. Verstehst du nicht, dass es genau das ist, was Dylan will? Er möchte wieder die Kontrolle über dich und dein Handeln haben. So wie früher. Der Unterschied ist nur, dass ihr jetzt erwachsen seid und du dich nicht mehr herumschubsen lässt. Du wirst schön deinen Urlaub genießen und dich erholen, so, wie du es verdient und vor allem schon bezahlt hast."

„Aber wie, wenn er es darauf anlegt, mir das Leben schwer zu machen? Es sind gerade einmal ein paar Tage vergangen und schon sitze ich auf meinem Zimmer und heule mir die Augen aus."

„Sei doch froh, immerhin lenkt er dich von Greg ab", lachte Piper über ihren eigenen Scherz. „Aber im Ernst: Ignoriere ihn. Irgendwann wird er schon merken, dass sein Verhalten einfach nur kindisch ist", erklärte Piper und nach einer kurzen Stille nickte Nell schließlich.

„Also gut. Du hast recht. Ich werde versuchen, ihn einfach zu ignorieren. Vielleicht ist das eine gute Idee."

„Unternimm etwas, wo du ihm aus dem Weg gehen kannst."

„Morgen habe ich mich einer Wandergruppe angeschlossen, um mir die Landschaft anzusehen. Selbst
wenn er dabei ist, kann ich mich immer noch an die anderen Gäste halten. Die meisten hier sind sehr nett und
freundlich", erklärte Nell und atmete tief durch. Das
Gespräch mit ihrer Freundin hatte ihr spürbar weitergeholfen.

„Na siehst du, das ist doch eine gute Idee. Das wird bestimmt lustig. Und wenn ich dir einen guten Rat mitge-
ben darf ... trink deinen Sekt in Zukunft lieber selbst, als
ihn an diesen Idioten zu verschwenden."

Kapitel 16

Über Nacht hatte es eine Menge Neuschnee gegeben und Nell musste die Augen etwas zusammenkneifen, als sie aus dem Fenster blickte und das helle Licht der Sonne vom Schnee reflektiert wurde. Voller Vorfreude war sie früh aufgestanden, hatte schon vor den meisten Gästen gefrühstückt und war anschließend in ihr Zimmer gegangen. Freudestrahlend hatte sie dort ihren Wanderrucksack gepackt. Sie war so aufgeregt, mehr von der Landschaft zu entdecken, dass sie sich vorbildlich auf die Wanderung vorbereitet hatte. In ihren Rucksack hatte sie warme Wechselkleidung, dicke Socken und etwas zu essen gepackt. Zudem hatte sie sich ihren Thermobecher unten im Frühstücksraum mit heißem Tee aufgefüllt, den sie trinken konnte, wenn ihr zu kalt werden würde. Eilig lief sie die Treppe hinunter in den Eingangsbereich, in dem sich die Wandergruppe treffen wollte. Als sie jedoch unten ankam, entdeckte sie lediglich Dylan, der sich an den Flyern am Empfang bediente. Sie schnaubte und wollte möglichst lautlos wieder umdrehen, doch da hatte er sie schon erblickt.

„Guten Morgen, Nell!"

„Dylan", entgegnete sie lediglich mit einem angespannten Nicken.

„So früh schon unterwegs?“, wollte er wissen und sprach, als hätte es dieses gemeine Gespräch am Vortag zwischen ihnen niemals gegeben.

„Gut beobachtet“, antwortete sie matt und blickte sich suchend um. Niemand sonst aus der Wandergruppe war zu sehen. Vielleicht hatte sie sich in der Uhrzeit getäuscht?

„Hör mal, hast du zufällig die Wandergruppe heute Morgen hier unten gesehen? Eigentlich sollte hier der Treffpunkt sein.“

Sie machte sich auf eine unpassende Antwort von ihm gefasst, doch zu ihrer Überraschung schaute er sie ganz neutral an und nickte schließlich. „Ja, sie sind vor etwa einer halben Stunde losgegangen. Ich habe sie gesehen, als ich zum Frühstück gegangen bin.“ Er deutete mit einem Nicken in Richtung Ausgang.

„Bitte was? Ich dachte, das Treffen wäre um neun und nicht um halb neun! So ein Mist!“, fluchte Nell und schüttelte enttäuscht den Kopf. Dabei war sie doch so gut vorbereitet gewesen.

„Tja, da hast du wohl Pech gehabt. Aber in einer Woche gibt es wieder einen Wanderausflug“, gab Dylan betont locker von sich und zwinkerte Nell beim Vorbeigehen zu.

Am liebsten hätte sie ihm irgendeine Gemeinheit an den Kopf geworfen, denn sein triumphierender Blick machte sie rasend. Doch sie besann sich auf Pipers Worte und ignorierte ihn. Ein- und ausatmen. Sie zog ihren Rucksack fester an sich und marschierte gelassen in Richtung Ausgang. „Dann gehe ich eben allein.“ Sie konnte die Gegend auch bestens ohne eine Wandergruppe erkunden.

Nell stapfte durch den Schnee, der inzwischen knöchelhoch dalag und im Sonnenschein herrlich glänzte. Sie hing ihren Gedanken nach, sog die eisig kalte Luft tief in ihre Lungen und schloss immer mal wieder kurz die Augen, um all das auf sich wirken zu lassen. Hier gab es keinen Greg und auch keinen Dylan, der ihr mit seinen Sticheleien und seinem selbstgefälligen Grinsen auf den Keks gehen konnte. Hier gab es nur sie, das Rauschen der Bäume und das Knistern des Schnees unter ihren Füßen. Sie wanderte an Feldern entlang, an Waldwegen, dessen Pfade vom Schnee bedeckt waren und stieß irgendwann auf einen kleinen See. Die Oberfläche war von dünnem Eis überzogen und Nell bemerkte, wie sie bei dem Anblick lächelte. Das Szenario wirkte so unschuldig, ruhig und friedlich. Nach all den vielen Schritten, die sie inzwischen gegangen war, fühlte sie sich mit sich selbst ebenfalls im Reinen. Piper würde es hier gefallen. Sie dachte darüber nach, mit ihrer Freundin einmal im Sommer herzukommen, wenn wilde Blumen an den Waldrändern wuchsen und die Felder in ihrer bunten Pracht erblühten. Ein kalter Schauer durchfuhr sie und sie setzte sich wieder in Bewegung. Zwischendurch hielt sie an einer Parkbank, die sich an einem Waldweg befand, um einen Schluck Tee zu trinken, der sie innerlich wärmte, und eine Kleinigkeit zu essen. Nach einer kurzen Verschnaufpause wanderte sie schließlich weiter und folgte den Geräuschen von kleinen Tieren und Vögeln um sich herum.

Sie war schon ein paar Stunden unterwegs gewesen, als sie an einer kleinen Waldhütte vorbeikam, die verlassen schien. Neugierig trat sie näher und betrachtete die brüchige Hütte. Das Holz war spröde und die Stufen, die zur Veranda hinaufführten, waren stark beschädigt. Die Fensterscheiben waren dermaßen verschmutzt, dass sie kaum hindurchsehen konnte. Überhaupt ließ die schaurig aussehende Hütte sie frösteln. Dafür hatte sie in ihrem Leben einfach schon zu viele Horrorfilme gesehen, als dass sie leichtsinnig hineinspazieren würde. Langsam wandte sie sich von ihr ab und stapfte weiter, um wieder auf den Pfad zu kommen, auf dem sie hergekommen war, und folgte ihm etwa zehn weitere Minuten. Nach einem Blick in Richtung Himmel überkam Nell das Gefühl, dass er sich allmählich über ihr zuzog und die Sonne beiseite drängte.

„Ich kehre wohl besser langsam um", sprach sie zu sich selbst, weil sie sich mittlerweile ein wenig einsam vorkam und machte auf dem Absatz kehrt. Doch irgendetwas unter ihren Füßen fühlte sich mit einem Mal spiegelglatt an und Nell spürte, wie sie den Halt verlor. Sie knickte mit dem rechten Fuß weg und landete unsanft auf ihrem Hintern.

„Au, verdammt!", ächzte sie und spürte einen stechenden Schmerz in ihrem Knöchel. Sie zog scharf die Luft ein, als sie versuchte, ihren Fuß zu bewegen und bemerkte sofort, dass sie Schwierigkeiten hatte, ihn durchzustrecken.

„Oh nein, bitte nicht", seufzte sie, als sich die schlimme Vermutung auftat, dass sie ihren Knöchel gestaucht haben könnte. Sie stöhnte vor Schmerz und blickte wieder in Richtung der Baumwipfel, die sich nach einem heftigen Windstoß hin und her bewegten. Es wurde immer dunkler über ihr. Wie lange war sie schon unterwegs? Sie hatte völlig das Zeitgefühl verloren und kramte in ihrer Tasche nach ihrem Smartphone, das sie den ganzen Tag über bewusst beiseitegelegt hatte. Doch beim Suchen wurde sie immer hektischer. Sie wühlte sich durch einen Stapel von Kleidung und Vorräten und stellte mit Erschrecken fest, dass sie es nicht finden konnte.

„Mist!", fluchte sie erneut, als ihr bewusst wurde, dass sie ihr Telefon im Hotel gelassen hatte. Sie atmete mehrmals tief durch und raffte sich unter Schmerzen auf. Ihr Knöchel pochte und durch den Stillstand drang allmählich die Kälte durch ihre dicke Jacke. Erste Schneeflocken rieselten auf sie herab und Nell wurde ganz anders bei dem Gedanken, den langen Weg mit ihrem schmerzenden Fuß zurücklaufen zu müssen. Oder vielmehr zurück zu humpeln. Wimmernd zurrte sie ihren Rucksack fester auf ihren Rücken und versuchte den Schmerz zu ignorieren, was ihr kaum gelang. Bei jedem Schritt durchfuhr sie ein Stechen und sie biss die Zähne fest zusammen. Sie musste unbedingt aus diesem Wald raus und den Weg zurück einschlagen. Sie folgte ihren eigenen Fußspuren, die ihr verrieten, aus welcher Richtung sie gekommen war. Doch schon nach wenigen Minuten verließ sie ihre Kraft und sie musste eine kurze Pause einlegen. Ein Schluck mit heißem Tee half ihr nur wenige Minuten und das Brötchen schenkte ihr lediglich ein bisschen Kraft. Was gäbe sie doch für ein ausgiebiges Abendessen! Ihr Magen knurrte und der Wind nahm an Stärke zu. Spätestens jetzt wurde ihr bewusst, dass diese Wanderung nicht gut enden würde.

Kapitel 17

Nell war nur wenige Meter vorangekommen. Immer wieder ließ sie ihr Knöchel innehalten. Mit zusammengebissenen Zähnen wankte sie von Baum zu Baum, um sich immer wieder Halt suchend daran abzustützen. Der Schneefall nahm zu und auch der Wind wurde stärker. Die kalte Luft wehte Nell ins Gesicht und ließ sie ein ums andere Mal erzittern. Sie würde es bei dem Tempo nicht zum Schloss schaffen. Angst packte sie und sie überlegte fieberhaft, was sie nun tun sollte. Sie war einige Stunden unterwegs gewesen, hatte den größten Teil ihrer Vorräte bereits verzehrt und nur noch eine halbe Kanne voll mit Tee. Die Nacht konnte sie unmöglich hier draußen verbringen. Sie würde regelrecht erfrieren. Tränen stiegen ihr in die Augen, als ihr bewusst wurde, in welchen Schwierigkeiten sie da eigentlich steckte.

„Okay, ruhig bleiben", mahnte sie sich und atmete ein paarmal tief durch. Nein, sie würde in diesem Wald nicht sterben! Sie dachte fieberhaft darüber nach, was sie tun konnte und da fiel ihr plötzlich die alte Holzhütte ein.

„Na klar!", sagte sie erleichtert, nahm all ihre Kraft zusammen und humpelte los. Sie folgte ihren Fußspuren, die allerdings immer mehr an Deutlichkeit verloren, da sich Neuschnee auf ihnen niederließ.

„Reiß dich zusammen!", befahl sie sich und versuchte den Weg zur Hütte zu finden. Dummerweise sah aber auch einfach alles gleich aus. Bäume über Bäume, Schnee, wohin man nur blickte. Mit einem Mal kam ihr der Wald nicht mehr so wunderschön, sondern schlichtweg bedrohlich vor. Was hatte sie sich nur dabei gedacht, allein loszumarschieren? Doch für Selbstvorwürfe blieb nun keine Zeit. Sie musste die Hütte finden.

Plötzlich hörte sie ein lautes Knacken und zuckte erschrocken zusammen. Schlagartig blieb sie stehen und blickte sich um. Was war das?

Wieder ein Knacken.

War das ein Tier? Ein Bär vielleicht? Gab es hier überhaupt Bären? Die wirrsten Gedanken schossen Nell durch den Kopf und sie drückte sich zitternd an einen Baum. Von wo kam das Knacken? Ihre Augen schossen hin und her. Sie hatte keine Waffe, um sich zu schützen. Konnte das vielleicht sogar ein Wolf sein? Sie hätte sich besser informieren sollen, welche Tiere hier im Wald lebten. Dummerweise war sie lediglich von Waschbären und Rehen ausgegangen. An so was wie Wölfe und Bären hatte sie gar nicht gedacht. Großer Gott, was sollte sie nur tun?

So leise wie möglich suchte sie den Boden ab und griff schließlich nach einem Stock, der zwar für eine Verteidigung überhaupt nichts brachte, aber ihr eine gewisse Sicherheit verschaffte, dass sie es zumindest versuchen könnte, ihrem Gegner Schaden zu zufügen.

Ein erneutes Knacken ließ sie erstarren. Es kam näher. Sie umschloss den Stock in ihren Händen fester und presste sich eng an den Baum. Ihr Herz schlug ihr bis zum Hals und ihr Zittern konnte sie kaum noch kontrollieren.

„Nell?"

Sie schrie auf und wandte sich um. Den Stock zum Angriff erhoben, hielt sie jedoch inne. „Dylan?"

„Verdammt noch mal, was machst du hier?", schnaubte er und musterte sie, als wäre sie eine Verrückte.

Langsam ließ sie den Stock sinken und atmete laut aus. „Ich ... ich dachte, du wärst ein Tier oder so. Verdammt, was hast du mich erschreckt!"

Keuchend ließ sie sich gegen den Baum sinken und musterte Dylan, der mit Rucksack, Wollmütze und dicker Jacke ausgestattet dastand und sie anstarrte, als könnte er nicht fassen, dass er sie hier vor sich stehen sah.

„Was machst du eigentlich hier?", wollte Nell dann wissen und zog sich ihren Kragen höher, um den Wind, der immer stärker wurde, abzuschirmen.

„Na dich suchen!"

„Mich suchen?", wiederholte sie ungläubig.

„Denkst du allen Ernstes, ich gehe hier einfach so spazieren? Als ich gemerkt hatte, dass du schon sehr lange unterwegs warst, kam mir das komisch vor. Die Wandergruppe war längst wieder zurück und ich hatte gedacht, dass du dich ihnen angeschlossen hättest. Aber als sich der Himmel immer weiter zugezogen hat, habe ich mich auf den Weg gemacht und bin deinen Fußspuren gefolgt. Ich habe verdammtes Glück, dass ich bei den Pfadfindern war."

„Du bist losgegangen, um mich zu suchen?", hakte Nell fassungslos nach. Und auf einmal spürte sie große Erleichterung, dass sie nicht mehr allein war.

„Können wir das später klären?", fragte Dylan nach einem prüfenden Blick nach oben. „Ich würde gerne vor Einsetzen der Dunkelheit im Schloss ankommen."

Nell nickte und empfand plötzlich eine erdrückende Müdigkeit. Ihre Knochen taten weh und überhaupt schien sie jegliche Energie verlassen zu haben.

Als sie sich auf den Weg machen wollten, sog sie scharf die Luft ein und Dylan wandte sich fragend zu ihr um. „Ist alles in Ordnung?"

„Ich habe mir wohl den Knöchel verstaucht. Daher habe ich auch so lange gebraucht, um den Rückweg anzutreten."

„Soll das heißen, du kannst nicht laufen?", fragte Dylan dann und zog skeptisch die Brauen zusammen.

„Doch, es geht schon", knurrte Nell und ärgerte sich über seinen vorwurfsvollen Tonfall. Als ob sie mit Absicht umgeknickt wäre, nur um ihn zu ärgern!

„So wie du aussiehst, glaube ich das nicht. Bis zum Schloss sind es noch einige Meilen. Wieso bist du überhaupt so lange gelaufen? Hast du zwischendurch mal die Zeit im Blick gehabt?"

Nell schüttelte frustriert den Kopf. „Ich habe mein Telefon im Hotel vergessen."

Dylan stöhnte. „Natürlich hast du", murrte er kopfschüttelnd und Nell funkelte ihn wütend an. „Du hättest mich ja nicht suchen müssen, wenn es dir nun so viel abverlangt. Geh ruhig vor, ich schaffe den Weg auch allein.“

Plötzlich lachte Dylan auf. „Du wärst längst erfroren, ehe du im Hotel ankommst und … schon gehört? Hier lauern gemeine Füchse, die sich gerne von hinten anschleichen. Wolltest du dich etwa mit diesem Streichholz da verteidigen? Da hätten selbst die Eichhörnchen über dich gelacht.“

„Na Gott sei Dank bist du ja jetzt da!“, knurrte Nell und verdrehte die Augen. „Also … hast du Oberpfadfinder denn eine Idee, wie wir auf schnellstem Weg zurückkommen können? Gibt es in der Nähe vielleicht eine Straße? Dann könnten wir per Anhalter mitfahren oder so.“

Kopfschüttelnd schaute Dylan sich um. „Hier ist weit und breit nichts. Aber da vorne habe ich eine Hütte gesehen“, erklärte er und deutete mit dem Daumen hinter sich.

„Du meinst dieses Häuschen, wo einst die Hexe mit Hänsel und Gretel gelebt hat?“, fragte Nell spöttisch. Ihr hatte das Haus schon am helllichten Tage nicht behagt, es würde in der Nacht kaum besser sein. Auch wenn sie vor wenigen Minuten selbst noch erwogen hatte, dort Schutz zu suchen.

Dylan nickte. „Jap, und ich glaube, das sollten wir uns mal genauer ansehen. Oder möchtest du hier erfrieren?“

„Vielleicht könntest du versuchen, im Hotel anzurufen“, schlug Nell schließlich vor, doch Dylan räusperte sich lediglich.

„Was ist? Das wäre doch die einfachste Lösung. Wir rufen dort an und fragen, ob uns jemand helfen kann.“

Dylan schüttelte jedoch den Kopf und blickte sich um. „Hallo? Erde an Dylan? Hörst du mir zu?"

„Ja, ich höre dich. Laut und deutlich sogar. Das Problem ist nur, dass ich mein Handy nicht dabeihabe", murrte er schließlich.

Nell klappte der Mund auf. „Du hast … was? Aber schüttelst über mich den Kopf?" Sie stemmte empört die Hände in die Hüften. Wie konnte er über sie urteilen, aber selbst sein Handy vergessen? Das war wieder so was von typisch für ihn!

„Wir können uns hier draußen im Kalten weiter streiten oder wir suchen jetzt nach der Hütte, um nicht zu erfrieren. Was hältst du für besser?", knurrte er dann. Ein eisiger Wind wirbelte ihnen schließlich entgegen und Nell versteifte sich. Das Wetter würde schlimmer werden und die Dunkelheit setzte zunehmend ein. Sie hatten keine Wahl. Kopfschüttelnd schnaubte sie schließlich und schaute in Dylans fragendes Gesicht. „Gut, dann schauen wir uns das *Four Seasons* mal an."

Kapitel 18

„Die Tür ist offen, wir sollten reingehen", entschied Dylan und drückte sie auf. Sie gab knarzende Geräusche von sich. Nell sträubten sich die Nackenhaare bei dem Laut, doch es konnte auch an dem eisigen Wind liegen, der mit jeder Minute stärker wurde. Sie stand vor den Stufen der Veranda, ihren Mantel fest um sich gezogen und beobachtete Dylan dabei, wir er den ersten Schritt ins Dunkle machte.

„Ich weiß nicht. Vielleicht sollten wir da besser nicht reingehen. Was, wenn sie von jemandem bewohnt wird?"

Dylan blieb stehen und wandte sich zu Nell um. „Sieht das hier für dich so aus, als würde hier eine Familie mit Kindern leben? Nicht einmal der Zodiac-Killer würde hier wohnen wollen. Also ... kommst du nun, oder nicht?"

Nell seufzte und brachte es kaum über sich, die Veranda zu betreten. Das Haus jagte ihr Angst ein. Und auch die Erwähnung des Zodiac-Killers half nicht.

„Ich mache dir einen Vorschlag", wandte Dylan schließlich ein, nachdem er Nells Zögern bemerkt hatte. „Ich bleibe heute Nacht hier drin und du wartest einfach hier draußen auf mich und hoffst, dass du nicht erfrierst. Ist das nicht eine gute Idee?"

Nell schnaubte und betrat die erste Stufe der Veranda. „Du kannst dir deine dämlichen Sprüche ruhig für jemand anderen aufheben“, murrte sie nur und folgte Dylan ins Haus.

„Leider ist niemand anderes hier“, gab Dylan von sich, doch Nell ignorierte seine Bemerkung. Ihre Augen brauchten eine Weile, ehe sie sich an die Dunkelheit gewöhnt hatten. Sie schlang schützend die Arme um sich und blickte sich ängstlich um. Beim Inneren des Hauses handelte es sich lediglich um einen einzigen Raum mit Kochnische, einem Doppelbett auf der rechten Seite, einem Kamin, der sicherlich schon seit Jahren nicht mehr in Betrieb genommen worden war, und ein paar alten Schränken.

„Ist doch ganz nett hier“, versuchte Dylan die Situation aufzuheitern und schloss hinter Nell die Tür. „Willkommen zu Hause, Schatz.“

Schlagartig wurde es ruhiger, nachdem sie den Wind ausgesperrt hatten. Dennoch drangen ein Pfeifen und Ächzen durch das Haus.

„Ja, wenn man einen Hang zu Teufelsaustreibungen hat“, antwortete Nell leise.

„Du stellst dich aber auch an. Sei froh, dass wir hier unterkommen können. Ich würde nur ungern bei dem Schneesturm die Nacht draußen verbringen. Wobei … bei deinem Gemecker würde ich es mir noch einmal überlegen.“

Nell stöhnte. „Du hättest ja auch nicht nach mir suchen müssen. Oder einfach dein Handy mitnehmen können, wenn ich doch so unfähig und du so superschlau bist.“

„Würdest du jetzt bitte aufhören, auf dem Thema rumzureiten? Immerhin habe ich dich gefunden und wir können hier unterkommen, um nicht zu erfrieren. Wie wäre es zum Beispiel mal mit einem Danke?" Dylan schaute Nell im Vorbeigehen herausfordernd an und widmete sich dann dem Kamin.

„Ich hätte ja liebend gerne danke gesagt, wenn du deine Heldentaten nicht direkt mit deinen fiesen Sprüchen wieder wettgemacht hättest", konterte Nell und schüttelte den Kopf. Sie machte ein paar unbeholfene Schritte auf das Bett zu und nahm die Wolldecke, die darüber ausgebreitet war, zwischen zwei Finger und spähte vorsichtig darunter.

„Der Kamin scheint noch zu funktionieren, auch wenn es nicht so aussieht, als wäre er in der letzten Zeit benutzt worden", bemerkte Dylan und richtete sich wieder auf. Er beobachtete, wie Nell misstrauisch die Decke beiseite warf und die Matratze begutachtete.

„Was ist? Ist dir das Bett nicht gut genug?"

Genervt wandte Nell sich zu Dylan um. „Tut mir leid, dass das vielleicht ein bisschen pingelig aussehen mag, aber ich schlafe nicht gern in Betten, in denen eventuell Massenmörder, Tiere oder Insekten geschlafen haben oder sogar alle gemeinsam."

„Du solltest dir mal den Stock aus dem Hintern ziehen, Nell", stöhnte Dylan und schüttelte den Kopf, als könnte er es kaum ertragen, sich mit ihr in diesem Raum zu befinden.

„Und ich sollte dir mit ebendiesem Stock den Mund stopfen", zischte sie.

„Weißt du was? Vielleicht wäre es besser, wenn du die Nacht tatsächlich draußen verbringst. Dann kannst du wenigstens den Tieren auf den Keks gehen. So wirst du nicht angefallen, hast deine Ruhe und ich auch", maulte Dylan und marschierte zur Tür. „Während du dich hier also weiterhin über den ach so schlimmen Zustand des Hauses aufregen möchtest, mache ich mich mal nützlich und schaue, ob wir den Kasten hier ein bisschen aufheizen können. Auch wenn du das mithilfe deiner nervtötenden Jammerei auch sehr gut selbst könntest", setzte er hinzu und verließ mit einem lauten Türenknallen das Haus. Na, immerhin fiel es nicht wie ein Kartenhaus in sich zusammen, dachte Nell und schüttelte verständnislos mit dem Kopf. Was dachte Dylan sich überhaupt? Immerhin hätte er ja nicht nach ihr suchen müssen! Dass sie sich in diesem Haus, in dem Gott weiß was alles schon vorgefallen war, nicht wohlfühlte, konnte er ihr ja wohl kaum vorhalten.

Seufzend besah sie sich das Laken auf der Matratze. Sie musste dringend ihren pochenden Fuß hochlegen und einen Moment verschnaufen. Ihre Glieder fühlten sich an, als hätte jemand Sandsäcke an ihnen befestigt. Das Laken sah, in Anbetracht der Tatsache, dass vermutlich schon seit Ewigkeiten niemand mehr darauf geschlafen hatte, nur halb so schlimm aus, wie sie es sich ausgemalt hatte. Sie entfernte es dennoch, um einen Blick auf die Matratze darunter zu werfen. Sie hatte einige undefinierbare Flecken, wirkte aber nicht ganz so gammelig, wie sie es sich vorgestellt hatte. Zumindest mit ihrer Kleidung würde sie sich draufsetzen können.

Erschöpft ließ sie sich auf dem Bett mit dem Eisengestell nieder, was bei jeder Bewegung laut quietschte. Dylan war schon eine Weile weg und Nell genoss einen

Moment lang die Ruhe. Kein Streit, keine gemeinen Kommentare und keine genervten Blicke. Sie fragte sich, ob er sie nur gesucht hatte, um sie weiter zu schikanieren. Mit dem Rücken lehnte sie sich an das Kopfteil hinter sich und legte ihren Fuß auf die Matratze. Dabei stöhnte sie leicht, verschnaufte aber gleichzeitig, weil sie das Gefühl hatte, dass sie die Anspannung, zumindest für einen kleinen Moment, loslassen könnte. Eine Weile lang schloss sie die Augen. Die Müdigkeit hatte sie noch in dem Augenblick übermannt, in dem sie sich mit aller Vorsicht auf das Bett gesetzt hatte.

Der Wind draußen nahm deutlich an Stärke zu, so wie sie es durch das Pfeifen des Hauses vernehmen konnte. Wie lange war Dylan eigentlich schon weg, fragte Nell sich wenig später. Sie hatte gar kein Zeitgefühl mehr. Außerdem wurde es draußen mittlerweile dunkel. Neben der Müdigkeit machte sich nun auch ein ausgeprägtes Hungergefühl bemerkbar und sie überlegte, wann sie das letzte Mal etwas gegessen hatte. Hoffentlich würde die Nacht schnell vorbeigehen. Sie sehnte sich nach ihrem Bett im Schloss und dachte wehmütig an die kuschelige Wärme, die sie schon im Empfangsbereich umgab. Nur wegen ihrer eigenen Dummheit saß sie nun hier, in einer verlassenen Hütte, mitten im Nirgendwo! Und damit nicht genug. Sie musste diese Zeit hier ausgerechnet mit Dylan absitzen. Was hatte sie der Welt nur Schlimmes getan, womit sie das verdiente? Wobei es Dylan ja schon hoch anzurechnen war, dass er überhaupt eins und eins zusammengezählt und sich anschließend auf die Suche nach ihr begeben hatte. Greg hätte vermutlich nicht einen Schritt nach draußen in der Eiseskälte gemacht und einfach einen Suchtrupp losgeschickt – sofern ihm ihre Abwesenheit überhaupt aufgefallen wäre.

Wenig später wurde die Tür aufgerissen und Nell schreckte aus ihrem leichten Dämmerschlaf hoch. Mit dem eisigen Wind, der sich durch die Tür stahl, platzte auch Dylan herein, die Arme voller Holzscheite.

„Verdammt kalt da draußen", murmelte er, als hätte Nell es noch nicht mitbekommen, dass es schneite.

„Was du nicht sagst", entgegnete sie knapp und beobachtete, wie Dylan das Holz in den Kamin warf und sich die Hände rieb. „Wo hast du denn das Holz gefunden?"

„Hinterm Haus ist eine alte Metallkiste. Erst wollte ich nicht reinsehen, man weiß ja nie, aber dann dachte ich, ein Blick könnte ja nicht schaden. Jedenfalls habe ich darin getrocknetes Holz gefunden. Der- oder Diejenige muss es dort gelagert haben. Ich denke, es hat niemand etwas dagegen, wenn wir uns was nehmen."

„Und weißt du auch, wie man es anbekommt? Ich habe hier weder Streichhölzer noch sonst irgendwas Derartiges gesehen."

Dylan blickte sie mit stutzigem Blick an. „Ohne mich wärst du wirklich aufgeschmissen."

Ohne dich wäre ich wenigstens besserer Laune, selbst wenn ich draußen schon erfroren wäre, dachte Nell genervt und verdrehte die Augen, nachdem er ein Feuerzeug aus seiner Jackentasche hervorgekramt und ihr demonstrativ vor die Nase gehalten hatte. Doch insgeheim spürte sie eine leichte Dankbarkeit, denn nur wenige Minuten später wurde die alte Hütte immerhin durch ein gemütliches Feuer erwärmt.

Nell beobachtete Dylan dabei, wie er die provisorische Küche nach etwas Essbarem durchsuchte und kurz darauf zog er aus einem Unterschrank eine Konservendose hervor, die für Nell so aussah, als käme sie aus dem 18. Jahrhundert. Hatte es damals schon Konservendosen gegeben? Die hier hätte der Beweis dafür sein können.

„Du willst die doch nicht ernsthaft essen, oder?", hakte sie nach und verzog angewidert das Gesicht.

Dylan warf ihr einen Blick zu. „Hast du etwa was Besseres dabei? Die hier scheint jedenfalls noch nicht abgelaufen zu sein."

„Also die geschmierten Brötchen und die Äpfel, die ich eingepackt habe, erscheinen mir durchaus besser als das da", sie deutete mit dem Finger auf die Dose, dessen Etikett kaum noch lesbar war. „Vermutlich lebt der Inhalt schon."

Dylan ließ die Dose zurück in den Schrank fallen und ließ ein wenig die Schultern hängen. „Ich nehme nicht an, dass du teilst?"

„Hältst du mich für so ein Monster?"

Er zuckte die Achseln. „Ich halte dich für viele andere Dinge, aber nicht unbedingt für ein Monster."

„Also wenn das deine Art ist, um jemanden um etwas zu essen zu bitten, dann solltest du dein Verhalten noch einmal gründlich überdenken. Außerdem … warum hast du denn nichts dabei? Ich denke, du bist Mr Ich-bin-auf-alles-vorbereitet", bemerkte Nell und griff nach ihrem Rucksack neben dem Bett.

„Ich hatte was dabei, hab es aber schon auf dem Weg hierher gegessen. Ich konnte ja nicht ahnen, dass ich dir bis nach Narnia folgen würde."

Nell seufzte. „Also: Möchtest du nun was oder nicht?"

Schließlich nickte Dylan und murmelte ein Danke, als er ein Brötchen entgegennahm und sich neben sie aufs Bett setzte. Es machte quietschende Geräusche und Nell war froh, dass es noch nicht zusammengebrochen war.

Schweigend saßen sie da und knabberten an ihren Brötchen. Der Wind wurde heftiger und hin und wieder erwischte Nell sich dabei, wie sie zusammenzuckte. Verstohlen warf sie Dylan ein paar Blicke zu, der völlig übermüdet zu sein schien. Er hatte tiefe Ränder unter den Augen und seine sonst so stolze Haltung hatte an Kraft verloren. Mit einem Mal tat er ihr irgendwie leid. Er hatte sich den Tag sicherlich auch schöner vorgestellt. Dabei war er durch den Schnee gestapft und hatte nach ihr gesucht. Nach ihr! Wo sie sich doch eigentlich nicht ausstehen konnten!

„Danke", murmelte sie schließlich und lehnte sich etwas gegen das Geländer hinter sich. Durch ihren Fuß schoss ein stechender Schmerz, als sie ihn minimal bewegte.

Dylan schaute sie fragend an, sagte aber nichts.

„Na ja, dafür, dass du mich gesucht hast …", setzte sie leise hinzu. Es kam ihr nur schwer über die Lippen, aber sie fand, es war richtig, danke zu sagen.

Dylan winkte ab. „Schon okay."

„Nein, ist es nicht. Immerhin hätte es dir egal sein können, wo ich stecke."

„Ist nicht der Rede wert", erwiderte er lediglich und warf das Papier seines Brötchens beiseite. Müde erhob er sich, schlenderte ums Bett herum und ließ sich, mit dem Rücken ans Fußende gelehnt, nieder. Sie saßen sich gegenüber und Nell spürte die wohlige Wärme des Feuers, das allmählich durch ihre Jacke drang. Vor einer Weile war sie noch halb erfroren gewesen, sodass ihr jetzt beinahe warm wurde.

Schweigend saßen sie da. Keiner wusste so recht etwas zu sagen und so schloss Nell einen kleinen Moment die Augen. Doch ein weiterer Blitz schoss ihr durch den pochenden Knöchel, sodass sie leise nach Luft schnappte.

„Alles in Ordnung?", wollte Dylan wissen und musterte sie.

Nell nickte. „Ja. Es ist nur der Fuß. Morgen wird es wieder besser sein."

„Zeig mal her", forderte er sie auf und deutete mit einem Kopfnicken auf ihren Fuß.

Nell schüttelte den Kopf. „Wie gesagt, es ist schon in Ordnung."

„Nein, ist es nicht. Immerhin müssen wir morgen noch eine ganze Weile laufen und ob du es glaubst oder nicht, zum Laufen braucht man seine Füße."

Nell seufzte kurz und zog schließlich mit aller Vorsicht ihren Schuh aus. Als sie dabei ihren Knöchel berührte, zuckte sie zusammen. Dylan rutschte etwas näher an sie heran und legte seine Hand um ihren Knöchel. Nell zog bei der Berührung scharf die Luft ein. Als er ihre Socke ein kleines Stück nach unten zog, machte er große Augen. „Verdammt, dein Knöchel ist ziemlich geschwollen. Du solltest den Schuh besser auslassen und ihn kühlen."

Behutsam legte er ihren Fuß ab und noch ehe sie irgendetwas sagen konnte, schnappte Dylan sich seinen

Schal und marschierte nach draußen in die Kälte. Erwartungsvoll musterte sie ihn, als er wiederkam und die Tür fröstelnd hinter sich schloss. Dann legte er seinen eiskalten Schal um ihren Knöchel und wickelte ihn mehrmals herum. Nell stieß einen zischenden Laut aus. „Ist das kalt!"

„Ich habe ihn draußen unter den Wasserhahn gehalten und anschließend in den Schnee gelegt. Er sollte eine Weile kühlen und du solltest deinen Fuß bis morgen jedenfalls nicht belasten."

„Danke, Dylan", gab Nell leise von sich und lehnte sich wieder zurück. Seine Berührung tat ihr gut und sie atmete die Anspannung, die sich den Tag über in ihr gesammelt hatte, aus. Auch Dylan ließ sich neben sie aufs Bett sinken und verschränkte wärmend die Arme vor der Brust.

Nell beobachtete ihn kurz und rutschte ein wenig zur Seite, damit er mehr Platz hatte und seine Beine ebenfalls hochlegen konnte.

„Warum bist du hier?", fragte sie dann und öffnete ihre Jacke, die sie vorsichtig auszog und wie eine Decke auf ihren Körper legte. Der Kamin schenkte inzwischen genug Wärme und Nell kuschelte sich unter ihren Mantel.

„Das sagte ich doch schon. Ich habe gemerkt, dass du nach deinem Ausflug nicht zurückgekommen bist, und …"

Nell schüttelte den Kopf. „Das meine ich nicht. Ich meine, warum bist du hier im Schloss? Die meisten, die hierherkommen, machen diesen Erholungsurlaub, weil sie es brauchen. Eine Auszeit, weil sie etwas erlebt haben und von zu Hause raus mussten."

Dylan schwieg einen Moment, ehe er Nell das erste Mal so richtig mit seinen dunkelbraunen Augen anblickte. „Meine Schwester ist vor ein paar Wochen gestorben.“

„Oh mein Gott, das tut mir furchtbar leid, Dylan“, gab Nell entsetzt von sich und spürte sofort einen Anflug von Mitleid für ihn.

Dylan hob kurz die Hand. „Ist schon gut. Es war klar, dass sie sterben wird. Sie war lange krank. Krebs. Eine verdammte Scheißkrankheit, wenn du mich fragst.“

Nell nickte, sagte aber nichts. Sie hatte das Gefühl, als würde er noch im selben Moment in sich gekehrt sein, denn er starrte ins Leere und schüttelte nur den Kopf, als könnte er noch immer nicht fassen, was passiert war. Das war das erste Mal, dass sie ein kurzes Gespräch geführt hatten, in dem sie sich nicht gegenseitig Beleidigungen an den Kopf geworfen hatten.

„Möchtest du darüber reden?“, fragte Nell nach einer Weile. Eine fast schon harmonische Stille hatte sich über sie gesenkt und das Feuer im Kamin knisterte leise vor sich hin. Achselzuckend starrte Dylan weiterhin ins Leere. „Vielleicht sollte ich das. Bisher habe ich noch nicht darüber gesprochen. Aber was gibt es da schon groß zu erzählen? Sie lebt nicht mehr. Wird nie wiederkommen und ich muss mich daran gewöhnen.“

„Und deine Eltern? Kannst du nicht mit ihnen darüber sprechen?“

Dylan gab ein verächtliches Schnauben von sich und schaute Nell eindringlich an. „Die denken vermutlich, dass es mir egal ist, was mit Maria passiert ist.“

Nell machte ein entsetztes Gesicht. „Aber warum sollte es dir egal sein?“

„Du musst wissen, dass sie nie wirklich gesund war. Ständig hatte sie irgendwas. Wenn andere Kinder Husten hatten, hatte sie eine ausgewachsene Bronchitis. Wenn ich erkältet war und mit einem Schnupfen zu kämpfen hatte, lag sie tagelang mit Fieber und Gliederschmerzen im Bett. Maria war für Krankheiten so empfänglich wie ich für den Ärger, den ich magisch angezogen habe. Sie war meine kleine Schwester, weißt du, und somit hat sie von meinen Eltern so ziemlich jeden Hauch Aufmerksamkeit bekommen, den man für seine Kinder erübrigen kann. Meine Aufmerksamkeit mitgezählt." Er verzog das Gesicht, als bereitete es ihm immer noch seelische Schmerzen. „Es ist ja nicht so, als hätte ich es nicht verstanden, dass Maria eine Sonderbehandlung brauchte. Das habe ich gut nachvollziehen können. Aber hätten meine Eltern sich nicht auch mal über meine guten Noten freuen können? Über ein verdammtes Sportabzeichen?"

Kopfschüttelnd blickte er zum Kamin und Nell presste die Lippen fest zusammen. Sie stellte sich Dylan als kleinen Jungen vor. Dieses engelsgleiche Gesicht, mit diesem frechen Lächeln. Gott, wie hatte dieser Typ ihr das Schulleben zur Hölle gemacht. Doch das gemeine Grinsen auf dem jungenhaften Gesicht, das Nell unwillkürlich vor Augen hatte, erstarb und eine Traurigkeit schlich sich an dessen Stelle.

„Irgendwann habe ich aufgehört meine Eltern beeindrucken zu wollen", sprach er weiter. „Ich dachte, vielleicht lassen sie sich ja auf andere Dinge ein, wie Anrufe von meinen Lehrern zum Beispiel. Von anderen Eltern oder deinen Eltern, die sich darüber beschweren, was für ein schlechter Junge ich doch bin. Aber bis auf ein paar Schimpftiraden oder verächtliche Blicke war da nichts zu holen. Wie konnte ich nur so selbstsüchtig sein und ihnen so einen zusätzlichen Ärger machen, wenn Maria doch so krank war? Also setzte ich wieder einen drauf ... wieder und wieder. Irgendwann war das Gefühl, dass ich andere fertigmachen musste, um mich besser zu fühlen und ein paar Gespräche mit meinen Eltern abzugreifen, einfach ein Teil von mir. Ich habe mich gut dabei gefühlt. Ziemlich dämlich, oder?"

„Na ja, du hast die Beachtung gekriegt, die du zu Hause nicht bekommen hast", schloss Nell und nickte, da sie es wirklich verstand.

„Ja, mag sein", seufzte Dylan. „Ich bin nicht stolz darauf, wie ich war und bin vor allem nicht stolz darauf, dass ich es meiner Familie so unnötig schwer gemacht habe. Das war einfach nur egoistisch."

„Du warst ein kleiner Junge", rief Nell ihm in Erinnerung. „Du konntest es nicht besser wissen."

„Aber ich wurde älter und habe nichts dazugelernt. Meine Eltern haben sich irgendwann ganz von mir abgewandt, nur Maria hielt immer zu mir. Sie verstand, was in mir vorging und jeden Tag, an dem ich dafür sorgte, dass ich irgendeinen Hauch von Aufmerksamkeit bekam, hasste ich mich mehr. Ich hätte für sie da sein sollen und nicht den neidischen Bruder spielen dürfen."

„Ich bin mir sicher, dass du trotzdem für sie da warst", versuchte Nell ihn zu trösten.

Schulterzuckend begann Dylan an seinen Fingernägeln zu knibbeln. „Ich habe ihr jeden Abend vorgelesen. Wenn Mum und Dad im Bett waren, habe ich mich in ihr Zimmer geschlichen und ihr vorgelesen. Wir haben uns erzählt, was wir am Tag erlebt hatten. Sie hat mich gefragt, welche Dummheiten ich wieder angestellt habe und anschließend haben wir darüber gelacht, als wäre das alles urkomisch gewesen." Dylan grinste traurig bei der Erinnerung. „Sie war ja nicht immer nur krank, sondern hatte auch gute Zeiten. In denen haben wir viel unternommen. Sind ins Kino gegangen oder mit dem Fahrrad durch die Gegend gefahren. Einmal ist sie fies gestürzt und hat sich das Knie angeschlagen. Als wir nach Hause kamen, habe ich ein Donnerwetter erlebt. Wie ich zulassen konnte, dass Maria sich derart mit dem Fahrrad hingelegt hatte. Ob ich nicht auf sie aufgepasst hätte und so weiter. Dabei war dieser Fahrradausflug einer der schönsten Tage, die wir gemeinsam erlebt hatten. Wir waren am See, hatten versucht, mit selbstgebastelten Angeln Fische zu fangen."

Nell kicherte. „Und? Wart ihr erfolgreich?"

Dylan lachte leise und schüttelte den Kopf. „Wir haben nicht einmal ein Stück Müll gefangen. Aber es hat trotzdem Spaß gemacht. Als wir zu Hause auszogen und jeder seinen Weg ging, blieben wir stets in Kontakt. Wir haben mindestens zweimal die Woche telefoniert. Maria wollte unbedingt Tierärztin werden und hatte ihr Studium auch gut über die Bühne gebracht. Vor ein paar Jahren dann bekam sie die Diagnose." Dylan brach ab und schluckte schwer.

Nell hörte weiterhin zu. Sie wusste, dass es gut war, wenn er darüber redete, also würde sie ihn auch nicht davon abbringen. Sie hätte es nicht für möglich gehalten, dass Dylan solche Schwierigkeiten im Leben gehabt haben könnte.

„Es war wie ein Schlag ins Gesicht. Wie ein Traum, aus dem man nicht aufwacht, so sehr man auch dagegen ankämpfte. Ich begleitete sie zu sämtlichen Untersuchungen, Chemotherapien, war immer an ihrer Seite, so gut es ging, aber je mehr ich gehofft hatte, dass sie es schaffen würde, desto schwächer wurde sie. Aber ich wollte es einfach nicht wahrhaben. Hast du schon mal gesehen, wie jemand, der Krebs hat, am Ende aussieht?", fragte er Nell traurig, doch diese schüttelte kaum merklich den Kopf. Sie hatte das Glück, dass ihre Liebsten bisher von dieser furchtbaren Krankheit verschont geblieben waren.

„Sie war so dünn. Sie hatte es immer gut versteckt unter ihren Sweatjacken und ihren Jeanshosen, die ihr viel zu groß waren. Doch wenn ich sie umarmt habe, konnte ich jeden verdammten Knochen spüren. Konnte ihre dünnen Handgelenke sehen. Ihre langen Finger. Ihre eingefallenen Wangen. Jedes Mal hatte ich Angst, ich könnte sie mit der bloßen Umarmung zerbrechen. Ihr noch mehr wehtun."

Nell schluckte schwer, als sie merkte, wie Dylans Augen zu funkeln begannen, als sammelten sich Tränen darin, gegen die er schwer ankämpfte. „Und wenn sie so viel von sich selbst verloren hatte, ihre Haare, die Kontrolle über ihren Körper, sie hat nie ihren Humor und ihr Lächeln verloren. Ihre Stärke, wie sie dem Tod entgegengeblickt hat, hat sie bis zum Schluss behalten. Irgendwann war es okay für sie. Immerhin gab es nichts mehr zu hoffen, also musste sie es akzeptieren und das Beste aus der Zeit, die ihr noch blieb, machen. Dafür habe ich sie so bewundert. Wie kann jemand die

Tatsache, dass er sterben wird, nur einfach so akzeptieren? Ich könnte das nicht, aber für Maria war das in Ordnung. Also haben wir unsere restliche Zeit genutzt. Wir haben Dinge unternommen, die sie gerne noch machen wollte. Waren in Tierheimen unterwegs, weil sie Tiere ja so liebte, und ihnen Zuwendung schenken wollte, die ihnen sonst verwehrt blieb. Wollte ihrer Welt noch etwas geben, ehe sie ging. Ich habe es nicht akzeptiert. Bis zum Schluss nicht. Irgendwie hatte ich immer noch auf ein Wunder gehofft. Dass die Ärzte sagen, dass die Tumore in ihrem Kopf kleiner werden. Dass sie keine Bedrohung mehr darstellen würden. Irgendwas. Dass wieder alles gut werden würde und sie einfach damit leben könnte. Aber da kam nichts. Keine Besserung, kein Lichtblick – nichts. Sie war irgendwann einfach nur abgeschrieben. Palliativpatientin haben sie sie genannt. Jemanden, für den es keine Hoffnung mehr gibt.“

Dylan biss sich auf die Unterlippe und schaute zur Seite. Eine Weile lang sagte er nichts und schluckte gegen den Kloß in seinem Hals an. Dann schaute er zu Nell. „Und weißt du, was das Schlimmste daran war? Dass, obwohl ich es ihr früher so schwer gemacht hatte, sie mich verstanden hatte. Sie hat mir mal gesagt, dass sie wegen nichts enttäuscht oder sauer gewesen sei und dann hat sie meine Hand genommen und sich entschuldigt. Entschuldigt! Sie hat sich für ihre Krankheit entschuldigt!“

Fassungslos schüttelte er den Kopf und Nell spürte, wie ihr Tränen in den Augen brannten. Sie konnte sich gar nicht ausmalen, wie viel Schmerz in Dylans Innerstem verborgen war. „Ich war der Bruder, der ständig neidisch auf die kleine Schwester war, die von den gemeinsamen Eltern so viel Beachtung bekommen hatte, weil sie krank war. Und ihr tat es letzten Endes leid, dass sie krank war?“

Nachdem sie einen Moment schweigend dasaßen und Dylan sich etwas gefangen hatte, schaute er Nell wieder an. In seinem Gesicht lag ein Ausdruck, den sie kaum deuten konnte.

„Ich habe ihr bis zum Schluss die Hand gehalten. Ich bin ihr nicht von der Seite gewichen, auch wenn meine Eltern mich am liebsten nicht dabeigehabt hätten. Seit der Beerdigung vor ein paar Wochen haben wir nicht mehr miteinander gesprochen und ich glaube auch nicht, dass wir jemals wieder ein Wort miteinander wechseln werden. Es ist mir auch, um ehrlich zu sein, nicht wichtig. Maria war mir wichtig. Meine Eltern waren es früher mal, aber heute sind sie es nicht mehr. Mag sein, dass es egoistisch klingt, aber insgeheim mache ich sie dafür verantwortlich, dass ich früher so ein Arschloch war und teilweise auch heute noch bin.“ Betreten starrte er auf seine Finger, die nervös über seine Oberschenkel auf- und abfuhren. Nell wollte gerade etwas erwidern, dass er gar nicht so schlimm war, wie er sich darstellte, doch da blickte er sie ernst an.

„Deshalb bin ich hier“, schloss er seine Erklärung. „Ich hätte es zu Hause nicht länger ausgehalten und musste dort raus. Plötzlich erschien mir alles zu laut – der Verkehr, die Menschen … einfach alles.“

Nell nickte und hätte Dylan am liebsten eine Hand auf seine gelegt, doch hielt sie sich zurück.

„Und? Wie ist es jetzt? Wo du mal darüber gesprochen hast?“, fragte sie wenig später und musterte ihn.

Achselzuckend kratzte er sich im Nacken. „Besser, schätze ich. Du bist tatsächlich die Erste, mit der ich darüber rede. Ist das nicht irgendwie komisch? Wo wir uns bis vor ein paar Minuten kaum unterhalten konnten, ohne dass wir uns beinahe an die Gurgel gegangen sind?" Plötzlich lachte er heiser und auch Nell grinste traurig.

„Irgendwie schon. Aber manchmal tut es gut, sich gerade den Menschen zu öffnen, denen man nicht sehr nahesteht. Einfach weil sie einen ganz anderen Blick auf das haben als Nahestehende."

„Vermutlich, ja."

Wieder schwiegen sie und nur das Rauschen des Windes erfüllte den Raum mit Geräuschen, bis Dylan sie wieder ansah und lächelte. „Danke fürs Zuhören."

„Jederzeit", lächelte Nell ermutigend zurück und spürte, wie sich etwas in ihr zu lösen begann. Es war, als würde der Hass, den sie all die Jahre gegen ihn verspürt hatte, wie einzelne kleine Scherben von ihr abfallen. Die Geschichte von Maria, seiner kleinen Schwester, hatte ihr Herz berührt und Dylan in ein völlig neues Licht gerückt.

„Du bist gar nicht so blöd, wie ich immer angenommen hatte", setzte er dann hinzu und grinste noch breiter.

„Das ist so ziemlich das Netteste, was ich bisher von dir zu hören bekommen habe", entgegnete Nell und erwiderte sein Lächeln schließlich vorsichtig.

„Ich hätte dir noch mehr nette Dinge zu sagen gehabt, aber du hast mir kaum einen Grund dafür gegeben."

Ein Schmunzeln legte sich auf Nells Lippen und sie schaute hinaus aus dem Fenster, obwohl sie bis auf die

Spiegelung des Hausinneren nichts sehen konnte. „Ich glaube nicht, dass du mir nette Sachen sagen wolltest."

„Stimmt."

Plötzlich lachten beide auf und verfielen anschließend in ein angenehmes Schweigen.

„Wie geht es deinem Knöchel?", fragte Dylan wenig später und warf einen Blick auf Nells Fuß.

„Es geht schon. Solange ich ihn ruhig halte, ist es okay."

„Ich werde noch einmal den Verband kühlen", entschied Dylan dann, nahm ihn vorsichtig ab und verschwand erneut nach draußen.

Nell saß einen Moment da und dachte darüber nach, was er ihr erzählt hatte. Nun ergab selbst sein ekelhaftes Verhalten als Kind endlich einen Sinn. Was hätte nicht alles damals anders sein können, wenn sie gewusst hätte, was in ihm vorgegangen war? Was ihn zu Hause erwartet hatte. Das traurige Bild seiner ständig kranken Schwester und das seiner Eltern, die ihm keinerlei Beachtung schenkten. Sie seufzte mitfühlend.

Wenige Minuten später kam Dylan wieder und noch ehe Nell etwas einwenden konnte, legte er ihr behutsam den eiskalten Verband an, der sie laut aufstöhnen ließ. „Himmel, ist das kalt!"

„Ich fürchte, da musst du wohl durch." Amüsiert blickte Dylan sie an und ihr wurde bewusst, dass sich irgendetwas zwischen ihnen verändert hatte. Wenn es nicht nur die Stimmung hier im Raum war, so war es sein Blick. Er war weicher, sanfter. Nicht mehr so unnahbar und distanziert. Es fühlte sich an, als wäre eine starke, unsichtbare Mauer zwischen ihnen zu Fall gebracht worden.

Müde ließ Dylan sich neben Nell aufs Bett sinken, wobei sie sein Arm an der Schulter streifte.

„Danke, Dylan“, sagte sie leise und versuchte, sich etwas zu entspannen. Der Wind pfiff noch immer durch das Haus, doch das Kaminfeuer ließ Nell allmählich müde werden.

„Keine Ursache. Wichtig ist, dass du morgen wieder laufen kannst. Ich bin zwar stark, aber ich denke, dass es anstrengend sein könnte, dich den ganzen Weg zurückzutragen. Und dabei möchte ich nicht sagen, dass du zu schwer sein könntest oder so“, fügte er noch hastig hinzu. Nell musste lachen. „So hast du dir deinen Urlaub hier sicherlich nicht vorgestellt. Während eines Schneesturms durch den Wald zu stapfen, in einer abgelegenen Waldhütte die Nacht zu verbringen und mich dann zu allem Übel noch zu ertragen.“

Auch Dylan musste schließlich lachen. „Nein, ganz sicher nicht. Aber ich muss sagen, dass es schlimmer sein könnte.“

Nell blickte ihn fragend von der Seite an. „Inwiefern?“

„Wir könnten uns noch immer streiten.“

„So, wie wir es gewohnt sind“, pflichtete Nell ihm bei und schaute ihn an.

Ihre Blicke trafen sich. Hastig sah sie wieder weg. „Ich bin froh, wenn es dir dadurch besser geht. Ich hatte ja keine Ahnung, was du alles durchmachen musstest.“

„Das haben die wenigsten. Allerdings habe ich auch nicht viel von mir preisgeben wollen.“ Er zuckte mit den Achseln. „Andere – oder besser gesagt dich – zu ärgern, war irgendwie leichter, als mit der Wahrheit rauszurücken.“

„Na, dann bin ich ja doppelt froh, wenn ich schon im Kindesalter helfen konnte", seufzte Nell mit einem versöhnlichen Lächeln. Als sie sich kurz bewegte, schoss erneut ein Schmerz durch ihren Fuß und sie stöhnte leise.

„Alles in Ordnung?", hakte Dylan nach.

Nell nickte. „Ja, alles bestens. Nur dass mein Fuß mir keine Erholung gönnen möchte."

„Und warum suchst *du* Erholung hier auf Eastwood Castle?"

„Hm, ich schätze, ich brauchte einfach mal eine Auszeit", erklärte Nell vage. Sie wollte besser nicht von ihrer Beziehungspause mit Greg sprechen. Immerhin war dieser ein absolutes Tabuthema und die letzten Tage war sie zu ihrem Erstaunen sehr gut damit gefahren. Ihr ging es gut. Sie war hier. Allein. Ohne Greg. Allerdings mit Dylan, ihrem ehemals verhassten Schulkameraden. Was war das nur für eine verrückte Welt ...

„Du willst nicht drüber reden, stimmt's?", erkannte Dylan schließlich und erntete ein zögerliches Nicken. „Ich bin gerade dabei, mich von einigen Dingen zu distanzieren, sagen wir es mal so. Und diese Dinge haben keinen Platz hier in meinem Urlaub. Deshalb sollten die Probleme besser zu Hause bleiben." Sie lächelte matt und drückte kurz ihren steifen Rücken durch.

Dylan bemerkte ihr schmerzverzerrtes Gesicht und rückte ein kleines Stückchen zu ihr rüber. „Du kannst dich gerne an mich anlehnen. Das Bett ist nicht nur steinalt, sondern auch unbequem. Meine Schulter ist zwar kein Federkissen, aber immer noch besser als das Gestell, an das du dich anlehnst."

Nell dachte kurz nach, wie verlockend der Gedanke wäre, sich an ihn zu kuscheln, einfach um sich entspannter hinlegen zu können, doch sie zögerte.

„Hey, ich verrate es auch keinem", scherzte er dann und brachte Nell schließlich zum Lachen.

„Verdammt, wie kann das sein, dass ausgerechnet wir beide hier in dieser Hütte festsitzen und uns wie erwachsene Menschen unterhalten?" Sie schüttelte den Kopf. „Ich kann es immer noch nicht glauben."

„Ich auch nicht. Vor allem nicht, weil ich dachte, dass du immer so eine Zicke wärst", stimmte Dylan ihr zu und Nell blickte ihn schockiert an. „Ich? Eine Zicke? Ich habe es dir schon ein paarmal gesagt: Du weißt nicht wirklich viel über mich."

Sie verkniff sich ein Lachen und wieder trafen sich ihre Blicke. Dylan wirkte müde und erschöpft, aber in seinen Augen erkannte sie ein interessiertes Funkeln. Er musterte kurz ihr Gesicht, als würde er es das erste Mal sehen. Ein verschmitztes Lächeln legte sich auf seine Lippen. „Dann ist es vielleicht an der Zeit, dass ich mehr über dich herausfinde."

Nell presste verlegen ihre Lippen zusammen, schaffte es aber nicht, ihre Augen von ihm zu nehmen. Sie hatten sich noch nie so angesehen. So ... vertraut. Als wären sie plötzlich ein Team und keine Gegner mehr, die sich gegenseitig an die Gurgel wollten.

Dylans Gesicht kam immer näher und er schaute erst Nell in die Augen, als würde er sich eine Erlaubnis abholen wollen und anschließend glitten seine Augen auf ihren Mund, den sie leicht geöffnet hatte.

Nell schlug das Herz bis zum Hals und das aufkeimende Kribbeln in ihrem Magen weitete sich auf angenehme Weise aus. Sie kamen sich näher, bis sich schließlich ihre Lippen berührten. Zuerst küsste Dylan sie vorsichtig. Es war, als würde sie sich von weiter weg selbst beobachten und sie erkannte sich kaum wieder. Auf einmal wollte sie diesen Kuss so sehr. Als wäre Dylan ein gut gehütetes Geheimnis, welches sie unbedingt lüften müsste. Es war ein unerklärlicher Drang, der sie den Kuss bereitwillig erwidern ließ. Sie spürte eine unbekannte Wärme in sich aufsteigen und gab sich dem Kuss hin, auch wenn er nur wenige Augenblicke andauerte.

Kapitel 19

Der Sturm hatte sich gelegt. Als Nell die Augen öffnete, erstrahlte die alte Waldhütte in einem milden Licht, das durch die verschmutzten Fenster schien. Nur hin und wieder pfiff es leise durch die Hütte. Nell fröstelte und bemerkte, dass das Feuer im Kamin erloschen war. Als sie schließlich den Kopf hob, brauchte sie einen Moment, um zu realisieren, wo sie gerade war. Sie hatte ein paar Stunden geschlafen, den Kopf an Dylans Schulter gelehnt, und nicht nur die Wärme des Feuers genossen, sondern auch seine. Schließlich tauchten vereinzelte Bilder vor ihrem inneren Auge auf. Sie hatte Dylan geküsst. Dylan hatte sie geküsst! Sie hatten sich geküsst! Großer Gott, wie hatte denn das passieren können? Und warum hatte sie so ein angenehmes Gefühl im Bauch, wenn sie an den Moment dachte? Auch nachdem er von ihr abgelassen und ihr lediglich sanft entgegengelächelt hatte, hatte es sich noch immer unglaublich angefühlt. Sie hatte sein Lächeln schweigend erwidert und sich anschließend an seine Schulter gelehnt, die er ihr bereitwillig hingehalten hatte. Kurz darauf war sie in einen erschöpften Schlaf gefallen. Bis dahin war für sie alles in Ordnung gewesen. Bis zu diesem Moment, in dem sie aufgewacht war, ihren Kopf noch immer an Dylans Schulter gelehnt, und sich den

Kuss in Erinnerung gerufen hatte. Was hatte sie getan? Sie hatte ihn geküsst, obwohl sie doch eigentlich noch mit Greg zusammen war! Sie hatte Greg betrogen! Konnte man das so nennen, wenn man eine Pause in der Beziehung hatte? Aber selbst, wenn sie offiziell nicht zusammen waren, warum fühlte es sich für sie wie Betrug an? Oh je, sie war doch keine Betrügerin!

Vorsichtig schaute sie zu Dylan auf und bemerkte, dass er noch schlief. Er hatte die Arme vor der Brust verschränkt und die Augen geschlossen, während er mit dem Rücken an der Bettkante lehnte. Sein Gesichtsausdruck wirkte gequält, als würde ihn seine Vergangenheit selbst im Schlaf nicht zur Ruhe kommen lassen. Augenblicklich musste Nell an das Gespräch des gestrigen Abends denken und an das, was er ihr über seine Schwester erzählt hatte. Immer wieder hatte sie den kleinen Jungen vor Augen, der sie geschubst, gemobbt und ihr fiese Streiche gespielt hatte. Damals hatte sie ihn gehasst. Hatte ihn bis vor kurzem sogar noch für das verflucht, was er ihr angetan hatte. Und jetzt verstand sie es irgendwie. Er hatte all das getan, um zu Hause Aufmerksamkeit zu bekommen. Um zu sagen: Mum, Dad, hier bin ich! Beachtet mich!

Mit einem Mal war der Hass ihm gegenüber verraucht und Mitleid ersetzte ihn. Es war nichts weiter als ein Hilferuf gewesen. Und es hatte mit zunehmendem Alter nicht aufgehört. Die Krankheit seiner Schwester hatte sich bis ins Erwachsenenalter gezogen und Nell hoffte, dass Dylan jetzt, wo er bis zum Schluss für Maria da gewesen war, endlich loslassen konnte. Es war möglich, dass er seine sich hart erschaffene Mauer nun allmählich zu Fall bringen konnte und dass *East-wood Castle* ihm dabei helfen konnte. Nell dachte dar-über nach, wie er sie im Wald gesucht und ihr schließ-lich geholfen hatte, die Nacht in der Hütte unterzukom-men. Vielleicht hatte sie ihm ja auch ein wenig helfen können, indem er einmal hatte aussprechen können, was ihn belastete. Aber hatte sie ihn gleich küssen müs-sen?

Sie versuchte sich etwas aufzusetzen und sofort mel-dete sich ihr Fuß wieder. Sie zog scharf die Luft ein und schließlich regte sich auch Dylan.

„Hey", sagte Nell und wich kaum merklich von ihm weg. „Entschuldige, ich wollte dich nicht wecken."

„Vermutlich hast du mir einen Gefallen getan. Noch eine Minute länger in dieser Position und ich müsste auf die Streckbank, um meinen Rücken wieder gerade-zubiegen." Er lächelte sie an und streckte sich ächzend. „Wie geht es deinem Fuß?"

Sie rutschte noch ein Stückchen weiter weg. Mit ei-nem Mal war ihr das alles so furchtbar unangenehm. „Tut noch weh. Aber ich denke, es ist ein bisschen bes-ser als gestern", erklärte sie und bewegte ihren Fuß vor-sichtig hin und her. Als sie ihn auf dem Boden absetzte,, zog es schmerzend in ihrem Fuß und sie verkrampfte sich.

„Meinst du, du kannst zurücklaufen?", wollte Dylan wissen und kam um das Bett herum.

Nell nickte. „Es wird schon. Noch eine Nacht würde ich nur ungern hier verbringen."

Dylan zuckte mit den Schultern. „Ich hatte sie mir an-fangs schlimmer vorgestellt", scherzte er dann und Nell verzog ihren Mund zu einem verkniffenen Lächeln.

Wieso sagte er nichts zu dem Kuss? Während ihr die Schamesröte ins Gesicht geschrieben stand, tat er so, als wäre nie etwas dergleichen passiert. Aber vielleicht war es besser, wenn sie es einfach als Ausrutscher abtaten und nie wieder ein Wort darüber verlören. Womöglich erging es Dylan ähnlich wie ihr und ihm war es ebenfalls unangenehm. Auch nachdem sie ihre Sachen zusammengesucht und das Haus verlassen hatten, erwähnte keiner von ihnen den Vorfall noch einmal. Nur wusste Nell nicht, ob das gut oder schlecht war.

„Und du bist sicher, dass du laufen kannst?", hakte Dylan mit einem skeptischen Blick auf Nells Fuß nach. Sie winkte ab und humpelte angestrengt neben ihm her. Bei jedem Auftreten zog eine Woge voller Schmerz durch sie hindurch, aber sie hatte das Gefühl, dass er seit gestern Abend schon ein wenig besser geworden war. Immerhin war ihr Knöchel nicht mehr so dick wie eine Wassermelone, sondern hatte sich auf Honigmelonengröße minimiert. Außerdem schien sich ihr Fuß auf Dauer an die Bewegung zu gewöhnen und es ging Schritt für Schritt ein wenig leichter.

„Es geht schon. Es ist immerhin besser als gestern", antwortete Nell knapp.

„Ich könnte dich stützen", schlug Dylan vor und beäugte sie von der Seite, doch als er merkte, dass sie wieder abwinken wollte, griff er seufzend nach einem robust aussehenden Ast und drückte ihn ihr in die Hand. „Wenn du dir von mir schon nicht helfen lassen möchtest, dann nimm wenigstens den. Damit kannst du dich ein bisschen stützen."

Zögernd nahm Nell den Stock entgegen und spürte sogleich eine angenehme Entlastung. Doch das Gefühl, dass sie etwas Unrechtes getan hatte, blieb. Auch Dylans einfühlsamer Blick, als sie sich durch den Schnee kämpfte, machte es nicht besser. Ihr Gewissen nagte regelrecht an ihr. Sie fühlte sich hundeelend und dass sie Dylan geküsst hatte, fühlte sich nicht nur wie Verrat Greg gegenüber an, sondern auch ihm gegenüber. Immerhin hatte er ihr sein Herz ausgeschüttet. Ihr einen tiefen Einblick in sein Innerstes gewährt und ihr zu verstehen gegeben, dass er diesen Kuss scheinbar wirklich wollte. Und sie hatte ihn ausgenutzt, diesen schwachen Moment. Aber sie konnte Dylan ja schlecht sagen, dass sie eigentlich noch einen Freund hatte, mit dem sie die Beziehung lediglich pausiert hatte. Was würde er nur von ihr denken? Außerdem wusste Nell ja nicht einmal, wie es mit Greg weitergehen würde. Ob sie noch eine Zukunft haben würden. Dennoch war es kein Grund, sich gleich dem nächstbesten Mann an den Hals zu werfen. Was war nur in sie gefahren?

„Schon besser, danke", gab sie leise zu und so marschierten sie schweigend weiter. Der Schneesturm hatte sich gelegt und nur hier und da fielen ein paar Flocken vom Himmel.

„Schön hier, oder?", fragte Dylan in die unerträgliche Stille, die sich zwischen ihnen ausbreitete wie dichter Nebel.

„Ja, sehr schön. Vielleicht schaue ich mir die Tage mal die andere Seite des Waldes an."

„Das nächste Mal hast du besser einen Reiseführer oder zumindest mich dabei", meinte Dylan und hielt inne. „Ich meine nur … dass du dich nicht wieder verläufst oder dich verletzt.“

Nell spürte die Unsicherheit, die er ausstrahlte und hätte kaum für möglich gehalten, dass Dylan Bresslin durchaus auch schüchtern und verlegen sein konnte. Seit gestern Abend hatte sie definitiv viele neue Facetten an ihm kennengelernt und sie musste sich eingestehen, dass ihr diese sogar ganz gut gefielen. Dennoch, es war nicht richtig, ihn zu küssen und jetzt mit ihm zu sprechen, als sei nichts passiert. Sie verfiel ins Grübeln und spürte erneut Dylans fragenden Blick auf sich.

„Ist alles in Ordnung?“

Sie nickte knapp und versuchte zu lächeln, was allerdings eher gequält aussehen musste. Aber das konnte sie immerhin gut auf die Schmerzen in ihrem Fuß schieben. „Ja, alles gut.“

„Hör zu …“, begann er dann und blieb kurz stehen, „… wenn es wegen gestern Abend, wegen des Kusses ist, dann …“

„Oh nein, schon gut“, winkte Nell ab. „Es war wohl einfach nur aus einem Impuls heraus. Nicht der Rede wert.“

Was redete sie denn da? Es war sehr wohl der Rede wert. Der Kuss war wunderbar und sie hatte sich sogar sehr wohl dabei gefühlt – jedenfalls bis zu dem Augenblick, als sich ihr Gewissen eingeschaltet hatte.

Dylans Blick veränderte sich. Das sanfte Strahlen, was er an diesem Morgen noch verströmt hatte, wurde kaum merklich zu seinem gewohnten Ausdruck der Gleichgültigkeit. „Stimmt, nicht der Rede wert“, murmelte er und setzte seinen Weg fort, sodass Nell Probleme hatte, Schritt zu halten. Großer Gott, sie machte die Situation eindeutig nicht besser.

Sie hatten den restlichen Weg schweigend hinter sich gebracht. Hin und wieder hatte Dylan sich bemüht, sein Tempo zu verlangsamen, aber angesehen hatte er sie kein einziges Mal mehr. Nell fühlte sich mit jeder Minute schlechter. Nicht nur dass sie ihn geküsst hatte, obwohl sie wusste, dass es nicht richtig war – jetzt hatte sie ihn auch noch verletzt. Immerhin konnte sie das an seiner Reaktion ausmachen. Waren sie vor wenigen Stunden noch so vertraut miteinander gewesen, so war es in diesem Moment, als hätte es die vergangene Zeit zwischen ihnen nie gegeben.

Als sie schließlich das Hotel erreichten, war Nell nicht nur körperlich, sondern auch seelisch erschöpft.

„So, da wären wir. Also, man sieht sich", platzte es trocken aus Dylan heraus, ehe er sich abwandte und den Weg in Richtung Fahrstuhl einschlug.

„Dylan, warte!", rief Nell schließlich und vergrub ihre Hände in den Taschen. „Danke dir, dass du mich ... na ja, gerettet hast. Ohne dich wäre ich vermutlich eine Eisskulptur."

„Kein Problem." Er deutete knapp mit einem Kopfnicken auf ihren Fuß. „Du solltest zum Arzt damit." Dann kehrte er ihr den Rücken zu und verschwand im Fahrstuhl, der sich mit einem *Pling* ankündigte.

Nell blickte ihm noch einen Moment nach. Sie stand noch immer in der Eingangstür und merkwürdigerweise fühlte sie sich mit einem Mal so seltsam allein.

Kapitel 20

Nach einer ausgiebigen Dusche, einem schnellen Besuch beim Hotel-Arzt und ein paar Stunden Schlaf fühlte Nell sich um einiges erholter. Der Doktor hatte ihr, wie sie es bereits geahnt hatte, bestätigt, dass es sich lediglich um eine leichte Verstauchung des Fußknöchels handelte und sie mit ein bisschen Ruhe schon in wenigen Tagen wieder auf den Beinen sein würde. Zudem hatte er ihr Schmerzmittel mitgegeben, die sie zweimal täglich einnehmen sollte.

Daher beschloss sie, den Abend bei einem leckeren Essen und anschließend in ihrem Zimmer im Bett zu verbringen, damit sie schnellstmöglich wieder loslaufen und die Gegend erkunden konnte. Gut, wenn sie ehrlich zu sich selbst war, wollte sie das Essen möglichst rasch hinter sich bringen, aus Angst, sie könnte Dylan im Restaurant begegnen.

Sie hatte sich einen bequemen cremeweißen Pullover angezogen, sich in ihre liebste Jeans gezwängt und es sich im Restaurant nahe des Kamins gemütlich gemacht. Der Duft brennenden Holzes erinnerte sie an den vergangenen Abend in der Hütte und sie blickte sich verstohlen nach Dylan um. Doch dieser war nirgendwo zu sehen. Ob er wohl schon gegessen hatte, fragte Nell sich und ermahnte sich, dass es besser wäre, wenn sie ganz schnell vergaß, was da zwischen ihnen vorgefallen war. Sie warf einen Blick in die Speisekarte und schaute sich dennoch immer wieder unauffällig um. Hin und wieder grüßte sie ein paar der Hotelgäste, die sie inzwischen kennengelernt hatte, und versuchte, sich auf das Angebot der Speisen zu konzentrieren. Ihr knurrte der Magen, denn sie hatte, nachdem sie wieder im Hotel war, nur ein Sandwich auf ihr Zimmer kommen lassen und war anschließend in einen festen Schlaf gefallen.

„Und? Schon gewählt?", hörte sie plötzlich eine aufgeweckte Stimme neben sich und zuckte zusammen.

„Lucy! Hast du mich erschreckt", atmete Nell auf und legte sich eine Hand auf die Brust.

Lucy lachte und strich sich ihre kinnlangen schwarzen Haare hinter die Ohren. „Tut mir leid, ich war nur so überrascht, dich hier zu sehen. Immerhin warst du seit gestern verschwunden und ich dachte schon, du hättest dir auch einen Lover Boy außerhalb des Schlosses geangelt." Sie setzte sich kichernd vor Nell auf den freien Stuhl und musterte sie interessiert.

Ein wenig ertappt musste auch Nell unsicher lachen und schüttelte den Kopf. Himmel, was fühlte sie sich schuldig! „Entschuldige, aber da muss ich dich leider enttäuschen. Ich ... habe nur eine kleine Wanderung unternommen, mir dabei den Knöchel gestaucht und mich deshalb etwas zurückgezogen", erklärte sie fade, ohne genau auf die Details der vergangenen Nacht einzugehen, bei der sie ein seltsames Gefühl in der Magengegend spürte.

„Einen gestauchten Fuß? Und wie geht es dir jetzt?", fragte Lucy mit geweiteten Augen.

Nell winkte ab. „Schon besser. Er tut beim Auftreten nur noch ein bisschen weh, aber ich habe vom Hotel-Arzt Schmerzmittel bekommen und die helfen ganz gut.“

„Das ist super, denn beim nächsten Tanzabend musst du wieder fit sein. Und damit meine ich nicht, dass du mit Sekt um dich gießen sollst, sondern dass du mit mir tanzen musst. Ich bin froh, jemanden wie dich hierzuhaben, mit der man auch Spaß haben kann. Also schmeiß lieber gleich eine Tablette mehr ein, damit du auch ordentlich durchhältst“, scherzte Lucy mit einem verschwörerischen Lächeln.

Nell warf sich lachend die Haare hinter die Schultern. „Ich denke nicht, dass die doppelte Dosis gut für mich ist.“

„Dann trink lieber einen Schluck am Abend mehr. Umso weniger spürst du deinen Fuß“, erklärte Lucy grinsend und erhob sich wieder von ihrem Platz. „Also dann …“

„Du musst schon wieder los?“, fragte Nell und beobachtete, wie die Freundin sich ihre hautenge schwarze Bluse glattstrich. „Ja, ich habe ein Date.“

„Das bedeutet, dass du wieder aushäusig schläfst?“, hakte Nell mit hochgezogener Augenbraue nach.

Geheimnisvoll gluckste Lucy und zuckte mit den Achseln. „Fühlt sich irgendwie ganz schön rebellisch an, wenn du mich fragst. Solltest du auch einmal versuchen.“

Nell musste ein Lachen unterdrücken und suchte nach den richtigen Worten. „Ja, gute Idee. Vielleicht versuche ich es auch mal.“ Wieder blitzte die Kussszene vor ihrem geistigen Auge auf und sie biss sich auf die Unterlippe. Gott, wenn Lucy wüsste ...

„Hab noch einen schönen Abend", rief Lucy über ihre Schulter und verschwand aus dem Speisesaal.

Nach dem Essen lehnte Nell sich auf ihrem Platz zurück und schaute durch das Fenster nach draußen in die Dunkelheit. Gestern um diese Zeit hatte sie sich mit Dylan gestritten und konnte sich noch immer kaum an den Gedanken gewöhnen, dass sie miteinander gesprochen hatten, als verbände sie eine lange Freundschaft. Und dass sie sich geküsst hatten, passte so gar nicht in dieses Bild. Doch der Anblick des Schnees, der draußen wieder wie sanfter Puderzucker vom Himmel fiel, würde von nun an immer mit dieser Erinnerung verknüpft sein. Sie lächelte unwillkürlich und schaute sich erneut im Restaurant um.

Plötzlich zog sich etwas in ihr zusammen, als sie erkannte, dass Dylan gerade das Restaurant betrat. Er streifte sie kurz mit seinem Blick, nickte ihr knapp zu und ließ sich bald darauf an einem Tisch, weit entfernt von ihrem, nieder. Irgendetwas in Nell hatte sich insgeheim gewünscht, dass er sich zu ihr setzen würde und dass sie reden könnten. Normal. So wie gestern Abend in der Hütte. Sie hätten nicht über den wundervollen Kuss sprechen müssen, sondern sich einfach nur unterhalten. Sie wollte diese Unbeschwertheit, die sie zumindest einen Abend miteinander geteilt hatten, zurückhaben. Doch das lag scheinbar in weiter Ferne, denn immerhin war sie es gewesen, die ihn am nächsten Tag von sich gestoßen hatte, anstatt wie eine Erwachsene mit dem Ganzen umzugehen. Sie konnte sich denken, dass er sauer war. Aber was sollte sie machen? Immerhin hatte sie Greg und sie fühlte sich noch immer schuldig, dass sie einen anderen Mann geküsst hatte. Und ebendieser saß nun von ihr abgewandt an einem Tisch und blickte gedankenverloren in die Speisekarte.

Einige Minuten später hielt Nell die Spannung zwischen ihnen nicht mehr aus, erhob sich von ihrem Platz, und steuerte auf Dylans Tisch zu. Sie wollte sich für ihr abweisendes Verhalten entschuldigen, die Sache zwischen ihnen wieder geradebiegen. Doch noch ehe sie seinen Tisch erreichte, erkannte sie, wie die blonde Frau, die sie schon einmal mit Dylan zusammen gesehen hatte, auf ihn zuging und ihn mit ihren verführerischen Augen fixierte. Nell erinnerte sich, dass Dylan sie Becky genannt hatte. Schnell wandte sie sich ab und schlug den Weg Richtung Ausgang ein. Ihr Herz schlug hastig bei dem Gedanken, wie sich die schöne Frau zu Dylan setzte und sie womöglich eine solche Unterhaltung führten, unbeschwert und ausgelassen, so wie sie es noch vor wenigen Stunden getan hatten. Na ja, sei es drum. Immerhin konnte er machen, was er wollte. Sie waren ja nun nicht verpflichtet, aneinanderzukleben, nur weil sie die Nacht miteinander verbracht hatten, in der nichts weiter passiert war als ein Kuss. Nell marschierte geradewegs auf ihr Zimmer. Immerhin hatte sie ja Greg und war hier, um sich ihrer Gefühle ihm gegenüber klar zu werden und sonst nichts!

Kapitel 21

Nell lag auf ihrem Bett, ihren Fuß auf ein weiches Kissen gebettet, und blätterte in einem Roman, den sie nicht wirklich las. Dabei schweiften ihre Gedanken immer wieder zu Dylan ab und sie versuchte krampfhaft, sie zu unterdrücken. Sie musste sich unbedingt ablenken. Der Roman, bei dem es um einen One-Night-Stand ging und in dem die Frau ihren Mann betrog, half da allerdings nicht weiter. Hastig griff sie nach ihrem Smartphone und wollte Piper anrufen. Mal hören, wie es ihr so ging, um auf andere Gedanken zu kommen und sich von ihrer Fröhlichkeit mitreißen lassen.

Doch als Nell auf ihr Telefon blickte, sah sie einen verpassten Anruf. Sie hielt inne. Er war von Greg. Ihr Magen zog sich schmerzhaft zusammen. Was wollte er denn ausgerechnet jetzt von ihr? Er hatte sich all die Tage nicht gemeldet und nun, wo ihr schlechtes Gewissen sie zermürbte wie eine Knoblauchpresse, da versuchte er Kontakt zu ihr aufzunehmen? Wenn das mal nicht schlechtes Karma war! Aber sie würde nicht zurückrufen. Immerhin hatte sie sich vorgenommen, den Urlaub möglichst ohne Gedanken an ihn zu verbringen. Auch wenn ihr das in den vergangenen Stunden merklich schwergefallen war. Aus Angst, Greg könnte womöglich noch einmal versuchen, sie zu erreichen, schaltete sie ihr Handy vorsichtshalber aus, legte es auf den Nachttisch und starrte gedankenverloren an die Decke. Somit war ihr Plan, ihre beste Freundin anzurufen, verworfen.

Der Morgen versprach schön zu werden – jedenfalls das Wetter. Draußen hatte es erneut geschneit, wenn auch nur ein paar Flocken, dennoch frischten sie das Bild, das sich draußen im Schlossgarten bot, noch einmal mit sattem Weiß auf.

Nell stand am Fenster und blickte hinaus. Heute würde sie es sich gutgehen lassen. Immerhin war sie hier, um sich zu erholen und nicht, um sich in ihren Gedanken an Greg oder Dylan zu verlieren. Dennoch hatte sie sich vorgenommen, mit Dylan zu reden. Sie würde sich für ihr abweisendes Verhalten entschuldigen und die Angelegenheit mit dem Kuss hinter sich lassen, ihn als kleinen schwachen Moment abtun. Dann war wenigstens ihr Standpunkt zu der Sache klar. Was er damit anfing, blieb ihm überlassen.

Kurz darauf trat sie in den Empfangsbereich Richtung Frühstück, da entdeckte sie ausgerechnet Dylan, wie er gerade zu den Fahrstühlen lief. Er hatte sie noch nicht gesehen. Kurz überlegte sie, sich unsichtbar zu machen, doch dann nahm sie all ihren Mut zusammen. Sie musste den Kuss hinter sich lassen, um diesen Urlaub wieder zu genießen und vielleicht würden sie die Sache einfach beiseiteschieben können.

„Dylan?", rief sie durch den Empfang. Überrascht drehte er sich um. Nell humpelte noch ein wenig, konnte aber, dank einer Schmerztablette, schon besser laufen als am Vortag. Sie stieg die Treppe hinunter.

Dylans überraschter Blick wandelte sich noch im selben Moment, als er Nell erblickte. Jetzt sah er sie wieder durch distanzierte Augen an.

„Nell, wie geht's deinem Fuß?", fragte er neutral.

Sie blieb kurz vor ihm stehen. „Danke, es geht allmählich wieder besser. Hör zu, ich denke, wir sollten reden. Oder besser noch: Ich wollte mich entschuldigen. Wegen gestern, weil ich so abweisend zu dir war."

„Schon gut", antwortete er knapp und musterte sie kurz, ehe er seine Augen wieder auf den Fahrstuhl richtete.

„Nein, wirklich. Du hast mich mehr oder weniger gerettet und dann … na ja. Wir sollten das mit dem Kuss besser vergessen", fuhr sie unbeirrt fort, „und ihn einfach als kleinen peinlichen Moment abtun oder so." Sie lachte unsicher und Dylans Blick verhärtete sich.

„Schon gut. Wie du schon sagtest, es war nicht der Rede wert. Ich hab schon bessere Dinge getan."

Dann kam der Lift zum Stehen und er marschierte, ohne sie noch einmal anzusehen, hinein.

Nell stand da und sah ihm stockend hinterher. *Ich hab schon bessere Dinge getan?* Autsch, das tat weh!

Die Tür zum Fahrstuhl schloss sich, noch ehe Nell antworten konnte – ihr wäre ohnehin nichts Passendes eingefallen. Mit Dylans spitzem Kommentar hatte sie einfach nicht gerechnet. *Schon bessere Dinge getan?* Na, so schlimm war der Kuss nun auch wieder nicht, dachte sie wütend. Im Gegenteil, er war … wunderbar. Und sie hatte gedacht, dass er ihn vielleicht als ähnlich schön empfunden hatte wie sie.

Was fiel diesem Kerl denn ein? Immerhin hatte sie all ihren Mut zusammengenommen und sich entschuldigt und er begegnete ihr auf so eine dreiste Art und Weise? Gut, vielleicht war das mit dem *peinlichen Moment* von ihr auch nicht so geschickt ausgedrückt gewesen, aber dennoch … sie fühlte sich verletzt. Hastig blickte sie sich um, ob auch niemand ihre Unterhaltung verfolgt hatte, und schlich mit einem unguten Gefühl in den Frühstücksraum.

Es war Zeit für Nell, rauszukommen. Wieder einen Tag nur im Schloss zu verbringen und womöglich Dylan über den Weg zu laufen, wollte sie auf keinen Fall. Zudem brauchte sie etwas, um sich abzulenken. Zwischendurch hatte sie ihr Handy wieder eingeschaltet und zwei weitere Anrufe von Greg in Abwesenheit auf dem Bildschirm vorgefunden. Und mit ihm wollte sie sich nun wirklich nicht auseinandersetzen. Also hatte sie sich bequeme Winterstiefel angezogen, sich ihren liebsten Mantel übergeworfen und ihre Handtasche geschnappt. Jetzt war sie auf dem Weg nach draußen und wartete auf das von ihr bestellte Taxi, das sie ins nächstgelegene Dorf bringen würde.

Doch draußen angekommen schien all ihre Energie wieder wie von einem Vampir ausgesogen zu werden – und der hieß Dylan Bresslin. Während sie draußen auf ihr Taxi wartete, marschierte er an ihr vorbei. An seiner Seite Becky, die breit lächelte, als hätte sie einen Hauptgewinn abgestaubt. Vielleicht hat sie das ja auch, dachte Nell bei sich, schüttelte jedoch schnell den Kopf. Dylan nickte ihr provokant zu und marschierte mit der lachenden Frau an Nell vorbei, als wären sie das glücklichste Pärchen der Welt.

Mit bebenden Schultern beobachtete sie, wie er ihr irgendetwas zuflüsterte und Becky laut lachend ihren

Kopf in den Nacken fallen ließ. Natürlich setzte sie dabei ihre blonde Mähne bestens in Szene und warf sie sich anmutig hinter die Schultern.

In Nell stieg erneut ein ungutes Gefühl auf – vielleicht war es Wut? Reflexartig fasste sie sich an ihre Haare und glättete sie mit einer schnellen Bewegung. Genervt blickte sie dem verliebt wirkenden Paar hinterher, bis es schließlich außer Sichtweite war. Wie hatte sie nur denken können, dass die beiden sich tatsächlich gut verstehen könnten? Dylan Bresslin hatte sich kein Stück verändert und provozierte sie noch immer, wo er nur konnte. Ein Kuss in einer abgeschiedenen Waldhütte hin oder her.

„Schlägst du hier Wurzeln?", hörte sie plötzlich hinter sich eine trällernde Stimme. Es war Lucy, die sich zu Nell gesellte und ihrem Blick folgte. „War das da gerade dieser Typ, dem du eine Sektdusche verpasst hast?" Sie gluckste auf.

„Ja, mit seiner blonden Freundin oder wer immer sie auch sein mag. Was machst du hier?"

„Das wollte ich dich auch gerade fragen. Ich hatte dich hier stehen sehen. Wie bestellt und nicht abgeholt."

„Tatsächlich werde ich gleich abgeholt. Von einem Taxi, was mich nach Blynmouth bringt. Ich möchte mich hier in der Gegend mal ein wenig umsehen." *Und meine Gedanken an Dylan und Greg zum Stillstand bringen.*

Lucy deutete auf Nells Fuß. „Mit deinem Knöchel?"

Nell folgte ihrem Blick und trat demonstrativ auf. „Allmählich geht es besser und ich glaube, ein kleiner Tapetenwechsel könnte mir guttun."

Lucys Augen begannen zu funkeln. „Brauchst du zufällig noch Gesellschaft?"

Kapitel 22

Das Taxi brachte die beiden Frauen direkt in die Mitte des malerischen Dörfchens Blynmouth. Die Sonne strahlte auf sie herab und ließ das Örtchen in einem anmutigen Licht erscheinen. Die Wege aus Kopfsteinpflaster führten in hügeligen Straßen durch die niedlich aneinandergrenzenden Reihenhäuser. Beinahe alle waren von Efeu bewachsen und lagen direkt vor einem kleinen Fluss, der sanft vor sich hinplätscherte. Nell und Lucy spazierten die Straßen entlang und endlich legte sich eine angenehme Ruhe auf Nell.

„Es ist wunderschön hier", strahlte Lucy neben ihr und Nell konnte ihren Blick kaum von den Gärten der Reihenhäuser abwenden, die durch all den Wildwuchs und den Schnee zwar kaum sichtbar waren, sie aber an bunte Wiesen erinnerten.

„Traumhaft, oder? Es ist überhaupt kein Vergleich zu London. Als würde hier die Zeit stillstehen."

„Könntest du dir vorstellen, hier zu leben?", wollte Lucy dann wissen, während sie in eine Gasse einbogen, die zum Ortskern führte. „Jeder kennt hier jeden, kein Lärm, keine Busse, keine Bahnen – nichts, was an eine moderne Stadt erinnert."

Schulterzuckend blickte Nell in ein Schaufenster, das selbstgetöpferte Tassen und Teekannen in den buntesten Farben präsentierte. „Vorstellen könnte ich es mir, glaube ich, schon. Manchmal habe ich das Gefühl, als würde mich all der Lärm in der Stadt erdrücken und überrollen. Wenn ich mich hier so umsehe und die Ruhe spüre, dann fühlt es sich irgendwie befreiend an. Und wie ist es mit dir?"

Lucy schüttelte heftig den Kopf. „Eher nicht. Für Urlaub ist es ja ganz nett, aber ich liebe es auch ein bisschen, anonym zu sein, verstehst du? Ohne dass ich mir Gedanken machen muss, was wohl die Nachbarn über mich denken könnten."

„Das Gefühl kenne ich zu gut", pflichtete Nell ihr bei und sie betraten einen Marktplatz, der lediglich von ein paar Menschen besucht war, die mit ihren Einkaufskörben von einem Laden in den nächsten schlenderten.

Nell entdeckte sofort ein kleines Café, dessen Schild aus einer gusseisernen Teekanne geformt war. Ein süßer Duft schlug ihnen entgegen, als sie davor stehen blieben.

„Lust auf einen Tee?", fragte Lucy.

Nell nickte. „Sehr gerne."

„Na dann los. Ich lade dich ein und dann erzählst du mir die Wahrheit über dich und diesen heißen Typen aus dem Schloss!"

„Also ich weiß wirklich nicht, was du jetzt von mir hören willst." Nell spielte an einer Haarsträhne und blickte ihre neugewonnene Freundin, die scheinbar, so wie sie Nell forschend betrachtete, auch Hobby-Psychologin war, über den Tisch hinweg an. Sie hatten sich einen gemütlichen Platz am Kamin des Cafés genommen und genossen eine Tasse Earl Grey und ein paar kleine Shortbreads, die sie sich teilten.

„Na du weißt schon. Verkauf mich doch nicht für blöd", grinste Lucy verschwörerisch. „Du und dieser Typ – da läuft doch was!"

Nell spürte die Röte in ihrem Gesicht. „Wie kommst du bloß darauf?"

„Ich sehe es. Ein Blinder sieht es, wie du ihn anhimmelst."

Plötzlich hustend, klopfte Nell sich auf die Brust. Vor Schreck war ihr ein Krümel in den Hals gerutscht. „Bitte was? Anhimmeln? Das ist doch nicht dein Ernst!"

„Aber hallo! Schon beim ersten Mal, als ich dich gesehen habe, beim Büfett, da habe ich bemerkt, wie du ihm nachgeblickt hast. Das tust du immer, wenn er an uns vorbeigeht und auch heute vor dem Schloss mit der anderen Frau."

Nell hatte ihren Krümel wieder unter Kontrolle und nippte nun an ihrem Tee. „Du meinst mit dieser Becky?" Schnaubend schüttelte sie den Kopf und spürte weiterhin Lucys fordernden Blick auf sich. „Dir kann man nichts vormachen, oder?"

Lucy schüttelte vehement den Kopf. „Nope! Und nun erzähl schon!"

Seufzend ließ Nell sich schließlich auf ihren Platz zurücksinken. Vielleicht war es ja ganz gut, mit jemandem darüber zu sprechen, was in ihr vorging, wenn es im Moment schon nicht mit Piper möglich war.

„So gesehen fing alles in der Schule an", begann sie schließlich und erzählte von den fiesen Streichen, die

Dylan ihr einst gespielt hatte und wie sehr sie sich gegenseitig zum Teufel gejagt hatten. Sie erzählte von den Begegnungen hier im Schloss, von seinen Provokationen. Von dem Treffen im Schwimmbad und schließlich auch von der Wanderung. Von seiner Rettungsaktion, dass er sie gesucht hatte und dafür quer durch den Wald gestapft war. Sie erzählte Lucy von dem persönlichen Gespräch, ohne genau ins Detail zu gehen und davon, wie er sich um ihren Knöchel gekümmert hatte. Sie redete schließlich auch von dem Moment, in dem sie schwach geworden war, vom Kuss. Von dem wunderschönen, schüchternen und zugleich leidenschaftlichen Erlebnis. Von der Nacht, die sie mit dem Kopf angelehnt auf seiner Schulter, verbracht hatte und vom nächsten Morgen, an dem sie so abweisend zu ihm gewesen war und Dylan wieder ganz der Alte gewesen war. Dass sie sich so verhalten hatte, weil sie das Gefühl hatte, als würde sie Greg hintergehen, verschwieg Nell ihr allerdings. Sie hatte keine Lust darauf, jetzt auch noch über ihn sprechen zu müssen. Die Kette an Erklärungen wäre endlos lang.

„Mannomann, das klingt ja ziemlich verwirrend bei euch beiden", grinste Lucy, fasziniert von der Story, die im Hotel zwischen ihnen gelaufen war. „Aber warum hast du dich ihm gegenüber so komisch verhalten? Immerhin schien er ehrliches Interesse an dir zu haben."

Nell schluckte den Namen Greg herunter und zuckte stattdessen mit den Schultern. „Ich habe einfach noch ein paar ungeklärte Dinge zu Hause, die ich erst einmal geordnet bekommen muss", erklärte sie vage.

„Ah, verstehe ..." Lucy zwinkerte ihr wissend zu, ging aber nicht weiter auf das Thema ein.

Schließlich erzählte Nell noch von der Begegnung am Morgen vor dem Fahrstuhl.

„Verdammt! Das ist nicht unbedingt das, was man als Frau hören möchte", pflichtete Lucy ihr bei und trank einen andächtigen Schluck. „Was hast du jetzt vor?", hakte sie anschließend nach.

Nell überlegte einen Moment und knabberte an einem Shortbread. „Gute Frage. Eigentlich wollte ich mich ja entschuldigen, aber er hat mich vorhin so wütend gemacht, dass mir eine Entschuldigung nicht über die Lippen gekommen ist."

„Wie dem auch sei ... Fakt ist: Du stehst auf ihn."

Nell musste ungläubig lachen. „Nein, das tue ich garantiert nicht. Zugegeben, der Kuss war ... sehr schön, aber mehr auch nicht. Um Himmels willen, ich und Dylan? Das würde schon aus Prinzip nicht funktionieren. Wir wurden geschaffen, um uns gegenseitig Gemeinheiten an den Kopf zu werfen."

„Und um euch zu küssen. Aber mehr sage ich dazu besser nicht", warf Lucy unschuldig ein.

„Könnten wir dann bitte das Thema wechseln?", fragte Nell mit Dackelblick und war froh, als Lucy von ihren Plänen nach *Eastwood Castle* erzählte. Sie hatte eine Weltreise geplant, um ihrer Heimat den Rücken zu kehren. Sie wollte die Welt sehen, andere Kulturen kennenlernen und sich mit kleinen Aushilfsjobs über Wasser halten. Ihre Augen strahlten regelrecht und Nell war dankbar für die wunderbare Ablenkung, die Lucy ihr an diesem Tag schenkte.

Einen Abend später pochte es gegen Nells Zimmertür und als sie sie öffnete, blickte sie einer strahlenden

Lucy entgegen. „Schnapp dir deine Sachen, wir gehen tanzen!“

„Ähm … was?“ Nell war gänzlich überrumpelt, als sie ihre Freundin dort mit einem schicken dunkelblauen Kleid, was sich eng an ihren Körper schmiegte, stehen sah.

„Unten findet heute der Tanzabend statt. Du weißt schon, so wie letzte Woche, als du Dylan den Sekt …“

„Ich weiß“, unterbrach Nell sie. „Bitte erinnere mich nicht ständig daran.“

„Tut mir leid, aber es ist einfach zu legendär. Das kommt definitiv in mein Sammelalbum denkwürdiger Momente. Also, warum trägst du eine Jogginghose? Mach dich fertig!“

„Aber…“

„Nichts aber! Du wirfst dich jetzt in einen schicken Fummel, kämmst dir die Haare und setzt ein breites Grinsen auf. Ich will heute Abend mit dir Spaß haben.“

Einige Minuten später betraten sie den Ballsaal. Obwohl Nell eigentlich vorgehabt hatte, den Abend in ihrem Zimmer zu verbringen, war sie froh, die schillernden Farben zu sehen, die ihr schon beim letzten Tanzabend so gut gefallen hatten. Wieder einmal war der Raum pompös hergerichtet und die Gäste fein gekleidet. Nell hatte sich für eine enge Jeans entschieden, zu denen ihre weißen Sneaker super passten und in denen sie halbwegs gut laufen konnte.

Als sie sich unter die Leute, die mit Sektgläsern und anderen Drinks dastanden und sich angeregt unterhielten, mischte, kam eine Kellnerin mit rabenschwarzen Haaren auf sie zu, in der Hand ein Tablett mit zwei Glasschüsseln.

„Willkommen ihr zwei! Heute Abend ist kein gewöhnlicher Tanzabend, denn wir haben eine kleine Überraschung für unsere Gäste vorbereitet. Wenn ihr also bitte jeder einen Chip aus dieser Schale nehmen würdet?“ Sie deutete auf die linke Schale und hielt sie den beiden Frauen mit einem breiten Grinsen unter die Nase.

Nell und Lucy schauten sich kurz fragend an und griffen dann, eine nach der anderen, zu.

„Und was sollen wir jetzt damit?“, hakte Lucy aufgeregt nach. Doch die Kellnerin grinste noch breiter. „Lasst euch überraschen.“ Dann verschwand sie in der Menge und ließ die beiden Frauen mit einem Fragezeichen über den Köpfen zurück. Nell besah sich ihren Chip. Er war so groß wie ein Einkaufschip. Die eine Seite war rot gefärbt und auf der anderen stand eine Vier. „Schau mal, bei mir ist eine Vier drauf. Und bei dir?“

Lucy beäugte ihren Chip. Eine Seite war grün und auf der anderen stand eine Sieben. Sie hielt sie Nell vor die Augen. „Eine Sieben. Was das wohl zu bedeuten hat ...“

„Ich bin mir sicher, dass wir es gleich erfahren werden“, grinste Nell und deutete mit dem Kopf auf einen korpulenten Mann um die Sechzig, der gerade auf ein Podest trat und ein Mikrofon in die Hand nahm.

„Meine lieben Damen und Herren“, begann er mit einem breiten Grinsen. „Heute haben wir etwas ganz Besonderes vorbereitet.“

Nell nutzte die Zeit und blickte sich verstohlen im Raum um. Alle Augen waren auf den Mann auf dem Podest gerichtet, der sich als Ronald vorstellte, doch ihre Augen suchten nach Dylan, den sie aber nirgendwo entdecken konnte. Auch von Becky, die er noch am Morgen zuvor so lauthals zum Lachen gebracht hatte, war nichts zu sehen. *Vermutlich amüsieren sie sich gerade in einem ihrer Zimmer,* dachte Nell schnaubend und schüttelte den Gedanken an die beiden ab. War vermutlich auch gut so, wenn er nicht hier war und sie den Abend mit ihrer Freundin und den anderen Gästen genießen konnte. Außerdem ... was störte es sie überhaupt? Dylan konnte tun und lassen, was er wollte.

„Jeder von euch sollte nun einen Chip bekommen haben, richtig?" Ein zustimmendes Raunen ging durch die Menge. Nell blickte auf das kleine Stück Plastik in ihrer Hand.

„Auf jedem der Chips befindet sich eine Zahl", erklärte der Moderator weiter. „Jede gibt es genau zweimal. Ihr sucht euch also euren Zahlenpartner oder eure Partnerin, mit dem oder der ihr heute Abend den Tanzabend eröffnen werdet."

Einige Leute blickten sich suchend um, andere wiederum lächelten breit, als sie ihre Partner entdeckt hatten und winkten sich zu. Auch Nell schaute sich im Raum um und entdeckte einen Mann, der immer wieder laut „Vier!" rief.

Nell sah ihn verstohlen an. Er hatte seine Haare aalglatt nach hinten gestriegelt und trug einen Frack. Unwillkürlich dachte sie an einen Pinguin und überlegte, noch schnell die Flucht zu ergreifen.

„Oh mein Gott, ist das dein Partner?", hörte sie neben sich ihre Freundin.

„Sieht so aus", erwiderte Nell.

„Wenn du mich fragst, ist er einem Filmset für einen historischen Streifen entflohen. Ich meine, wer trägt denn heutzutage noch so einen Anzug? Oder ist er irgendein Politiker oder sogar ein Mitglied aus dem Buckingham Palace?"

Nell musste laut auflachen. „Na vielleicht werde ich heute Abend noch zu einer Prinzessin."

„Dann wünsche ich dir viel Glück, dass dein Prinz so viel Charme hat, wie er versprüht. Oder du musst ihn besonders lange küssen, damit aus diesem Frosch ein Prinz wird. Oder zumindest ein Hofnarr."

Nell ging mit einem amüsierten Grinsen auf den Mann zu, der noch immer „Vier!" rief und sich suchend umsah. Als er Nell auf sich zukommen sah, versteifte er sich augenblicklich und ... um Himmels willen! Verbeugte er sich etwa leicht? Nell musste sich erneut ein Lachen verkneifen.

„Hallo, ich gehe stark davon aus, dass du nach einer Vier suchst?"

„Also ... dass du eine Vier sein sollst, kann ich mir kaum vorstellen. Ich würde dir eine glatte Eins geben." Der Mann grinste verschmitzt.

Oh je, auch noch so einer, dachte Nell und versuchte, nicht lauthals loszuprusten. Wäre Piper hier, sie würde nicht mehr an sich halten können, überlegte sie und versuchte, sich so neutral wie nur möglich zu geben.

„Ich fürchte, heute Abend wirst du dich mit mir als Vier zum Eröffnungstanz zufriedengeben müssen."

„Ich wäre begeistert, wenn es nicht nur beim Eröffnungstanz bleibt, wenn du verstehst, was ich meine", flüsterte er süffisant und zwinkerte ihr dabei zu.

Nell versteifte sich und blickte sich hilfesuchend nach Lucy um, die jedoch einem anderen Mann gegenüberstand und ein angespanntes Gesicht machte. Von ihr war also keine Hilfe zu erwarten.

„Ich bin übrigens Mitchell", erklärte er dann und reichte Nell die Hand, die sie zögerlich ergriff. „Und mit wem habe ich das Vergnügen?"

„Ich bin Nell, freut mich." Das *Freut mich* war eindeutig gelogen.

„Ah, Nell", raunte Mitchell. „Abgeleitet von Eleanor, nehme ich an?"

„Nein, abgeleitet von Nelly."

Mitchell lächelte breit und Nell betete, dass der Eröffnungstanz zügig vorbeisein würde. Länger als drei Minuten würde der ja wohl nicht gehen, hoffte sie.

„Habt ihr alle eure Partner gefunden?", ertönte dann endlich die Stimme des Moderators, der seinen Blick durch die Menge schweifen ließ.

Einige Leute im Raum nickten begeistert, andere wiederum – vornehmlich Lucy und Nell – bejahten die Frage eher zurückhaltend und weniger glücklich.

„Gut, dann kann der Eröffnungstanz ja beginnen!", rief der Mann fröhlich und plötzlich erklang eine ruhige Musik im Hintergrund. Nell glaubte, dass es sich um einen langsamen Walzer handelte. Allerdings verstand sie nicht viel von Standardtänzen und hoffte, dass Mitchell auch keine Ahnung hatte, wie man richtig tanzte und lieber gleich die Flinte ins Korn warf. Doch seinem Blick nach zu urteilen, konnte er es kaum erwarten, sie an sich zu ziehen und loszulegen.

„Darf ich bitten?", fragte er heiter und reichte ihr seine Hand.

Sie griff danach und zwang sich zu einem Lächeln. „Ich bin nicht besonders gut im Tanzen und mein Fuß ist leider auch nicht so auf dem Damm“, gestand sie dann und bemerkte, wie sich die anderen Paare im Raum allmählich in Bewegung setzten.

„Das macht nichts, ich kann es dir zeigen und ich bin ganz vorsichtig.“ Er legte eine Hand auf ihre Hüfte – ihrer Meinung nach ein wenig zu weit unten – und zog sie mit sich. Unbeholfen folgte Nell seinen Bewegungen und legte eine Hand auf seine Schulter, während er fest nach ihrer anderen griff.

„Siehst du? Geht doch ganz einfach! Also, nutzen wir die Zeit und lernen wir uns kennen“, schlug er enthusiastisch vor.

Nell hoffte, dass der Walzer bald schon wieder vorbei war und sie sich zu Lucy flüchten konnte. So, wie Mitchell sie mit seinen Augen beinahe auszog, fühlte sie sich völlig entblößt.

„Gute Idee“, erwiderte sie mit einem gequälten Lächeln. „Fang du doch an, von dir zu erzählen“, plauderte sie und hoffte, dass dann keine Zeit mehr dafür war, um über sie zu sprechen.

Mitchell schien ganz begeistert zu sein von der Idee, denn er hatte eine ganze Menge zu erzählen. So stellte sich heraus, dass er als Filialleiter in einer Bank arbeitete.

„Alle Mitarbeiter unterliegen meinem Kommando“, betonte er. Er hatte außerdem ein Faible für Katzen. „Ich habe sieben der seltensten Rassen zu Hause, musst du wissen. Sie alle waren sündhaft teuer.“

Zudem liebte er es, sich von seiner Mutter bekochen zu lassen. „Ich fahre jeden Tag nach der Arbeit hin. Du musst wissen, dass sie eine begnadete Köchin ist. Warum sollte ich mich also mit weniger zufrieden geben?"

Als er dann von seinem Hobby Modellautos zu erzählen begann, schaltete Nell endgültig auf Durchzug. So sehr sie Katzen auch mochte, seine wollte sie absolut nicht kennenlernen.

Schließlich war der Tanz vorbei und Nell heilfroh, dass sie nicht dazu gekommen waren, über sie zu sprechen. Eilig machte sie sich von ihm los, bedankte sich freundlich für den Tanz und flüchtete sich zu Lucy, die sie erschöpft anblickte.

„Oh Gott, das war der längste Tanz meines Lebens", erklärte sie und griff nach zwei Sektgläsern, die auf einem Tablett für die Gäste bereitstanden.

„Das sage ich dir", pflichtete Nell ihr bei und trank einen Schluck, obwohl sie sich innerlich ermahnte, sich angesichts der Schmerztabletten zurückhalten zu müssen. „Mitchell hat mir vieles über sich erzählt. Wusstest du, dass er in seiner Freizeit Modellautos zusammenbastelt?"

„Das ist ja noch gar nichts im Gegensatz zu Josh", seufzte Lucy mit einem Kopfnicken zu dem Mann mit auffällig blond gefärbtem Haar. „Immerhin hat dein Tanzpartner nicht in der ersten Person Plural von sich gesprochen! *Na, wie finden wir denn das*, hat er gefragt und mich gemustert wie eine Kuh auf dem Viehmarkt. *So eine schöne Frau und ich darf mit ihr tanzen? Welch unglaubliches Glück wir doch heute wieder haben.* Kannst du dir das vorstellen?"

Nell lachte auf und musste aufpassen, dass sie vor Lachen nicht den Sekt verschüttete.

„Von jetzt an tanzen wir nur noch zusammen, ist das klar?", drohte Lucy ihr ebenfalls lachend und leerte hastig ihr Glas.

Die beiden Frauen zogen sich eine Weile an einen Stehtisch zurück und plauderten über dies und jenes. Nell erwischte sich dabei, wie ihre Augen immer wieder den Saal nach Dylan absuchten, doch sie konnte ihn nirgendwo entdecken. Gut so! Hin und wieder bemerkte sie Mitchells gierige Blicke, doch sie wandte sich immer wieder hastig von ihm ab, sobald er in ihre Nähe kam. Die Menschen um sie herum lachten ausgelassen, tanzten oder tranken etwas an der Bar, als plötzlich wieder die fröhliche Stimme des Moderators Ronald ertönte. „Wenn ich noch einmal um Ihre Aufmerksamkeit bitten dürfte ..."

Nell und Lucy schauten auf.

„Wie ich sehe, haben Sie alle den Eröffnungstanz mit viel Freude gemeistert", sprach er weiter und Lucy gab einen grunzenden Laut von sich. „Die einen mehr, die anderen weniger", flüsterte sie Nell zu.

„Wenn ich Sie jetzt bitten dürfte, dann werfen Sie doch bitte noch einmal einen Blick auf Ihren Chip."

Nell griff in ihre Hosentasche und holte mit ungutem Gefühl den Chip hervor. Dann erblickte sie Mitchell, der sie schon von Weitem mit einem Lächeln fixierte. Sie zwang sich ebenfalls zu einem Grinsen und betete inständig, dass sie nicht schon wieder mit ihm tanzen musste.

„Wie Sie sicherlich festgestellt haben, hat Ihr Chip zwei Seiten. Und dieses Mal geht es nicht um die Zahl, sondern um die Farbe, die Sie darauf sehen können", erklärte der Sprecher. Nell bedachte die rote Seite des Chips mit einem fragenden Blick.

„Bitte nicht noch einmal", flehte Lucy leise und schaute sich vorsichtig um. Auch Nell blickte auf und suchte nach einem neuen Tanzpartner. Allmählich fanden sich die Gäste wieder zusammen und als Nell ihren Partner noch immer nicht gefunden hatte, stupste Lucy sie von der Seite an.

„Frag doch mal deinen Freund Dylan, welche Farbe er wohl hat." Sie zwinkerte ihr amüsiert zu und verschwand dann, noch ehe Nell ihr erklären konnte, dass Dylan doch gar nicht anwesend war. Doch schließlich erblickte sie ihn nahe des Eingangs. In der Hand hielt er einen Chip und schien zu merken, dass Nell mittlerweile die Einzige war, die noch keinen Partner hatte. Ihr Herz begann nervös zu pochen und schließlich atmete sie angespannt aus, ehe sie auf ihn zuging. Sie trafen sich in der Mitte des Raumes.

„Ich nehme an, du hast ebenfalls Rot", mutmaßte Dylan ausdruckslos, fast schon zweifelnd.

Nell nickte. „Sieht so aus."

„Haben sich wieder alle zusammengefunden? Wunderbar, dann wünsche ich Ihnen viel Spaß beim nächsten Tanz!", trällerte der Mann am Mikrofon und etwas schnellere Musik ertönte. Nell tippte auf einen Disco Fox. Den konnte sie sogar noch teilweise, der zehnten Klasse sei Dank, aus dem Sportunterricht.

Aus einem Impuls heraus reichte sie Dylan ihre Hand, die er eher widerwillig ergriff und sie begannen angespannt und vor allem zurückhaltend zu tanzen. Nell versuchte ihren Fuß so wenig wie möglich zu belasten, was das Tanzen ein wenig ruppig werden ließ. Dylans

Gesichtsausdruck war fest und die Sanftheit, mit der er sie noch vor wenigen Tagen in der Hütte bedacht hatte, wie weggeblasen.

„Ich wusste gar nicht, dass du tanzen kannst", begann Nell schließlich, um die Spannung zwischen ihnen aufzulockern.

„Es gibt eine Menge, was du nicht über mich weißt", erklärte er mit dem Blick von ihr abgewandt, als würde er jemanden suchen. Oder schlimmer noch ... nicht mit ihr tanzen zu wollen. Nell seufzte und schaute ihm ins Gesicht. „Dylan, es tut mir furchtbar leid, wie ich mich neulich benommen habe. Ganz ehrlich. Ich war irgendwie ... überfordert mit der Situation und habe falsch reagiert. Ich hätte nicht so abweisend sein sollen und ich kann dir garantieren, dass das nichts mit dir zu tun hatte." Nell war erstaunt, wie galant er sich bewegte. Als würde er ständig tanzen. Sie ertappte sich dabei, wie ihr Bauch merkwürdig zu kribbeln begann.

„Sagen sie das nicht alle?"

„Was alle sagen, weiß ich nicht. Ich weiß nur, was ich dir hier gerade versuche zu erklären."

Fragend zog er eine Braue hoch und drehte sie vorsichtig im Kreis. „Und das wäre?"

„Eine verdammte Entschuldigung!", erwiderte sie seufzend.

Seine Hand fühlte sich an ihrer Taille gut an und sie versuchte, sich nicht anmerken zu lassen, wie gut ihr seine Berührung mit einem Mal gefiel.

Endlich schaute Dylan sie an. „Ich war ganz schön sauer auf dich", erklärte er.

„Warst du oder bist du noch?"

„Eigentlich bin ich es noch. Immerhin habe ich dir sehr private Dinge erzählt und am nächsten Tag bist du wie ausgewechselt. Als hätte ich etwas Schreckliches getan. Denn wenn ich dich erinnern darf, war der Kuss nicht nur auf meinem Mist gewachsen. Dazu gehören im Idealfall immer noch zwei", raunte er dann und veranlasste Nell, sich erneut zu drehen. Kurz darauf zog er sie wieder an sich. Etwas fester als noch vor wenigen Sekunden und sie waren sich wieder einmal näher, als Nell es für angemessen hielt. Dennoch war es irgendwie ... aufregend. Dylan war aufregend.

„Wie du mir aber zu verstehen gegeben hast, hast du ja auch schon *bessere Dinge* getan", wiederholte Nell seine Worte.

„Der nächste Tag hat es einfach, sagen wir mal, kaputtgemacht. Sonst wäre es eine sicherlich schönere Erinnerung gewesen. Aber ja ... das war vielleicht ein bisschen zu hart ausgedrückt", gab er schließlich zu.

„Ein bisschen zu hart ist gut. Ich meine, so schlimm war es ja nun nicht, oder?", hakte sie vorsichtig nach.

„Im Gegenteil", erklärte er leise und schaute in die Menge. Nell spürte wieder dieses angenehme Ziehen im Bauch, wenn er so leise zu ihr sprach.

„Dann hast du also gelogen", stellte sie mit vorgerecktem Kinn fest.

„Du doch aber auch."

„Ich?"

„Na immerhin hast du gesagt, es ist nicht der Rede wert. Jetzt haben wir uns doch wieder gestritten und das ausgerechnet wegen des Kusses. Also ist er wohl doch der Rede wert, oder?"

Nell lachte in sich hinein.

„Schön, du hast recht. Ich habe gelogen. Aber ansonsten bin ich ein von Grund auf ehrlicher Mensch“, erklärte sie und spürte noch im selben Moment diesen Stich im Herzen, da sie insgeheim wusste, dass sie so ehrlich gar nicht war. Aber sie stand kurz davor, sich mit Dylan zu versöhnen und an ihr schlechtes Gewissen Greg gegenüber wollte sie gar nicht erst denken. Schnell verdrängte sie die Erinnerung an ihn.

„Also, versuchen wir es noch einmal von vorne?“, hakte sie stattdessen vorsichtig nach, froh, dass die Spannung zwischen ihnen nicht mehr so greifbar war.

„Einen Versuch könnten wir durchaus noch wagen“, pflichtete Dylan ihr bei und drehte sie noch einmal im Kreis. Als sie wieder in seine Arme gezogen wurde, kam er ihr noch ein kleines Stückchen näher.

„Aber ...“, begann Nell und Dylan schaute sie fragend an. „Was aber?“

„Wie sollen wir das deiner Freundin Becky beibringen?“ Herausfordernd schaute sie Dylan an, doch dieser verzog seine Lippen nur zu einem schiefen Lächeln.

„Du bist eifersüchtig auf sie, stimmt’s?“

Pikiert riss Nell die Augen auf und schnappte nach Luft. „Eifersüchtig? Ich? Garantiert nicht!“

Dylan lachte nur leise.

„Ich ... ich ...“, stotterte Nell, „... möchte mich da nur nicht irgendwo zwischendrängen. Das ist alles.“

„Keine Sorge, Becky ist nur eine Bekannte, mit der ich mir hier etwas die Zeit vertrieben habe.“

Nell stutzte kurz. „Inwiefern?“

Dylan drehte sie in einer galanten Bewegung im Kreis. „Wir haben nur Karten gespielt. Mensch Nell“, lachte er schließlich, „mach dir keine Sorgen. Zwischen uns läuft gar nichts. Wir waren nur ein paarmal miteinander aus. Außerdem ist sie verheiratet und erholt sich nur von einer Krankheit. Das ist alles. Aber ich muss sagen, dass ich es sehr süß finde, wie du versuchst, Details aus mir rauszubekommen."

Nell spürte die Röte auf ihren Wangen und wich seinem Blick einen kurzen Moment aus. Innerlich empfand sie eine gewisse Erleichterung.

„Was hältst du von einem Essen morgen Abend? Nur wir zwei, hier im Restaurant? Ohne Streit?"

„Das klingt super", antwortete sie beruhigt.

„Ich würde dir ja gerne sagen, dass ich dich einlade, aber da hier alles inklusive ist, hat sich das somit auch erledigt."

„Ich gebe mich auch mit einer Einladung zufrieden, ohne dass du etwas bezahlen musst."

Dann endete das Lied und Nell und Dylan lösten sich nur langsam voneinander. „Also dann, bis morgen Abend …", verabschiedete sich Dylan schließlich.

Nell machte ein fragendes Gesicht. „Du möchtest schon gehen?"

„Jap, ich hab alles erreicht, was ich an diesem Abend erreichen wollte. Ich dachte, ich schaue mal vorbei und vielleicht entschuldigst du dich ja bei mir", erklärte er leichthin.

„Moment mal! Wieso denn nur ich?"

„Weil ich nur auf deine Handlung reagiert habe. Zwar etwas heftig und dafür sage ich auch ausdrücklich Entschuldigung. Aber den ersten Schritt musstest du machen."

„Na ja …", begann Nell und verschränkte die Arme vor der Brust, „... falls du dich erinnerst, habe ich versucht, mit dir zu reden, aber du hast ja dichtgemacht."

„Weil du es als einen peinlichen Moment abgetan hast, du erinnerst dich?" Neckisch zog er eine Braue hoch und Nell hob resigniert die Hände. „Schön, okay! Du hast gewonnen."

„Das habe ich wohl", raunte er und ließ sie mit einem Augenzwinkern stehen.

Nell lächelte aufgeregt in sich hinein und suchte nach Lucy, die ihr schon von Weitem mit hochgestrecktem Daumen entgegengrinste.

Kapitel 23

„Wie geht es deinem Fuß?“, fragte Dylan zur Begrüßung und hielt Nell die Hand entgegen, als sie am nächsten Abend die Treppe herunterschritt und ihn im Empfangsbereich stehen sah. Im ersten Moment dachte sie, verkrampfen zu müssen, wie sie es früher immer getan hatte, doch entspannte sie sich, als sie sich besann, dass der große Krieg zwischen ihnen – sei es der aus Kindheitstagen oder der heutige – scheinbar verraucht war. Sie ergriff seine Hand und ließ sich von ihm in Richtung Restaurant führen.

„Danke der Nachfrage. Meinem Fuß geht es ganz gut.“

„Du solltest ihn dennoch etwas ruhiger halten. Ich hoffe, du hast ihn gestern Abend nicht zu sehr herausgefordert?“

Nell schüttelte den Kopf. „Nein, nein, ich habe mich ganz eisern an die beiden Tänze gehalten, die wir ja tanzen mussten, und ansonsten das Geschehen vom Tisch aus verfolgt. Ich lasse es erst einmal etwas ruhiger angehen und es bleibt wohl eher dabei, Bingo zu spielen und Lesungen zu besuchen von Büchern, von denen ich ohnehin keine Ahnung habe.“ Sie warf ihm einen neckischen Blick zu und Dylan lachte.

„Klingt doch nach Erholung pur. Aber falls es dich tröstet: Solange du keine Ahnung von Literatur hast, habe ich in meinem Leben noch nie Bingo gespielt."

„Du hast noch nie Bingo gespielt?" Nell machte große Augen.

„Nope, bisher habe ich mich davor drücken können. Damals hatte meine Oma immer versucht, mich mit zum Bingo-Abend im Seniorenheim zu nehmen. Ich war einmal dabei, allerdings ohne zu spielen, doch nachdem mir alle alten Damen in meine zarten achtjährigen Wangen gekniffen hatten, war das Thema für mich durch. Ich bin nie wieder hingegangen und das Spiel verbinde ich mit einem Riesentrauma. Und nicht zuletzt bleibt die Angst vor alten Damen."

Nell lachte laut auf. „Das denkst du dir nur aus!" Sie bekam sich bei dem Gedanken daran kaum ein, wie Dylan als achtjähriger Junge von einem Haufen alter Frauen belästigt wurde.

„Nein", lachte Dylan ebenfalls, „ist wirklich so passiert."

Nell warf einen Blick auf ihre Armbanduhr und grinste ihn diebisch an. „Komm", befahl sie und zog ihn mit sich. Das Abendessen konnte warten.

Fragend schaute Dylan sie an. „Was hast du vor?"

„Lass dich überraschen!"

„Nein, nein und nochmals nein! Das ist unmöglich dein Ernst!", protestierte Dylan. Er blickte auf ein ausladendes Schild an der großen Holztür zum Eventraum, dessen Buchstaben einen Special-Bingo-Abend beschrieben.

„Nun komm schon und stell dich nicht so an“, feixte Nell und zog ihn hinter sich her. „Das wird bestimmt lustig.“

„Ja, für dich vielleicht, wenn du dabei zusehen kannst, wie sich alte Damen auf mich werfen.“

„Ich werde dich vor ihnen beschützen, in Ordnung? Und nun los, sei nicht so ein Weichei!“

„Du hast keine Ahnung, in welche Gefahr ich mich begebe“, konterte Dylan und ließ sich widerstrebend mitziehen.

Sie traten an einen Tresen, hinter dem eine junge Frau saß und beide breit anlächelte. „Willkommen zum Special-Bingo-Abend! Spielen Sie gemeinsam?“ Sie blickte zwischen Nell und Dylan hin und her.

Dylan wollte gerade verneinen, da kam ihm Nell schon zuvor. „Ja genau. Wir sind ein Team.“

„Gut, dann sind hier Ihre Bingo-Karten. Suchen Sie sich einen Platz. Gleich wird jemand kommen und Ihre Getränke aufnehmen und dann geht es auch schon bald los. Ich wünsche Ihnen viel Spaß und vor allem viel Glück.“

Nell bedankte sich, während Dylan mit langgezogenem Gesicht hinter ihr her trottete. Sie ließen sich an einem Tisch nieder, der gemeinsam mit den anderen einen Halbkreis um eine kleine Bühne bildete.

„Special-Bingo-Abend“, murrte er und blickte sich zwischen den Leuten um. „Was soll das überhaupt sein?“

„Das werden sie uns sicherlich gleich erklären“, beschwichtigte Nell ihn und beobachtete, wie er sich zwischen den Leuten umschaute.

Sie lehnte sich etwas zu ihm. „Keine Angst. Ich zähle lediglich zwei ältere Damen hier im Raum und ich glaube, dass sie mit ihren Rollatoren keine große Gefahr darstellen. Immerhin sind wir schneller als sie." Sie blickte auf ihren Fuß. „Also du zumindest. Mich wirst du zurücklassen müssen, aber an meine Wangen wollen sie ja auch nicht ran." Sie lachte und brachte Dylan ebenfalls dazu.

Kurz darauf bestellten sie eine Flasche Wein bei einem der Kellner, der vor Spielbeginn noch schnell die Bestellungen aufnahm. „Eigentlich könnte ich etwas Stärkeres gebrauchen", murmelte Dylan und inspizierte seine Bingo-Karte. „Und was ist eigentlich mit dem Abendessen?"

„Nun sei nicht so ein Miesepeter. Du wirst sehen, es macht wirklich Spaß und das Essen kann man nachholen", versuchte Nell ihn zu beschwichtigen.

„Ich hätte nicht gedacht, dass du so ein waghalsiges Leben führst. Erst deine Wanderung durch den Schneesturm und jetzt das ..." Er machte eine ausladende Geste, schloss den ganzen Saal, der sich inzwischen mit etwa neun weiteren Pärchen gefüllt hatte, ein, und brachte Nell erneut zum Lachen.

„Nun reicht es aber! Mach einfach mit und genieße das Spiel. Du wirst sehen, es ist nicht so schlimm und solltest du ein Trauma durchleben, dann kann ich dir einen guten Therapeuten empfehlen, in Ordnung? Und wer weiß, vielleicht gewinnen wir ja sogar was. Schon mal darüber nachgedacht, dass du als reicher Mann aus der Sache rausgehen könntest?"

„Nein, bisher habe ich mich nur als Opfer gesehen, aber der Gedanke, ich könnte etwas gewinnen, gefällt mir tatsächlich. Also wehe, ich gewinne nichts!"

Kurz darauf wurde ihnen der Wein gebracht und der Herr vom Vorabend bestieg die Bühne. Er hatte einen Anzug an und ein freundliches Gesicht aufgesetzt.

„Guten Abend, meine lieben Gäste, mein Name ist Ronald, ich bin Ihr heutiger Spielmacher und heiße Sie herzlich willkommen zu unserem Special-Bingo-Abend. Warum Special? Nun, sicherlich haben Sie schon gemerkt, dass Sie sich als Team zusammengefunden haben und genau das ist der Clou an der ganzen Sache", erklärte der ältere Herr mit einer warmen Stimme und zwinkerte einem älteren Damenpaar geheimnisvoll zu, woraufhin die beiden nervös kicherten. Nell verkniff sich ein Grinsen und beobachtete, wie Dylan derweil die Gläser auf ihrem Tisch füllte.

„Die Regeln lauten also wie folgt", fuhr Ronald mit erhobenem Zeigefinger fort, als würde er seinen Enkelkindern eine Lebensweisheit mit auf den Weg geben, „mindestens einer aus Ihrem Team muss ein Bingo auf der jeweiligen Karte haben, damit Sie einen Gewinn erhalten. Haben beide Parteien ein Bingo ...", Ronald machte eine andächtige Pause und blickte verschwörerisch ins Publikum, „... dann gibt es einen Hauptgewinn."

„Und aus was besteht der?", fragte Dylan leise an Nell gewandt.

Diese zuckte mit den Achseln. „Ich habe keine Ahnung, aber wenn du dich anstrengst, können wir es herausfinden."

„Wie bitte, wie soll ich mich anstrengen? Mein Los ist vorgeschrieben und die Zahlen kommen per Zufallsprinzip.“

„Aha“, kicherte Nell, „du kennst dich also doch aus in dem Spiel.“

„Eins und Eins zusammenzuzählen, ist ja nicht sonderlich schwer“, erklärte Dylan, bevor der Spielmacher die ersten zwei Zahlen verriet und Nell wie eine gehorsame Schülerin ihren Stift bereithielt und ein erstes Kreuzchen setzen konnte.

„Ich kann es kaum glauben!“, flötete Nell glücklich, als sie den Eventsaal und somit den Bingo-Abend verließen. „Ich habe tatsächlich gewonnen. Ist das nicht super?“, fragte sie an Dylan gewandt, der nur mit den Schultern zuckte. „Freut mich für dich. Allerdings bin ich nicht reicher, so wie du es mir prophezeit hast.“

„Erst einmal habe ich gesagt *vielleicht* und außerdem bist du an Erfahrungen reicher.“

Nell marschierte voran, einen großen roten Umschlag in der Hand, und grinste breit. Sie hatte schon immer ein Faible fürs Gewinnen gehabt. Selbst bei den kleinsten Spielen hatte sie sich immer wie ein Honigkuchenpferd gefreut, wenn sie gewann.

„Was hast du denn nun gewonnen?“, hakte Dylan dennoch interessiert nach.

„Du bist ja aufgeregter als ich. Komm, wir setzen uns da vorne hin und schauen nach, was es geworden ist.“ Sie deutete auf eine Sitzbank im Empfangsbereich. „So und nun lass mal sehen.“

Neugierig öffnete sie den Umschlag und zog eine Karte hervor, die sie aufmerksam las. Dylan versuchte einen Blick zu erhaschen, doch Nell hielt die Karte so, dass nur sie allein lesen konnte, was sie darauf stand.

„Nun mach es nicht so spannend. Immerhin sind wir ein Team gewesen. Dein Gewinn gilt auch mir", rief er ihr in Erinnerung und Nell errötete. „Stimmt, du hast recht. Das habe ich ganz vergessen. Tut mir leid. Hier, herzlichen Glückwunsch."

Sie hielt ihm die Karte hin und Dylans Augen huschten über den Text. „Eine Weinprobe für zwei morgen Abend. Na ja, zwar keine Million, aber immer noch besser als nichts."

„Nun freu dich doch bitte. Immerhin hätten wir auch leer ausgehen können."

„Was wohl die gewonnen haben, die zwei Bingos hatten?"

„Ich glaube, gehört zu haben, wie die beiden Frauen neben uns sich über ein Fünf-Gänge-Menü gefreut haben."

„Da gefällt mir Wein doch gleich viel besser." Amüsiert blickte Dylan sie an. „Dann haben wir morgen Abend eine Verabredung?" Er musterte sie und Nell biss sich auf die Unterlippe.

„Scheint so, ja."

„Na gut, aber wehe, es artet wieder aus. Noch einen Bingo-Abend kann ich nicht ertragen."

Noch immer mit einem Lächeln im Gesicht lag Nell etwas später in ihrem Bett und versuchte zu lesen. Allerdings gelang es ihr nicht. Ihre Gedanken schweiften immer wieder zu Dylan ab, mit dem sie einen wunderbaren Abend verlebt hatte. Sie hatte mit ihm gelacht, wie sie es schon lange mit keinem Mann mehr getan hatte

– selbst nicht mit Greg. Sie hatte sich in seiner Nähe wohlgefühlt und verspürte eine ungeahnte Vorfreude auf den kommenden Abend. Sie wollte mehr über Dylan wissen. Ihn besser kennenlernen, um endlich das gemeine Bild des fiesen Jungen von früher vollständig zu verdrängen. Und sie war auf einem ganz guten Weg, wie sie inzwischen fand.

Plötzlich klingelte neben ihr das Smartphone auf dem Nachttisch. Gedankenverloren nahm sie ab. „Jap, Nell hier!“, trällerte sie fröhlich und erwartete die ebenso fröhliche Stimme ihrer besten Freundin Piper. Doch schon Sekunden später wusste sie, dass es eine dumme Entscheidung gewesen war, das Gespräch einfach so anzunehmen.

„Nell? Ich bin's, Greg.“

Sie richtete sich auf und sofort durchfuhr sie eine heftige Anspannung. „Greg? Warum rufst du an? Wir hatten doch...“

„...eine Abmachung, ich weiß. Aber ich ... wollte einfach nur mal hören, wie es dir so geht. Ich hatte es schon ein paarmal bei dir versucht, aber du bist nicht rangegangen“, setzte er leise hinzu.

Sie stockte. „Mir ... geht es gut.“

Seine Stimme zu hören war eigenartig. Als wäre Greg aus einer Zeit, die für sie gar nicht mehr existent war.

„Schön“, antwortete er leise.

„Und dir?“, hakte Nell schließlich nach, um die unangenehme Stille zwischen ihnen zu überbrücken.

„Na ja, ich lebe so von einem Tag zum anderen“, schwafelte er dann.

„Hört sich gut an. Also dann …“, wollte Nell ihn abwimmeln, um das Klopfen ihres Herzens erst einmal wieder beruhigen zu können.

„Nell, warte bitte!“

Sie hielt inne.

„Können wir reden?“

„Ich denke, das ist keine so gute Idee. Ich brauche Zeit und das habe ich dir auch deutlich gesagt.“

„Weiß ich ja, aber …“, sie hörte sein resigniertes Seufzen. „Du fehlst mir so.“

Für einen kurzen Moment schloss Nell die Augen. Die Worte kamen unerwartet. Immerhin hatte er lange nicht so mit ihr gesprochen. Schweigend atmete sie tief ein und wieder aus. „Gut zu wissen, Greg. Aber ich werde noch eine Weile wegbleiben.“

„Darf ich dich wieder anrufen?“, fragte er vorsichtig.

Sie schüttelte den Kopf und schluckte. „Besser nicht. Wie gesagt, ich brauche noch etwas Zeit.“ Und eigentlich war sie gedanklich schon dabei gewesen, die Beziehung zu beenden. Eigentlich.

Greg sagte erst nichts, dann hörte sie ein trauriges Schnauben. „In Ordnung. Ich gebe dir die Zeit, die du brauchst.“

„Danke, bis dann Greg“, sagte Nell eilig, ehe ihre Stimme versagte, und legte auf. Sie schaltete das Handy aus, platzierte es auf dem Nachttisch und starrte es unter aufsteigenden Tränen an, als könnte es sie jeden Moment angreifen. So wie Greg mit ihr gesprochen hatte, konnte man beinahe glauben, dass sie ihm tatsächlich fehlte. Hatte er sich vielleicht wirklich geändert?

Kapitel 24

Trotz all der Anspannung, die Nell die Nacht und den anschließenden Tag über begleitet hatte, war sie froh über Ablenkung. Nachdem sie einen Spaziergang zum Stall gemacht und sich ein bisschen um die Pferde gekümmert hatte, die eine beruhigende Wirkung auf sie ausübten, verlor sie sich immer wieder in ihren Gedanken an Greg. Daher kam der Abend umso passender. Sie freute sich über ihren Gewinn. Nicht nur, weil sie Weinproben ganz aufregend fand, sondern ihn ausgerechnet mit Dylan verbringen würde. Vor wenigen Tagen hätte sie noch nicht einmal geglaubt, dass sie überhaupt ein Wort miteinander wechseln würden, ohne sich gegenseitig an die Gurgel zu gehen, doch inzwischen kamen sie sehr gut miteinander aus. Sie hatte immer wieder an das Gespräch in der Hütte denken müssen und an Dylans Schwester Maria. Sie glaubte, sich sogar an sie erinnern zu können. Einmal war sie bei einem Schulfest dabei gewesen und sie sah das kleine Mädchen noch heute vor sich, weil es neben Dylan so zierlich und zerbrechlich gewirkt hatte, dass sie sich schon damals gefragt hatte, ob es vielleicht krank wäre.

Nell fand es schließlich an der Zeit, ihre Freundin Piper anzurufen. Als sie von dem unglücklichen Wanderabenteuer erzählte, schien diese beinahe vom Glauben abzufallen.

„Dylan hat bitte was? Er hat dich gesucht und mit dir die Nacht in einer abgelegenen Waldhütte verbracht? Was zum Teufel ist da los bei dir, Nell? Bist du noch auf dieser Erde oder in einem Paralleluniversum? Das klingt einfach mal gar nicht nach dem Dylan, von dem du mir noch vor wenigen Tagen erzählt hast. Und irgendwie auch nicht nach dir. So waghalsig und abenteuerlustig."

Nell musste lachen und schüttelte den Kopf, als könnte sie es selbst nicht glauben. „Ich kann es auch kaum verstehen, wenn ich ehrlich bin. Aber Dylan ist gar nicht so übel. Wir haben sogar gestern eine Weinprobe bei einem Bingo-Abend gewonnen."

Piper gluckste am anderen Ende. „Wow, ein Bingo-Abend? Seit ihr über Nacht gealtert? Warum unternehmt ihr nicht irgendwas Fetziges und geht feiern oder so was. Jedenfalls irgendwas, was man in eurem Alter eben so macht."

Nell zog die Stirn in Falten. „Was habt ihr alle gegen einen Bingo-Abend? Außerdem kann man hier nicht wirklich feiern gehen. Immerhin gibt es rundum nur Wald, Bäume, noch mehr Wald und ein paar kleine umliegende Dörfer. Mit Party machen ist da ganz sicher nichts. Zudem möchte ich dich daran erinnern, dass ich mich hier, nach deinen Worten zumindest, erholen soll. Wenn ich die Nächte durchmache und nur Party im Sinn habe, dann brauche ich anschließend noch einmal einen Genesungsurlaub, um mich vom Feiern zu erholen. Das ist eher weniger der Grund, warum ich hier bin.“

„Klingt logisch, aber langweilig“, kicherte Piper in den Hörer.

„Außerdem“, fuhr Nell fort und blickte auf ihren Fuß, „sollte ich das Partymachen erst einmal sein lassen. Ich sollte meinen Fuß nicht zu sehr belasten.“

„Geht es ihm inzwischen besser?“

„Ja, er ist schon etwas abgeschwollen und jeden Tag spüre ich immer weniger Schmerzen. Nur wenn ich ihn falsch aufsetze, dann tut’s noch weh. Wenn du mich dann also bitte entschuldigst ... ich muss mich nun auf den Weg zu meinem langweiligen Gewinn machen und langweiligen Wein in einer noch langweiligeren Umgebung trinken“, scherzte Nell und erntete ein Lachen am Ende des Hörers.

„Lass dich von mir nicht aufhalten und sollte Dylan dir irgendwie querkommen, dann weißt du ja, was du mit dem Wein zu tun hast.“

Nell lachte. „Ich denke, dass ich ihn beruhigt trinken kann und ihn nicht wieder über Dylan schütten muss.“

Dylan musste mehrmals hinschauen, als Nell die Treppe in den Empfangsbereich hinunterschritt. Erst hatte er sie gar nicht erkannt, mit dem gebundenen Haarknoten und den Strähnen, die ihr lose das Gesicht umrahmten, und der hellblauen Seidenbluse, die ihre Kurven auf geheimnisvolle Art betonte. Zudem ließ die dunkelblaue Jeans ihre Beine länger aussehen als sonst. Unwillkürlich fragte er sich, ob er sich mit seiner Garderobe nicht ein wenig mehr hätte Mühe geben können, doch nun war es zu spät. Nell musste nun mit seinem dunkelgrauen Hemd und seiner schwarzen Jeans Vorliebnehmen, die schon bessere Tage gesehen hatte.

„Hey, du ... siehst gut aus", sagte er zur Begrüßung und steckte seine Hände in die Jeanstaschen, da ihm seine Nervosität keine andere Wahl ließ.

„Hey", lächelte Nell und drückte ihn, wenn auch ein wenig unbeholfen und flüchtig, wie einen alten Bekannten. „Danke, du aber auch."

Und das meinte sie so, wie sie es sagte. War Dylan früher ein gut aussehender Junge, der trotz seiner schwarzen Haare wie ein Engel wirken konnte, so war aus ihm ein attraktiver Mann geworden, der sich sicher sein konnte, dass sich die Frauen scharenweise nach ihm umdrehten.

Nells Hände waren etwas feucht und sie fühlte sich unsicher, also steckte sie ihre Daumen durch die Gürtelschlaufen ihrer Jeans und stakste unsicher neben ihm her.

„Und? Freust du dich auf den Abend mit viel Wein?", fragte Dylan, während er Nell dabei von der Seite beobachtete, wie sie einen Blick auf den Gutschein warf, den sie beim Bingo gewonnen hatte.

„Oh ja und wie! Hast du schon mal eine Weinprobe mitgemacht?"

„Tatsächlich war ich mal Trauzeuge und wichtiger Berater in Sachen Weinauswahl für die Hochzeit."

Nell machte große Augen. „Wow, du als Trauzeuge? Das kann ich mir irgendwie gar nicht vorstellen." Sie gingen einen kleinen Korridor entlang. „Wir müssen übrigens ins Fichten-Zimmer. Da findet der Abend statt", erklärte sie nebenbei. Im Schloss wurden die

Säle nach verschiedenen Bäumen benannt, was Nell von Anfang an originell fand.

„Und warum kannst du dir mich nicht als Trauzeugen vorstellen?“, hakte Dylan verständnislos nach.

Achselzuckend steckte Nell den Gutschein zurück in ihre Tasche. „Weiß auch nicht. Du in einem Anzug, vorne am Altar …“

„Zum einen stand ich nicht direkt vor dem Altar, das war schließlich die Aufgabe des Bräutigams, und zum anderen hat die Hochzeit niemals stattgefunden.“

Nell blickte ihn von der Seite an. „Was? Wieso denn nicht?“

„Sagen wir mal so … die Braut in spe hatte es sich kurzfristig anders überlegt.“

„Sie hat die Hochzeit abgesagt, weil sie sich ihrer Gefühle nicht mehr sicher war?“

„Nein, er hat die Hochzeit abgesagt, weil sie sich ihrer Gefühle für seinen Bruder zu sicher war. Sie ist am Ende mit ihm durchgebrannt.“

„Das ist ja schrecklich!“

„Ganz ehrlich? Ich freue mich sogar für ihn, denn nicht das, was sie getan hat, war schrecklich, sondern sie selbst.“

Nell unterdrückte einen Laut. „Das muss für ihn trotzdem echt hart gewesen sein.“

„Viel härter war der Kater am nächsten Tag, den wir hatten, als wir uns an die Weinvorräte gemacht haben. Ich habe also tatsächlich schon mehr Erfahrungen mit dem Getränk, als du ahnen kannst.“

„Ich bin überzeugt, der Abend wird wesentlich harmloser als der, den du als Trauzeuge erlebt hast", sinnierte Nell und ihr blieb kurz der Atem weg, als sie das Fichten-Zimmer betraten.

Sie begaben sich in einen kleinen Raum, in dem kaum mehr als zwanzig Personen Platz finden konnten. Die dunklen Dielen und die ebenso dunkle Vertäfelung an den Wänden ließen die Umgebung auf den ersten Blick düster wirken, doch die bordeauxroten Vorhänge mit goldenen Mustern, die mehrarmigen Kerzenständer in den Ecken des sonst leeren Raumes tauchten das Zimmer in ein romantisches Licht. In der Mitte stand ein Tisch für zwei Personen. Gedeckt mit mehreren Wein- und Wassergläsern und einer Platte mit Oliven, etwas Käse und Brot.

Dylan stieß einen beeindruckten Pfiff durch die Zähne aus. „Sieht ja ganz nett aus hier."

Nell staunte und ließ den Blick durch das Zimmer schweifen. An den Wänden hingen einige Porträts von unterschiedlichen Personen. Vielleicht die Besitzer des Schlosses, dachte Nell. Auf den Fensterbänken befanden sich einige Blumenarrangements, die sie am liebsten genauer inspiziert hätte. Doch Dylan setzte schon ihren Stuhl zurück und wies sie mit einem Kopfnicken an, Platz zu nehmen.

„Wow, ganz der Gentleman", scherzte Nell und ließ sich nieder. Auch Dylan setzte sich ihr gegenüber und schien nicht weniger beeindruckt zu sein als sie selbst.

„Also sag nie wieder, dass Bingo-Abende langweilig sind."

Dylan hob beschwichtigend die Hände. „Ich werde nie wieder ein schlechtes Wort darüber verlieren."

Wenige Augenblicke später betrat ein junger Kellner den Raum, gekleidet in ein weißes Hemd und eine dunkelrote Anzugweste, wie die meisten Angestellten sie hier trugen. Er stellte sich als James vor und würde die beiden den Abend über mit verschiedenen Weinsorten verköstigen.

Wenig später hatten sie bereits die ersten Gläser mit dunkelrotem Wein vor sich stehen. James ließ sie wieder allein, damit sie in Ruhe ihren Triomphe d'Alsace genießen und auf sich wirken lassen konnten.

„Hast du schon Erfahrungen mit Wein sammeln können?", wollte Dylan dann wissen und beäugte sein Glas genauer, als er es leicht in die Höhe hob und die Flüssigkeit hin und her schwenkte.

Nell schluckte kurz und senkte den Blick. Sie hatte Erfahrungen mit Wein, denn Greg hatte sie zu Beginn ihrer Beziehung häufiger mit zu Familienfesten genommen, die eher vornehm als angenehm waren und mit reichlich teurem Wein zelebriert wurden, von dem Nell ohnehin nichts verstand.

„Ein bisschen kenne ich mich mit Wein aus, würde ich sagen", antwortete sie unsicher.

„Lass mich raten, du hattest mal was mit einem Winzer", scherzte Dylan, doch er bemerkte Nells verkniffenen Gesichtsausdruck. „Entschuldige, ich wollte nicht ...", ruderte er eilig zurück, doch Nell schüttelte bereits beschwichtigend den Kopf.

„Ist schon okay, wirklich. Ich hatte tatsächlich mal einen Freund", erklärte sie leise, ohne genauer auf Greg einzugehen. „Seine Familie hat immer viel Wert auf guten und vor allem teuren Wein gelegt." Sie rollte die Augen bei dem Gedanken an Gregs versnobte Bagage und schnaubte verächtlich. „Ich denke immer wieder, dass er eigentlich kein schlechter Mensch ist. Aber seine Familie hat ihn zu dem gemacht, was er heute ist: oberflächlich, arrogant und überheblich. Er hat mir erzählt, wie er aufgewachsen ist. Privatschulen hier, Reit- und Klavierstunden da und immer darauf aus, der Beste in allem zu sein.“ Auch wenn sie während Gregs Anruf eine ganz andere Seite von ihm kennenlernen durfte, bei der sie dachte, dass diese gar nicht mehr existierte.

„Hat er auch einen Namen?“, wollte Dylan dann vorsichtig wissen.

Nell stockte kurz. Sie hätte diesen Moment nutzen können, um Dylan von der Beziehungspause zu erzählen. Gleichzeitig wusste sie, dass es den Abend ganz sicher ruinieren würde, immerhin hatten sie sich gerade erst wieder versöhnt. Sollte sie also jetzt mit der Wahrheit herausplatzen und ihm sagen, dass sie irgendwie noch in einer Beziehung steckte? War das, was sie hatten überhaupt noch eine Beziehung? Diese Frage stellte sie sich schon seit einigen Tagen und kam einfach zu keiner Antwort. Sie nahm sich vor, so nahe an der Wahrheit zu bleiben, wie nur möglich. Immerhin kannten sich die beiden Männer nicht, da war sie sich sicher. „Er hieß Greg“, erklärte sie dann leise und blickte auf ihr Glas, während ihr das Gespräch von letzter Nacht erneut in den Sinn kam. Eilig schüttelte sie die Gedanken daran ab. Immerhin saß sie jetzt mit Dylan hier und sagte besser nichts Falsches, etwas, das ihre Beziehungspause auffliegen lassen könnte.

„Und wie habt ihr euch kennengelernt?“

„In der Oberstufe. Greg hatte damals, Gott sei Dank, noch seinen eigenen Kopf und keine Lust mehr auf höhere Schulen und den ganzen versnobten Kram. Also hatte er seine Eltern dazu gebracht, dass er zumindest die Oberstufe an einer gewöhnlichen Schule besuchen durfte. Da, wo das niedere Volk wie ich anwesend war.“

Nells Lächeln war verhalten und sie spürte, wie sie sich nach der damaligen Zeit zurücksehnte, in der zwischen ihr und Greg noch alles in Ordnung war. Als er noch seinen eigenen Kopf hatte und sich nicht von seiner Familie hatte beeinflussen lassen. Das war erst ein paar Jahre später der Fall gewesen, als er gemerkt hatte, welchen Einfluss man auf die Gesellschaft haben konnte, wenn man gutes Geld verdiente und etwas zu sagen hatte.

„Wie schmeckt dir der Wein?“, wechselte Nell dann eilig das Thema und hob das Glas.

Sichtlich verwirrt durch den schnellen Themenwechsel brauchte Dylan einen kurzen Moment, nippte an seinem Glas und nickte erstaunt. „Sehr fruchtig.“

„Ich finde ihn auch lecker. Ich glaube aber, zu viel davon und er schlägt ganz schön an.“

„Du meinst, er hat einen hohen Alkoholgehalt?“

Nell nickte. „Das kann man daran erkennen, dass die Flüssigkeit solche Schlieren am Glas hinterlässt. Siehst du?“ Sie hielt ihm das Glas entgegen und man konnte oberhalb des Glases ein paar Schlieren erkennen, die nur langsam hinunterliefen. „Je langsamer sie nach unten rinnen, desto mehr Alkohol befindet sich im Wein. Jedenfalls habe ich das so einmal gelernt. Kann aber auch anders gewesen sein“, lachte sie dann.

„Interessant", bemerkte Dylan und nickte anerkennend. „Du bist also nicht nur eine bekennende Bingo-Expertin, sondern auch eine Weinkennerin. Sehr beeindruckend." Er prostete ihr zu und trank einen Schluck. „Meine Vorstellung von gutem Wein ist, dass er mir schmeckt."

Nell prustete. „Vermutlich auch die beste. Ich kann nicht verstehen, wie man sich Ewigkeiten mit einem Getränk auseinandersetzen kann, anstatt es einfach zu trinken."

Beide lachten sie und kurze Zeit später stieß James wieder zu ihnen. „Hat Ihnen der Wein geschmeckt?"

„Oh ja, er war sehr gut, danke", entgegnete Nell und beobachtete, wie der Kellner ihnen beiden ein Glas Wasser einschenkte, ehe er zwei neue Gläser mit rotem Wein füllte. Auch zu diesem namens Rondo erklärte er ein paar interessante Details, ehe er die beiden bei Kerzenschein erneut allein ließ.

Der Wein schmeckte nicht ganz so fruchtig und war eher trockener als der vorherige. Nell schüttelte sich kurz. „Uff, da habe ich was anderes erwartet."

„Ich finde ihn auch schrecklich", gestand Dylan und kratzte sich am Hinterkopf. „Vielleicht gießen wir ihn in die Blumen", schlug er leise vor, doch Nell machte große Augen. „Das geht auf gar keinen Fall! Damit zerstörst du die armen Pflanzen."

„Ach ja, entschuldige. Ich hatte ganz vergessen, dass du Floristin bist." Dylan wurde rot.

„Du trittst gerne in Fettnäpfchen, habe ich recht?" Nell beobachtete amüsiert, wie Dylan auf seinem Stuhl hin und her rückte.

„Fettnäpfchen ziehen mich magisch an. Daher trete ich hier vermutlich direkt in das nächste. Aber die Frage würde ich dir dennoch gerne stellen: Hast du noch Kontakt zu deinem Ex-Freund?", fragte Dylan schließlich und beobachtete Nells Reaktion.

Diese verschluckte sich beinahe an ihrem Wein und blinzelte ein paar Mal, ehe sie antworten konnte. „Bitte was?"

„Ob du und dein Ex-Freund noch Kontakt habt", wiederholte Dylan.

Nell schüttelte unschlüssig den Kopf. „Nein", quiekte sie und versuchte, ihre Stimme wieder ein paar Töne herunterzufahren.

„Ich hatte gehofft, dass er sich ändern würde, aber das hat er nicht. Also deshalb ... nein", entschied sie aus einem Impuls heraus und merkte im selben Moment, wie sie sich immer weiter in den Mist ritt. Sie hoffte, dass das Thema bald ein Ende haben würde und räusperte sich schließlich.

„Hofft man nicht irgendwie immer, dass Menschen sich ändern und sie es im Prinzip dann doch nicht tun?", fragte Dylan leichthin.

„Bei manchen funktioniert es, bei anderen nicht. Nach Greg habe ich manchmal gedacht, dass Menschen sich immer nur vom Guten zum Schlechten ändern können", gestand sie und zuckte mit den Schultern. „Keine Ahnung warum, vielleicht, weil das Schlechte meist mächtiger ist als das Gute. Etwa so wie beim Haare färben. Du kannst deine Haare ganz einfach von Blond auf Dunkel färben, aber von Dunkel auf Hell ist ein riesiger Aufwand."

Dylan prustete. „Ein sehr treffender Vergleich."

Auch Nell musste lachen. „Allerdings weiß ich jetzt, dass es andersherum auch geht." Sie blickte Dylan lächelnd an und er erwiderte ihren Blick. Einen Moment lang schauten sie sich in die Augen. Eine Spannung zwischen ihnen entstand und Nell wandte sich, als sie sich unsicher fühlte, eilig ab und legte nervös ihre Hände aufeinander. Glücklicherweise kam in diesem Moment James in den Raum, die nächste Flasche in der Hand.

Endlich ließen sie das heikle Thema Greg beiseite und betrieben leichten Small Talk, bei dem Nell sich wesentlicher wohler fühlte.

Inzwischen waren sie beim vorletzten Glas angekommen, hatten die Knabbereien in der Mitte des Tisches bereits verputzt und lachten über alles Mögliche. Nell fühlte sich wohl, so wohl, wie es bei Greg lange nicht der Fall war. Und Dylan hatte die Gabe, sie mit jedem Satz zum Lachen zu bringen, obwohl er gar keinen Witz hatte machen wollen. Und obgleich sie merkte, dass ihr der Wein mittlerweile zu Kopf stieg, wollte sie nicht, dass der Abend bald vorbei war.

Doch das letzte Glas war wenig später ebenfalls leer und Nell merkte, dass sie dringend noch mehr Wasser trinken musste. Sie stützte ihren Kopf kurz in die Hände und pustete kichernd aus. Dylan beobachtete sie und lachte schließlich. „Vielleicht sollten wir eine kleine Pause machen?"

Nell nickte träge. „Ich glaube, das ist eine gute Idee. Was hältst du von einem Wasser an der Bar?"

„Davon halte ich sehr viel. Unglaublich, wie die einen hier abfüllen."

Sie bedankten sich bei James, der sie zum Abschied mit ein paar netten Worten entließ und ihnen eine Flasche des roten Weines schenkte, den sie so gerne gemocht hatten und sie verließen den heimeligen Raum.

An der Bar war von der Romantik weniger zu spüren. Ein paar Leute hatten sich hier zusammengefunden, die lauthals lachten oder sich angeregt unterhielten. Im Hintergrund lief leise klassische Musik und Nell ließ sich seufzend auf einen der Cocktailsessel am Fenster fallen.

„Das war echt hart", gestand sie.

„Obwohl es eigentlich eine gemütliche Weinprobe sein sollte, hat der gute James wirklich nicht mit Wein gegeizt."

„Absolut nicht", stimmte Nell Dylan zu und war dankbar für das Glas Wasser, welches der Kellner ihnen brachte.

Einen Moment tranken sie schweigend. Nell erblickte ihr eigenes Spiegelbild im Fenster und stellte mit Erschrecken fest, dass sie ziemlich müde aussah.

Wenig später hatten sie ihr Wasser ausgetrunken und sie lehnte sich in ihrem Stuhl zurück. „Ich glaube, ich sollte bald ins Bett gehen."

„Wie jetzt? Wir haben noch eine Flasche Wein vor uns", rief Dylan entsetzt und hielt die Flasche hoch. Nell schlug die Hände vors Gesicht. „Bitte nicht! Noch ein Glas und ich schlafe hier auf dem Tisch ein. Mit der Stirn voran wohlgemerkt."

„Überzeugt", pflichtete Dylan ihr bei und stellte die Flasche wieder ab. „Dann holen wir das nach."

„Wenn ich bis nächste Woche ausgekatert habe, dann gerne“, grinste Nell und schaute wieder durch das Fenster in die Dunkelheit. „Aber ich hätte nichts gegen einen kleinen Ausflug an die frische Luft.“

„Willst du wieder auf Wandertour gehen?“, hakte Dylan ungläubig nach.

„Um Himmels willen, nein! Ich denke, ein paar Minuten auf der Terrasse reichen, um zu verschnaufen.“

„Gut“, lenkte Dylan ein und erhob sich langsam. „Aber nur, wenn du mir versprichst, mir nichts über den Kopf zu kippen.“

Auf der Terrasse wehte ihnen eisige Luft entgegen und Nell schlang fröstelnd eine Kuscheldecke, die sie von drinnen aus dem Korb mitgenommen hatte, um sich. Als sie sich über die Brüstung lehnten und in den leicht verschneiten Schlossgarten blickten, fühlte Nell sich mit einem Mal hellwach.

„Kommt mir irgendwie bekannt vor, die Szene“, faselte Dylan und stützte seine Arme auf dem Geländer ab.

„Keine Sorge, ich habe mich heute Abend besser unter Kontrolle“, beschwichtigte Nell ihn und schloss einen Moment die Augen, um die kalte Abendluft tief in sich aufzunehmen.

Sie standen nahe beieinander. Nell konnte die Wärme spüren, die Dylan ausstrahlte und spürte ein kribbelndes Gefühl in ihrem Magen.

Plötzlich wandte Dylan sich in Nells Richtung und war ihr sofort etwas näher. „Ich glaube allerdings, dass ich mich heute Abend nicht so sehr unter Kontrolle habe“, sagte er leise und sie spürte, wie er seine Hände um ihre Hüften legte und sie sanft näher an sich heranzog. Die Decke auf Nells Schultern drohte ihr zu entgleiten, doch Dylan fing sie rechtzeitig auf. Kurz ließ er von ihr ab und legte sie fürsorglich zurück um ihrer beider Schultern, sodass sie noch enger zusammenrückten. Und dann umschloss Dylan ihre Lippen mit seinen. Er drückte sie mit dem Rücken an die Brüstung und stöhnte leicht, als sich ihre Zungen berührten und in einen wilden Tanz verfielen. Nell atmete seinen Duft ein, schmeckte den Rotwein auf seinen Lippen und fühlte die kurzen Haare in seinem Nacken, den sie mit ihren Händen auf und ab fuhr. Ihre Sinne schienen sich zu schärfen – ihr Geschmackssinn, ihr Geruchssinn. Die kleinen Härchen auf ihren Armen stellten sich auf, ihr Magen schlug Purzelbäume. Sie hatte sich lange nicht mehr so lebendig gefühlt wie in diesem Moment.

Langsam ließen sie schließlich voneinander ab und starrten sich mit großen Augen an, als könnten sie nicht verstehen, was da gerade passiert war. Sie atmeten durch, doch es tat sich keine Kluft zwischen ihnen auf. Im Gegenteil: Sie blieben nahe beieinander, unter die Decke gehüllt, und Nell legte nervös lachend ihre Stirn auf seiner Brust ab. Er hatte seine Arme noch immer um sie geschlungen und küsste sie auf den Scheitel.

„Das kam in etwa so unerwartet wie deine Sektattacke", raunte Dylan und brachte Nell zum Lachen. „Diese Terrasse ist irgendwie für Überraschungen gut, wenn du mich fragst." Ein Windstoß ließ sie frösteln und Dylan legte die Decke noch fester um sie. „Du zitterst ja."

„Halb so wild“, tat sie das Ganze ab, doch Dylan schüttelte den Kopf. „Wir sollten reingehen. Du bist total müde und frierst.“

„Ich war lange nicht so wach wie in diesem Augenblick“, sagte sie dann leise und schaute ihn durch die Wimpern hindurch an. Ein erleichtertes Lächeln umspielte seine Lippen und er küsste sie erneut. Dieses Mal jedoch kürzer und nicht so stürmisch. Dann ließ er wieder von ihr ab und bedeutete ihr, dass sie hineingehen sollten. „Komm, es wird langsam echt kalt.“

Nur widerwillig ließ Nell sich mitschleifen, doch sie merkte schon beim Betreten des Schlosses, dass sie tatsächlich entsetzlich gefroren hatte. Sie zitterte auch noch, als sie gerade die Empfangshalle betraten, in der sich üblicherweise ihre Wege trennten.

Kurz vor der Treppe blieben sie schließlich stehen. Nell schoss die Röte ins Gesicht, da sie merkte, wie unsicher sie war. Sollte sie ihn fragen, ob er sie aufs Zimmer begleiten wollte oder wäre das zu viel?

Auch Dylan schien nicht so recht zu wissen, was er tun sollte, doch entschied er, dass es vermutlich besser wäre, wenn jeder von ihnen den Rest des Abends für sich war. Immerhin wollte er Nell nicht drängen, obwohl er innerlich eine Lust verspürte, wie es schon lange nicht mehr der Fall gewesen war. Das kleine pickelige Mädchen mit den Zöpfen und der Zahnspange, das Nell einmal gewesen war, war eine wunderschöne Frau geworden. Und jetzt stand sie vor ihm, blickte ihn schüchtern an und lächelte so verlegen, dass er sie am liebsten erneut geküsst hätte. Doch er erkannte die Müdigkeit in ihren Augen und wusste, dass es besser war, nichts zu überstürzen. Vielleicht hatte er ohnehin schon eine Grenze überschritten, als er sie geküsst hatte, aber so sehr er sich schon die letzten Tage zusammengerissen hatte, ihr nicht zu nahe zu kommen, so hatte er heute seine Haltung nicht länger wahren können.

„Es war ein unglaublich schöner Abend, Dylan", ergriff Nell schließlich das Wort und rieb sich nervös die Arme.

Dylan nickte. „Oh ja, es hat wirklich Spaß gemacht." Er trat von einem Bein aufs andere und wich Nells Blicken aus. „Und das eben ... also falls das irgendwie unpassend war, dann ..."

„Nein!", rief Nell etwas zu laut und erschrak über ihren heftigen Einwand. „Ich meine ... nein, es war überhaupt nicht unpassend. Es passte sogar sehr gut." *Jetzt bin ich mir sicher, was ich zu tun habe, dachte sie bei sich.*

Nun lächelte Dylan und schaute sie an. „Gut, dann kann ich ja beruhigt schlafen. Und du solltest ebenfalls zusehen, dass du ins Bett kommst, du siehst ... entschuldige bitte ... echt mitgenommen aus."

„Das ist so ziemlich genau das, was eine Frau von einem Mann hören möchte. Herzlichen Dank, Dylan – ich-weiß-mit-Komplimenten-umzugehen – Bresslin."

Sie lachten beide und schließlich mahnte Nell sich, endlich ins Zimmer zu kommen, damit sie sich darüber klarwerden konnte, was da genau heute Abend passiert war.

„Also, wir sehen uns dann", faselte Dylan leise, winkte ihr zum Abschied, wandte sich ab und ging in die entgegengesetzte Richtung.

Mit trockenem Mund stand Nell da, blickte ihm nach und spürte eine tiefe Traurigkeit in sich aufkeimen. Insgeheim hatte sie sich gewünscht, dass er sie zum Abschied erneut küssen würde. Plötzlich machte Dylan auf dem Absatz kehrt, kam mit entschiedenen Schritten auf sie zu, zog sie in seine Arme und küsste sie ein weiteres Mal. Nell konnte gar nicht so schnell realisieren, was er da tat, doch schon wenige Sekunden später ließ die Anspannung, die sie gerade noch verspürt hatte, nach und sie gab sich seinem Kuss hin.

„So ist der Abschied wesentlich besser", stellte Dylan leise fest, zwinkerte ihr zu und marschierte dann erneut davon.

Kapitel 25

Irgendetwas fühlte sich anders an. Der Kuss hatte Nells Gefühle ordentlich durcheinandergewirbelt. Sie stand am Fenster ihres Zimmers und blickte hinaus in die weiße Schneelandschaft, die in der morgendlichen Sonne allmählich zum Leben erweckt wurde. Nicht mehr lange und der Schnee würde sich komplett auflösen und Platz für den Frühling machen. Doch wenn Nell daran dachte, dachte sie gleichzeitig an die Heimkehr. Zwar hatte sie noch gute zwei Wochen im Schloss vor sich, aber was wäre dann? Wie sollte es mit Greg weitergehen, wie mit Dylan? Sie würde es ihm sagen müssen, dass sie mehr oder weniger in einer Beziehung steckte. Aber dann wäre die schöne Zeit mit ihnen womöglich vorbei. Und sie wollte nicht, dass das so war! Sie fühlte sich so lebendig, so wichtig mit Dylan. Es war spannend, abenteuerlich und sie entdeckte gerade ganz neue Seiten an sich. Da war ein Mann, der sie nicht sonderlich gut kannte, der sie mit anderen – mit interessierten Augen – sah. Aber vielleicht war es auch lediglich die romantische Atmosphäre des Schlosses, die die beiden dazu verleitete, gemeinsam Zeit zu verbringen und sich sogar zu küssen.

Nell schlang die Arme um sich und schnaufte. Gestern Abend war sie noch so beschwingt gewesen, hatte ihr Dauerlächeln kaum aus dem Gesicht bekommen und war anschließend in einen tiefen Schlaf gefallen. Sie war sich sicher, dass sie Greg würde sagen müssen, dass sie nicht mehr an eine Zukunft mit ihm glaubte. Heute Morgen schien die Situation ein wenig anders zu sein. Zumindest fühlte es sich anders an. Da waren sie nämlich wieder, die Schuldgefühle. Sie würde mit Dylan sprechen müssen. Die Wahrheit sagen. Entschlossen und mit schwerem Herzen zog sie sich einen warmen Pullover an, schlüpfte in ihre bequemste Jeans und band sich die Haare zu einem Pferdeschwanz. Sie würde mit ihm reden müssen, damit sie sich nicht noch tiefer in den Berg voller Schuldgefühle ritt.

Vorsichtig hob Nell die zur Faust geballte Hand und setzte zum Klopfen an, doch senkte sie diese wieder und atmete tief durch. Sie stand direkt vor Dylans Zimmertür. Da sie ihn unten im Frühstücksraum nicht gefunden hatte, vermutete sie ihn hier und war froh, dass er ihr einmal erklärt hatte, dass sich sein Zimmer im zweiten Stock am Ende des Westflügels befand. Sie überlegte. Was sollte sie ihm sagen? *Hey Dylan, du, ich habe ganz vergessen, dir zu sagen, dass ich ja eigentlich noch einen Freund habe.* Oder vielleicht: *Hallo Dylan. Ich habe dir doch gestern von Greg erzählt. Nun ja, hab da wohl was durcheinandergebracht und vergessen, dir zu sagen, dass er gar nicht mein Ex-Freund ist, sondern mein Beziehungspausen-Freund?* So oder so, das Ganze würde eine verdammt unangenehme Sache werden. Aber es musste sein. Besser jetzt, bevor es zu spät war und sie alles zerstörte, was da zwischen ihnen war. Dylan hatte die Wahrheit verdient. Also atmete sie tief durch und klopfte fest an die Tür. Ihr Herz pochte aufgeregt. Nur wenige Augenblicke später wurde die Tür geöffnet und sie blickte zwei fragenden Augen und einem wunderschönen Körper entgegen, der lediglich von einem Handtuch um die Hüften verdeckt wurde.

„Nell! Was machst du denn hier?", fragte Dylan sichtlich überrascht und musste sich ein Lächeln verkneifen, als er merkte, wie sehr sie ihren Blick auf seinen Körper geheftet hatte. Als sie nicht sofort reagierte, schnippte Dylan mit den Fingern vor ihrem Gesicht. „Erde an Nell ..."

Als wäre sie aus einem Traum erwacht, zuckte sie zusammen. „Oh mein Gott, tut mir leid. Ich hatte nicht mit dir gerechnet."

Dylan stutzte. „Und deshalb klopfst du an meine Zimmertür, wenn du eigentlich nicht mit mir rechnest? Wen hast du denn sonst erwartet?"

„Nein, das meine ich nicht. Ich habe dich schon erwartet. Allerdings mit mehr Kleidung und so." Sie schluckte und versuchte ihren Blick weiterhin auf Dylans Augen zu richten. Dieser grinste amüsiert, denn natürlich wusste er, welche Wirkung sein Anblick auf Nell hatte und ja, er würde lügen, wenn er sagte, dass er es nicht genoss.

Als er nichts tat außer zu lächeln und sich mit einem Arm am Türrahmen anzulehnen, rief sich Nell in Erinnerung, weshalb sie eigentlich hergekommen war. „Ich ... also ... ich wollte ..."

„Du wolltest mit mir über gestern Abend reden, da es dir im Nachgang doch etwas unangenehm ist, dass wir uns geküsst haben und du nun nicht weißt, wie du damit umgehen sollst, richtig?"

Ausdruckslos schaute Nell ihn an und verschränkte die Arme vor der Brust. *Ähm, nicht so ganz,* dachte sie. Doch so mutig sie noch eben gewesen war, in diesem Moment wirbelte wieder einmal alles durcheinander und sie wusste, sie würde es ihm nicht sagen können. Der Mut hatte sie in dem Moment verlassen, als Dylan, nur mit dem Handtuch um die Hüften, die Tür geöffnet hatte. Aber mal im Ernst, wie hätte sie darauf vorbereitet sein können? Daher lächelte sie nur knapp und zuckte mit den Schultern.

„Es ist ziemlich unhöflich, wenn man jemandem die Wörter vorwegnimmt, die er eigentlich selbst aussprechen wollte."

„Vielleicht sollten wir das einmal drinnen besprechen. Du weißt ja …", er blickte auf den Gang hinter ihr, „… wangenkneifende alte Frauen lauern überall."

Nell folgte ihm ins Zimmer. Es fühlte sich merkwürdig an, sein persönliches Reich zu betreten. Noch dazu, wenn er nur spärlich bekleidet war. Verstohlen blickte sie sich um, während er ihr bedeutete, dass er sich kurz etwas anziehen würde.

Dylan war ganz schön unordentlich, wie sie feststellte. Hier und da lag seine Kleidung verstreut auf dem Fußboden und auch auf dem Bett türmten sich ein paar Kleidungsstücke. Sein Koffer stand in einer Ecke des Zimmers, weit aufgeklappt, und noch mehr Kleidung kam zum Vorschein.

Unwillkürlich lächelte sie. Bei Greg hätte es so eine Unordnung niemals gegeben. Sie war ebenfalls eher der ordentliche Typ, aber diese Seite gefiel ihr an Dylan. Er machte einfach, wonach ihm war. Vielleicht sollte sie Greg doch noch eine Weile für sich behalten und schauen, wohin das mit ihnen beiden ging. Könnte doch gut sein, dass er gar kein Interesse an mehr zwischen ihnen hatte und dann weckte sie nur unnötig schlafende Hunde.

„Also …“, begann Dylan, nachdem er mit einem T-Shirt und einer Jeanshose bekleidet ins Zimmer zurückkam. Seine Haare waren noch feucht und Nell musste sich beherrschen, ihn nicht so vehement anzustarren.

„Worüber wolltest du nun sprechen?“

„Das weißt du mittlerweile“, entgegnete Nell fahrig und setzte sich auf einen der freien Cocktailsessel, wie sie auch in ihrem Zimmer standen.

Dylan ließ sich aufs Bett fallen und faltete die Hände. „Du findest, es war ein riesengroßer Fehler, dass wir uns geküsst haben und du möchtest mich nie wiedersehen?“

Nell tat einen Moment lang so, als würde sie ernsthaft darüber nachdenken, musste aber schließlich grinsen. „Ähm … nein. Aber …“

„Du meinst, es macht die Sache zwischen uns kompliziert?“

Nachdenklich schaute sie ihn an. „Ich weiß nicht. Tut es das?“

„Für mich nicht“, entgegnete Dylan leichthin, als wäre es das Normalste der Welt gewesen, dass sie sich geküsst hatten. Mit so einer plumpen Antwort hätte Nell allerdings nicht gerechnet und geriet einen Moment ins Stocken.

„Du meinst also, dass für dich alles in Ordnung ist? Du bereust nichts?“, hakte sie vorsichtig nach.

„Na klar, warum denn auch? Es sei denn, du bereust es, dann sollten wir wirklich noch einmal darüber reden."

„Ich bereue es nicht", wandte sie hastig ein und merkte wieder einmal, was sie da eigentlich anrichtete.

Dylan bemerkte ihre Unsicherheit und versuchte ihr, trotz seiner kläglichen Versuche, sein Lachen unter Kontrolle zu halten, ein bisschen zu helfen. „Okay, hör zu, Nell. Ich kann dich gut leiden. Frag mich nicht wieso, denn eigentlich konnte ich das lange überhaupt nicht, aber ich finde, du bist schwer in Ordnung."

„Du weißt wirklich, wie man einer Frau schmeichelt", stellte Nell kopfschüttelnd fest.

„Lass mich ausreden, ich bin ja noch gar nicht fertig", stöhnte er und rieb sich die Hände an seiner Jeans. „Jedenfalls fand ich die Zeit mit dir echt gut. Wir hatten viel Spaß, warum sollten wir uns das jetzt durch so einen Kuss kaputtmachen? Lass uns einfach versuchen, entspannt damit umzugehen."

„Ich bin super entspannt", wandte Nell hastig ein, *und eigentlich noch vergeben*, fügte sie schuldbewusst in Gedanken hinzu. Aber sie wollte einfach mehr von ihm. Und es schien, als könnte sie herausfinden, wohin das alles mit ihnen gehen könnte.

„Gut, okay, vielleicht bin ich doch nicht so entspannt. Aber ich mag dich auch. Wir hatten bisher ein paar schöne Tage hier und gestern hat mir wirklich gut gefallen."

„Dann bauen wir doch darauf auf", entschied Dylan dann und zwinkerte ihr kurz zu, woraufhin sich ein wohliges Gefühl in Nell ausbreitete.

Einen Moment lang sagte niemand etwas. Die Worte hingen zwischen ihnen, sodass sie erst einmal selbst entscheiden musste, was sie bedeuteten. Entweder Dylan wollte den Kuss vergessen, keine große Sache daraus machen und weiterhin ein bisschen Zeit mit ihr verbringen, wie Freunde das eben so machten, oder aber er wollte darauf aufbauen. Egal wie er darüber dachte, Nell hatte ihre eigene Entscheidung längst getroffen. Greg war hier im Hotel kein Thema, zumindest für den Moment nicht. Sie wollte Dylan kennenlernen und Greg war weit weg. Auf Pause geschaltet. Es gab ihn im Augenblick nicht. Sie konnte machen, was sie wollte. Und jetzt wollte sie Dylan näher kennenlernen. Unbedingt.

„Kannst du jetzt bitte irgendetwas dazu sagen?", forderte Dylan sie auf, nachdem Nell noch immer nicht die richtigen Worte gefunden hatte.

„Was möchtest du denn hören?", fragte sie und lachte unsicher.

„Na ja, ich habe vorgeschlagen, dass wir auf dem Abend gestern aufbauen sollten und damit bin ich schon ziemlich weit über meinen Schatten gesprungen, findest du nicht?"

„Dann war das eine Anspielung darauf, dass wir uns auf jeden Fall in Zukunft nicht aus dem Weg gehen?", stellte Nell sich dumm, da sie das Gespräch ziemlich durcheinanderbrachte.

„Blitzmerker."

Sie kicherte. „Gut, dann …"

„Hast du Lust, mit mir den Tag zu verbringen?", platzte es dann aus Dylan heraus und Nell hielt inne.

„Hast du oder hast du nicht?“, wollte er ungeduldig wissen, nachdem Nell ihn lediglich mit offenem Mund anstarrte.

„Na klar“, sagte sie dann und spürte eine ungeahnte Freude in sich aufkeimen. „Und auf was hast du Lust?“

„Große Wandertouren kann man ja mit dir derzeit nicht unternehmen“, dachte er nach und deutete mit einem Kopfnicken auf ihren Fuß. „Das heißt, wir sollten etwas Ruhiges machen. Ich glaube, ich habe da so eine Idee, nur müsstest du dafür die Hüllen fallen lassen.“

Kapitel 26

Nell fühlte sich einerseits unbehaglich dabei, sich vor Dylan in ihrem Bikini zu zeigen, aber andererseits, dachte sie bei sich, hatte er sie ohnehin schon so gesehen, als er ihr den Erholungsnachmittag im Wellnessbereich versaut hatte. Hätte sie sich erst neulich noch darüber schwarzärgern können, so musste sie heute tatsächlich beim Gedanken daran schmunzeln.

Sie hatten noch gemeinsam gefrühstückt und anschließend hatte jeder seine Sachen gepackt, so wie Dylan es ihr aufgetragen hatte. Als sie nun, mit einem Bademantel bekleidet, aus der Kabine trat und in den Poolbereich ging, war Dylan schon da. Er saß auf derselben Liege wie auch beim letzten Mal und Nell ließ sich gegenüber von ihm auf ihrer nieder. Dylan grinste breit, als hätte er irgendetwas Schlimmes mit ihr vor und Nell begann, an ihrem Bademantelsaum zu zupfen, um alles Nötige zu bedecken.

„Also, sag schon. Was ist der Plan? Du hast dich mit deinen Informationen ziemlich zurückgehalten. Badesachen anziehen und zum Pool kommen. Also, da bin ich.“

Dylan musste sich beherrschen und seine Augen unter Kontrolle halten, denn Nell sah in ihrem Bademantel, der nur knapp ihre Knie bedeckte, unglaublich sexy aus. Also atmete er tief durch und bemühte sich, unbeschwert zu schauen. Doch es war schwierig, nicht zu lächeln, als er beobachtete, dass Nell ebenfalls mit ihren Blicken zu kämpfen hatte, die immer wieder auf seinen Bauch glitten. Die Spannung zwischen ihnen war greifbar. Er nestelte in seiner Tasche neben sich auf dem Fußboden und holte schließlich die Weinflasche vom gestrigen Abend hervor. Mit einem diebischen Grinsen schwenkte er sie von rechts nach links. Nell fielen beinahe die Augen aus den Höhlen und sie blickte sich hastig um, ob andere Menschen sie sehen konnten. Doch sie waren allein, wie sie erleichtert feststellte.

„Dylan, was hast du vor?"

„Na, wir waren gestern Abend noch nicht fertig. Außerdem habe ich dir letztes Mal, glaube ich, deinen Wellnessaufenthalt hier unten ein wenig vermasselt. Ich dachte, das wäre eine kleine Wiedergutmachung."

Nell stockte einen Moment. „Und jetzt hast du vor, dich hier zu betrinken?"

„Mit einer Flasche? Ich bitte dich, Nell. Da brauche ich schon ein bisschen mehr, um betrunken zu sein."

„Aber ich nicht", wandte sie ein. „Außerdem sprechen einige Aspekte vollkommen dagegen."

Dylan lehnte sich amüsiert zurück und verschränkte die Arme, wobei sich seine Muskeln an den Oberarmen anspannten. Nell versuchte, ihren Blick auf Höhe seiner Augen zu halten, was ihr alles andere als leichtfiel.

„Also erstens: Wir haben gerade mal elf Uhr morgens. Zweitens hatte ich gestern Abend mehr als genug Wein." *Und du siehst ja, wohin das geführt hat,* wollte sie noch hinzufügen, besann sich aber eines Besseren.

„Und drittens glaube ich nicht, dass Alkohol hier unten erlaubt ist."

„Aber wo kein Kläger, da kein Richter oder wie heißt es so schön? Nun komm, mach dich mal locker." Dylan schaute sie herausfordernd an.

Eigentlich war Nell eine Person, die sich immer an die Regeln hielt. Aber Dylan schaffte es, Seiten an ihr zum Vorschein zu bringen, die sie selbst kaum kannte. Und irgendetwas reizte sie in diesem Moment. Sei es die Tatsache, dass er eine extreme Anziehung auf sie ausübte oder sie etwas Verbotenes tat. Vielleicht war es auch beides.

Sie lockerte die Schultern ein wenig und atmete ihre Anspannung aus. „Gut, okay. Aber sobald jemand kommt, lässt du die Flasche da verschwinden. Nicht, dass hier noch Gerüchte entstehen. Ich habe vor, die nächsten beiden Wochen hier zu verbringen und den Urlaub nicht wegen unsittlichen Verhaltens frühzeitig beenden zu müssen", schmunzelte sie resignierend.

„Keine Sorge, ich bin der verantwortungsvollste Mensch, den du dir nur vorstellen kannst."

Nell musste höhnisch auflachen. „Und das von einem Mann, der nach dem Frühstück mit einer Weinflasche schwimmen geht."

„Klingt doch nach einem kleinen Abenteuer, meinst du nicht?" Seine Augen funkelten und Nell schluckte schwer. Wenn er sie weiterhin so ansah, würde sie nicht dafür garantieren können, dass sie ihren Mund heute besser unter Kontrolle hatte.

Schließlich erhob sich Dylan. „Also dann, ich gehe mich mal ein bisschen abkühlen, solltest du auch mal machen."

Er marschierte zum Rand des Beckens und Nell konnte die Augen nicht von seinem Rücken loseisen. Seine breiten Schultern, die Muskeln, die sich entlang seines Rückens abzeichneten und die geschmeidige Bewegung, die er beim Gehen machte, ließen ihr Herz höherschlagen. Was war verdammt nochmal los mit ihr? Sie beobachtete, wie Dylan mit einem Kopfsprung ins Wasser sprang und einen kurzen Moment abtauchte. Sie nutzte den Moment, zog ihren Bademantel aus, machte es sich auf der Liege gemütlich und schloss einen kurzen Augenblick lang die Augen. Doch sie hatte die Rechnung ohne Dylan gemacht. Plötzlich spürte sie einen dunklen Schatten über sich und kaltes Wasser tropfte auf ihren Körper. Sie zuckte vor Schreck zusammen und im gleichen Moment erblickte sie ihn, der sie ohne Mühen auf die Arme hob und sie mit zum Wasser trug. Nell quiekte laut.

„Dylan, nein! Ich muss mich erst an das Wasser gewöhnen. Hast du schon mal gehört, dass man einen Schock erleiden kann, wenn man direkt ins kalte Wasser geworfen wird?"

Sie wand sich in seinen Armen, doch er hielt sie, als wäre sie federleicht und eine Braut, die man über die Türschwelle des gemeinsamen Hauses trug.

„So kalt ist das Wasser nicht", erwiderte er lediglich, bevor er sie unsanft hineinwarf. Nell schrie kurz, ehe ihre Laute vom Wasser erstickt wurden und sie abtauchte. Wenig später schoss sie wieder an die Oberfläche und schnappte nach Luft. Dabei merkte sie, dass Dylan ebenfalls im Wasser war und sich mit den Armen am Beckenrand abstützte. Er beobachtete sie lachend und sie stieß ihn mit einer Faust gegen den Arm.

„Das war nicht in Ordnung von dir!" Sie angelte nach dem Rand des Beckens und stützte sich ebenfalls ab.

Dylan lachte schallend. „Sei nicht so eine Spießerin. Hast du etwa gedacht, ich lasse dich dort liegen und entspannen?"

„Eigentlich hätte ich gleich das Schlechteste denken müssen", konterte Nell und schüttelte lächelnd den Kopf.

Das Wasser war angenehm warm und fühlte sich auf der Haut wohltuend an, doch als sie neben Dylan am Beckenrand lehnte und sich ihre Arme leicht berührten, breitete sich eine Gänsehaut auf ihrem Körper aus. Dylan spürte dieselbe Spannung zwischen ihnen und stieß sich mit einem Ruck vom Rand ab. „Komm, lass uns ein paar Bahnen schwimmen", schlug er vor und Nell folgte ihm mit wild klopfendem Herzen. Was machte dieser Mann nur mit ihr?

Nachdem sie einige Bahnen zurückgelegt hatten, zog es sie in den hinteren Teil des Poolbereiches – den Whirlpool. Gemeinsam hatten sie sich gegenüber voneinander niedergelassen und genossen das warme Wasser. Nell verschnaufte etwas von den Metern, die sie geschwommen war und war froh, dass sie ihren müden Gliedern Erholung geben konnte.

„War doch eine gute Idee von mir, hierher zu kommen, oder?", durchbrach Dylan die angenehme Stille und entlockte Nell ein Kichern.

„Du möchtest jetzt unbedingt ein Lob von mir hören, richtig? Also schön, es war eine sehr gute Idee von dir."

„Einen Moment, ich setze dem Ganzen noch einen drauf", sagte Dylan dann und verschwand schwungvoll aus dem Whirlpool.

Nell schaute kurz auf, versuchte aber, einen Augenblick die Ruhe zu genießen und das blubbernde Wasser an ihrem Rücken zu spüren.

Kurz darauf kam Dylan wieder, in der Hand die Flasche Rotwein und zwei Pappbecher. Nell gluckste, als er ihr einen Becher hinhielt. „Sehr luxuriös, danke. Wo hast du die überhaupt her?"

„Ich dachte mir, es wäre immer noch besser, als aus der Flasche zu trinken. Außerdem habe ich die Becher vom Büfett mitgenommen. Die sind zwar für Kaffee und heißen Tee gedacht, aber für unsere Zwecke bestens geeignet, Cheers!"

Sie stießen an und der Wein schmeckte, obwohl Nell noch vor wenigen Stunden zu viel davon getrunken hatte, bemerkenswert gut. Sie stellten ihre Becher auf dem Rand des Pools ab und genossen die Ruhe, die Dylan allerdings erneut durchbrach.

„So müssen sich reiche Leute fühlen."

„Meinst du, dass sie morgens im Whirlpool sitzen und Wein trinken?"

„So stellte ich mir das Reichsein zumindest vor."

„Also auf den Wein könnte ich verzichten, aber an so einen Pool könnte ich mich tatsächlich gewöhnen", seufzte Nell und beobachtete Dylan einen Moment.

„Wird jemand auf dich warten, wenn du nach Hause kommst?", platzte es dann aus ihr heraus und sie erschrak angesichts der Tatsache, dass sie sich auf gefährlichem Terrain befand. Sie war die Letzte, die so etwas fragen durfte, aber eventuell könnte es ihr helfen, darüber nachzudenken, was sie tun sollte. Greg den Laufpass geben?

Dylan schmunzelte schließlich und wischte sich ein bisschen Wasser aus dem Gesicht, welches ihm von den Haaren tropfte. „Bis auf meine nervige Nachbarin Mrs Nickels, die mich ständig darauf hinweist, dass ich meine Waschmaschine zu lange laufen lasse, anstatt den Stromsparmodus zu nutzen? Nein, niemand.“

Nell kicherte. „Und wie sah es bei dir in der Vergangenheit aus? Irgendwelche Verflossenen?“

Dylan tat, als würde er lange nachzählen müssen, was Nell ungläubig aufhorchen ließ. Schließlich lachte er und schüttelte den Kopf. „Drei müssten es gewesen sein. Drei Frauen. Oder nee, eher zwei. Immerhin kann ich Veronica kaum als Freundin zählen, denn wir waren noch im Kindergarten.“

Nell prustete, als sie gerade einen Schluck aus ihrem Becher trinken wollte. „Okay, Kindergartenliebe mal ausgenommen. Wer noch?“

„Claudia, etwa zwei Jahre lang. Aber ziemlich engstirnig und karrierebesessen“, erzählte er, als würde er über das Wetter sprechen.

Nell schluckte kurz. Das kam ihr sehr bekannt vor.

„Und dann war da noch Linda. Mit ihr war ich etwa vier Jahre zusammen. Wobei man das Wort *zusammen* hier interpretieren kann, wie man will. War mehr so eine On-Off-Beziehung. Sie wollte aus England weg, ich hingegen wollte hier sesshaft werden. Dann hat sie ihr Glück für ein paar Wochen in Schottland probiert, keinen Job gefunden und kam wieder. Na ja, das zog sich dann eine Weile so hin, bis ich genug davon hatte. Außerdem hatte sie es nicht so mit der Ehrlichkeit, verstehst du?“

„Wie meinst du das?“

„Ich weiß, dass sie mich ein ums andere Mal betrogen hat. Immer dann, wenn sie meinte, dass nun endgültig Schluss sei bei uns. Aber sie kam jedes Mal wieder.“

Nell stockte kurz. „Und du hast ihr verziehen, dass sie dich belogen und betrogen hat?“

„Großer Gott, nein! Sie hat es mir erst ganz haarklein geschildert, als ich Schluss gemacht hatte. War wohl ein kleiner Racheakt oder so. Auf jeden Fall schien es ihr echt Spaß zu machen, mir die Einzelheiten zu erzählen.“ Dylan tat das Ganze ab, als sei es längst nicht mehr wichtig und Nell spürte eine Schwere im Magen. Immerhin hatte sie das Gefühl, als würde sie ihn ebenfalls betrügen. Und Greg auch. Himmel, was war das nur für ein Chaos! Und viel schlimmer: Was war sie nur für ein Mensch, dass sie so etwas tat?

„Ich kann mit diesen ganzen Lügen nichts anfangen“, erzählte Dylan dann und blickte sie schließlich fest an.

Nell fühlte sich ertappt und begann zu stottern. „Ja … also … wichtig ist, dass man ehrlich ist und es sich gut anfühlt.“ Gott, ging es noch belangloser, dachte sie, verärgert über sich selbst.

Plötzlich kam Dylan mit einem Schwung zu ihr herüber und umschloss sie, indem er rechts und links die Arme auf dem Rand ablegte. „Für mich fühlt es sich jetzt schon gut an“, raunte er, ehe seine Lippen ihre berührten und sie sich, wie schon am Abend zuvor, küssten. Das Wasser, sein warmer Körper auf ihrer Haut, erregten sie und sie seufzte unter seinem Kuss. Ihre Hände glitten an seinem Bauch auf und ab, tasteten sich bis zum Rücken entlang und schließlich grub sie ihre Finger in seine Schultern. Wieder schmeckte er nach Rotwein und plötzlich musste Nell kichern. Er ließ fragend von ihr ab. „Was ist so lustig?"

„Nichts, es ist nur wieder dieser Rotwein. Ich habe deine Lippen bisher noch nicht ohne den Geschmack von Wein erlebt. Abgesehen von dem Kuss in der Waldhütte."

Auch Dylan schmunzelte und kam ihr wieder bedeutend näher. „Na ja, morgen ist ja auch noch ein Tag. Vielleicht trinke ich da mal nichts, dir zuliebe. Dann kannst du den Test machen, was dir besser gefällt."

Nells Bauch kribbelte und sie zog ihn aus einem Impuls heraus wieder fester an sich. Seine Lippen hatten eine solche Anziehungskraft auf sie, die sie sich selbst kaum erklären konnte. Auch Dylans Hände wanderten an ihrem Körper entlang. Forschend, als wollte er jeden einzelnen Zentimeter davon ganz genau kennenlernen. Als er dieses Mal von ihr abließ, hatte er dasselbe Funkeln in den Augen, wie schon vorhin auf dem Liegestuhl. Er griff nach ihren Händen und zog sie mit sich.

„Was hast du vor?", fragte Nell, vom Kuss noch ganz benebelt. Ihre Lippen bebten, fühlten sich geschwollen und kribbelig an. „Frag nicht immer so viel, komm einfach mit", entschied er und führte sie zu den Liegestühlen. Dort zogen sie sich ihre Bademäntel an, griffen nach ihren Sachen und liefen Hand in Hand den Korridor entlang zu den Aufzügen.

„Kannst du mir bitte verraten, was du vorhast?", drängte Nell und sah sich schuldbewusst um. Hoffentlich beobachtete sie niemand, wie sie tropfnass, in Bademänteln, durch das Schloss geisterten. Sie folgte ihm bis nach oben in sein Zimmer. Immer wieder blickte sie sich zu allen Seiten um, dass ihnen niemand begegnete.

Dann stolperten sie lachend wie zwei verliebte Teenager in sein Zimmer.

Mit wild klopfendem Herzen stand Nell da und ließ Dylan, der entschieden das Zepter übernommen hatte, gewähren. Langsam schälte er ihr den Bademantel vom Körper, bedeckte ihre Schulter mit Küssen, arbeitete sich an ihrer Halsbeuge nach oben und legte seine Lippen auf ihre, während er sich ebenfalls seines Mantels entledigte. Dann packte er sie und trug sie zu seinem Bett. Ihre Haare und ihr Körper waren noch nass, doch das war ihnen egal. Ineinander verschlungen lagen sie auf dem großen Doppelbett und berührten einander. Nells Körper bebte und sie spürte eine ungeahnte Lust. Immer wieder blickte Dylan beinahe schon raubtierhaft an ihrem Körper entlang und seufzte erleichtert, als hätte er sich seit Ewigkeiten nach nichts anderem gesehnt. Als er begann, sie von ihrem feuchten Bikini zu befreien, war es voll und ganz um sie geschehen und alle negativen Gedanken und Gefühle um sie herum waren verraucht, als hätte es sie niemals gegeben.

Kapitel 27

Sie lagen nebeneinander in Dylans Bett. Die Sonne schien durch das Fenster, als würde sie die beiden ins Rampenlicht rücken wollen. Sie hatten die Decken um sich geschlungen und die Augen geschlossen. Nell ruhte mit ihrem Kopf auf Dylans Brust, die sich im angenehmem Rhythmus stetig hob und senkte. Sein Herz schlug schneller, als sie ihre Hand auf seinem Bauch kreisen ließ. Ein wohliges Gefühl breitete sich in ihr aus und sie drückte sich noch näher an ihn. Dylan hatte einen Arm hinter dem Kopf verschränkt und den anderen um sie gelegt. Mit dem Daumen streichelte er ihr andächtig den Arm auf und ab.

„Meinst du, wir sollten jetzt darüber reden?", fragte er leise, bewegte sich aber nicht.

Nell schüttelte leicht den Kopf und lächelte. „Ich denke, das brauchen wir nicht. Wir sind erwachsen und wissen schließlich, was wir getan haben. Und zudem war ich heute nicht betrunken." *Jetzt bloß nicht diese schöne Szene mit nervigen Gedanken oder Schuldgefühlen verderben,* schalt sie sich.

„Wow, eine Frau, die nach dem Sex mit einem Mann keine Szene macht. Beeindruckend."

Sie gab ihm einen Stoß auf den Bauch. „Dafür dulde ich keine frauenfeindlichen Bemerkungen."

„Es war doch aber eher ein Lob“, verteidigte er sich.

„Wenn du damit allerdings die Frauenwelt in ein schlechtes Licht rückst, ist es keins mehr“, protestierte Nell.

Resigniert hob Dylan die Hand an ihrem Arm. „Du hast gewonnen. Ich nehme es zurück. Ich lege mich mit dir besser nicht an.“

„Hättest du früher auch mal sagen können. Das hätte mir das Leben um einiges erleichtert.“ Eigentlich hatte sie es wie einen Scherz klingen lassen wollen, doch plötzlich spürte sie, dass Dylan von ihr abließ und sich mit dem ganzen Körper in ihre Richtung wandte. Sein Blick war ernst und sie hatte das Gefühl, etwas völlig Unpassendes gesagt zu haben.

„Du bist immer noch sauer auf mich“, stellte er fest.

„Sagen wir, ich bin *nicht mehr* sauer auf dich.“

„Aber ich habe dir sehr wehgetan.“ Dylan schien mit einem Mal jedes einzelne Wort, was er ihr damals an den Kopf geworfen hatte, jede noch so kleine Beleidigung, zutiefst zu bereuen und Nell erkannte Scham in seinen Augen. Es tat ihm aufrichtig leid.

„Ist schon okay. Das haben wir hinter uns gelassen“, beschwichtigte sie und versuchte, alle schlechten Gedanken von damals in die hinterste Ecke ihres Gehirns zu verbannen.

„Nein, ist es nicht. Ich habe mich früher wie ein Riesenarschloch benommen …“

„Und ich verstehe jetzt auch warum“, fiel sie ihm sanft ins Wort und bettete ihren Arm unter dem Kopf. Sie strich mit ihrem Finger über seine Brust, doch sie spürte einen tiefsitzenden Schmerz in ihm.

„Trotzdem hattest du das nicht verdient. Im Grunde wusste ich einfach nicht anders mit dir umzugehen." Er stockte einen Moment und schaute an ihr vorbei, als suchte er nach den richtigen Worten.

Nell stutzte. „Wie meinst du das?"

Schnaubend zog er sie etwas näher an sich und legte einen Arm um ihre Taille. Sie lagen sich nahe gegenüber und schauten sich an. „Halte mich für einen Vollidioten, aber ich habe schon früher immer Gefallen an dir gefunden, aber ich fand den Gedanken einfach schrecklich."

Nell erblasste. „Autsch, wieder so ein Kompliment, was eine Frau besser nicht hören möchte."

„Nein, so meine ich das nicht." Dylan lachte unsicher. „Verstehst du, ich fand dich echt gut. Ich habe es geliebt, dich zu ärgern. Deine roten Wangen, wenn du dich aufgeregt hattest ... und ich wusste einfach nicht, wie ich deine Aufmerksamkeit anders hätte erregen können. Auch wenn ich dir damit sehr wehgetan hatte, wusste ich es einfach nicht besser. Zu Hause bekam ich immerhin auch Aufmerksamkeit, wenn ich Mist baute und plötzlich wurde ich wahrgenommen. Dass ich dich allerdings nur verschreckt hatte ... ich war einfach zu blöd, um das zu merken. Und als du dich dann immer weiter von mir abgewandt hast, wurde ich umso wütender und hatte das Gefühl, dass du ..."

Er hielt einen Moment inne und Nell beobachtete ihn. Sie bemerkte den Schmerz, der sich auf seinem Gesicht abzeichnete, wenn er an seine Kindheit dachte. Vorsichtig legte sie eine Hand auf seine Schulter.

„… Ich hatte das Gefühl, dass du im Grunde nicht anders bist als meine Eltern. Eine Person, die nichts mit mir zu tun haben wollte, weil ich nicht gut genug war.“

„Aber das ist doch… ", fuhr Nell entsetzt auf, doch Dylan hob eine Hand, um sie zu unterbrechen.

„Ich weiß. Ich weiß, aber es war damals wirklich hart zu Hause und deine verständliche Wut auf mich hat es in dem Moment nicht besser gemacht. Ich habe mir immer wieder eingeredet, wie ätzend du eigentlich bist. Ich schätze, ich habe mich verrannt. Ich weiß auch nicht … Jedenfalls möchte ich mich bei dir entschuldigen, Nell. Was ich dir angetan habe, war heftig und lässt sich auch bestimmt nicht einfach so verzeihen. Ich habe dir die Schulzeit versaut.“

„Du hast mich in gewisser Weise auch stärker gemacht“, wandte Nell leise ein und spürte das beklemmende Gefühl von damals. Wie sehr hatte sie Dylan gehasst für all die Streiche, die bösen Kommentare, wenn sie im Unterricht etwas von sich gegeben hatte. Irgendwann jedoch hatte sie gelernt, ihn einfach zu ignorieren. Seine nervige Stimme auf stumm zu stellen. Vielleicht hatte sie daher auch Gregs fiese Sticheleien häufig einfach nicht gehört.

„Ja, vielleicht“, pflichtete Dylan ihr bei und gab ihr einen Kuss auf die Stirn. „Dennoch möchte ich mich ganz aufrichtig und vermutlich auch viel zu spät für all das, was damals vorgefallen ist, entschuldigen.“

Nell lächelte. „Ich habe dir schon lange verziehen. Ab dem Moment, als du mir im Wald von Maria erzählt hast, habe ich das getan. Du warst ein unverstandener Junge und ich scheinbar leichte Beute.“

„Nein, du warst keine leichte Beute, sondern ein echt harter Brocken", lachte er dann. „Aber vielmehr warst du meine heimliche Schulliebe."

Nell wurde rot und lachte unsicher. „Um Himmels willen, du hast eine echt miese Art, deine Gefühle zu äußern."

Sie kuschelten sich dichter aneinander. „Ich bin froh, dass du mir von deiner Schwester erzählt hast", sagte Nell dann und spürte, wie sich Dylans Körper einen Moment verkrampfte. „So konnte ich dich zumindest besser verstehen und es zeigt mir, was für ein Mensch du bist."

„Und was bin ich für ein Mensch?"

„Jedenfalls nicht der schlechte, für den du dich hältst."

„Das beruhigt mich. Und für was für einen hältst du mich nun?", hakte er neugierig nach.

„Für einem sehr sensiblen. Und das finde ich so faszinierend an dir. Du hast eine echt harte Schale, aber einen verdammt weichen und humorvollen Kern." Sie kicherte und atmete den Duft nach Chlor, der noch immer an seinem Körper haftete, ein.

„Ich kann dir zeigen, was für einen weichen Kern ich wirklich habe", flüsterte er dann und küsste sie sanft, ehe seine Finger unter die Bettdecke wanderten, um dort weiterzumachen, wo sie vor einigen Minuten aufgehört hatten.

Stunden später empfing Dylan sie wie gewohnt in der Eingangshalle. Nachdem sie noch eine Weile auf seinem Zimmer verbracht und sich dazu entschieden hatten, am Abend gemeinsam zu essen, beschloss Nell, dass es eine gute Idee war, sich in ihr Zimmer zurückzuziehen, um sich für den Abend in Schale zu werfen. Sie war noch immer ganz beschwingt von dem Tag, von der Zeit, die sie mit Dylan verbracht hatte und vom Sex. Gott, sie hatte Sex mit ihm gehabt! Ihre Wangen färbten sich rot, als sie daran zurückdachte, wie schön es gewesen war. Wie gefühlvoll, spannend und neu.

Als Dylan sie unten in der Eingangshalle aufgabelte und ihr zulächelte, spürte sie erneut dieses vorfreudige Kribbeln im Bauch. Sie küssten sich zur Begrüßung und Dylan pfiff anerkennend, als er sie mit seinen Blicken scannte. „Wow, du siehst wahnsinnig gut aus.“

„Du aber auch“, gab sie lächelnd zurück und befühlte sein dunkelrotes Hemd, was an seiner Brust leicht spannte. Sie hakte sich in seinem Arm ein und folgte ihm zum Restaurant.

Sie wollten gerade in den Speisesaal, der von leiser Hintergrundmusik erfüllt war, da wurde Nell plötzlich von der Seite am Arm gepackt. Erschrocken fuhr sie herum und blickte Lucy direkt in die weitaufgerissenen Augen.

„Lucy! Hast du mich erschreckt.“

„Gott sei Dank, da seid ihr ja! Ihr müsst mir unbedingt helfen.“

Nell und Dylan sahen sich kurz an. „Helfen? Wobei?“

„Mit dem da.“ Lucy deutete mit dem Daumen hinter sich auf einen Mann mit einem braunen Cordanzug und so stark polierten Schuhen, dass man diese hätte als Spiegel benutzen können.

„Belästigt er dich?“, fragte Dylan entsetzt und warf dem Mann einen finsteren Blick zu. Dieser saß am Tisch und studierte die Speisekarte.

„Nein, kann ich so nicht sagen. Er belästigt mich, wenn überhaupt, mit seiner schrecklichen Art. Könnt ihr euch bitte zu uns setzen? Ich überlebe den Abend sonst nicht. Oder er, je nachdem …"

„Lucy", unterbrach Nell sie und versuchte, ihre leise Stimme beizubehalten. „Erklär mir jetzt bitte, wer das ist und was du mit ihm zu tun hast."

Lucy seufzte und ließ die Schultern hängen. „Ich habe ihn gestern Abend hier an der Bar kennengelernt. Er war superlustig, charmant und hat auch echt was auf dem Kasten."

„Klingt ja schrecklich", warf Dylan ein und Nell boxte ihm leicht gegen den Arm.

„Ist es auch", stimmte Lucy ihm zu, „denn wie sich herausstellte, war er komplett betrunken. Deshalb war er auch so aufgeschlossen und witzig. Ich wollte ihn unbedingt noch besser kennenlernen. Er hat mir echt gefallen. Ich habe ihn dann gefragt, ob wir uns heute erneut sehen wollen. Wir haben uns dann heute am späten Nachmittag schon getroffen und plötzlich war er die Ausgeburt eines Snobs!"

„Weil er nüchtern war?", hakte Nell nach, die nicht ganz verstand.

„Ja!", rief Lucy laut und fasste sich schnell wieder. „Der Typ ist einfach schrecklich! Und dann habe ich ihn gefragt, ob wir nicht was trinken wollen, damit er mal wieder ein bisschen locker wird, aber der wehrt sich mit Händen und Füßen! Will nichts trinken, das sei was für Willenlose und so weiter."

„Wie kam es dann, dass er gestern betrunken war?", wollte Dylan dann mit Blick auf den Mann wissen.

„Ich habe ihm einen Cocktail mitbestellt und vielleicht hatte ich vergessen zu erwähnen, dass Alkohol drin war. Jedenfalls kann der Typ nichts ab und war schon nach einem halben Glas voll wie eine Natter.“

Nell gluckste auf vor Lachen.

„Bitte, setzt euch zu uns. Ich ertrage seine Anwesenheit allein nicht länger.“

„Also eigentlich …“, setzte Nell leise an und schaute kurz zu Dylan, der sie mit seinem Blick ermunterte, eine gute Ausrede zu finden, „… wollten wir heute Abend …“

„Einer Freundin dabei helfen, nicht zur Mörderin zu werden?“, schnitt Lucy ihr hoffnungsvoll das Wort ab und entlockte Nell schließlich ein resigniertes Seufzen. Den Dackelblick beherrschte Lucy wirklich gut. Wieder schaute sie kurz zu Dylan, der jetzt ebenfalls widerwillig nickte. „Also gut, dann setzen wir uns zu euch.“

Lucys Blick erhellte sich. „Wirklich? Oh Gott sei Dank! Ich bin froh, wenn der Abend vorbei ist.“

Sie folgten Lucy zum Tisch, wo sie von dem Cordanzug-Mann mit einem fragenden Blick in Empfang genommen wurden.

„Bertram, das sind meine Freunde Nell und Dylan“, stellte Lucy die beiden überschwänglich vor.

Bertram, der seine Brille so tief auf der Nasenspitze trug, dass Nell nur darauf wartete, dass sie ihm aus dem Gesicht fiel, nickte den beiden lediglich zu und räusperte sich. Vermutlich hatte er genauso wenig Lust auf Gesellschaft wie Nell und Dylan.

„Freut uns“, antwortete Nell mit einem freundlichen Lächeln, hatte aber Mühe, dies beizubehalten, als Bertram sich kommentarlos seiner Speisekarte widmete.

Lucy blickte entschuldigend zwischen Dylan und Nell, die sich gegenübergesetzt hatten, hin und her und zuckte die Achseln. „Und wie war euer Tag so?", quiekte sie dann fröhlich.

„Ganz nett", antwortete Nell knapp und rutschte nervös auf ihrem Stuhl umher. Auch Dylan schien sich alles andere als wohlzufühlen, denn er hatte eigentlich gehofft, dass sie ihre Ruhe haben würden.

„Wir haben lange gefrühstückt, waren spazieren. Na ja, das Übliche eben", tat Nell das Ganze dann mit einem Wink ab und griff eilig zur Karte. Sie ärgerte sich, denn eigentlich säße sie jetzt mit Dylan gemütlich bei Kerzenschein an einem kleinen Tisch und hätte sich wunderbar über seine Späße amüsiert. Doch nun mussten sie mit diesem Bertram an einem Tisch sitzen, der so tat, als wären sie gar nicht da.

Dylan räusperte sich schließlich. „Und ihr beide kennt euch woher genau?", hakte er mit einem hämischen Grinsen nach, wofür Lucy ihn mit einem vernichtenden Blick strafte. Immerhin wusste er genau, wie sie sich kennengelernt hatten, aber den Spaß schien er sich nicht nehmen lassen zu wollen.

„Wir haben uns gestern an der Bar kennengelernt", erklärte Lucy mit kurzem Blick auf Bertram, der sich nun endlich erbarmte und die Speisekarte beiseitelegte.

„Tatsächlich haben wir einen recht amüsanten Abend verbracht, denn Lucy versteht es, einen Mann mit Alkohol zu verführen", beteiligte sich Bertram dann am Gespräch.

Lucy lachte künstlich. „Es hat aber auch nicht viel gebraucht, um dich zum Lallen zu bringen."

Bertram rümpfte die Nase und suchte dann den Augenkontakt zu Dylan. „Normalerweise trinke ich keinen Schluck Alkohol. Das Zeug ist Werk des Teufels. Ich ziehe es vor, bei klarem Verstand zu sein, wenn ich mich mit meinen Mitmenschen unterhalte." Er rückte seine kugelrunde Brille zurecht und strich sich durch seine stark nach hinten gegelten Haare.

Nell wunderte sich, dass Bertram nicht automatisch lächelte, so stark, wie seine Haare sein Gesicht nach hinten zogen.

Lucy rollte neben ihm mit den Augen und versank hinter ihrer Speisekarte. Nell bemühte sich, nicht laut loszulachen und versteckte sich ebenfalls hinter dem Menüangebot. Sollte Dylan sich doch mit ihm unterhalten, mit Nell würde er vermutlich eh kein Wort wechseln, denn bisher hatte er immer nur Dylan in Augenschein genommen.

„Die Kunst ist es doch, etwas trinken zu können und dennoch die Kontrolle über sich zu behalten, oder nicht?", scherzte Dylan und suchte Zustimmung bei den Frauen, die lediglich schmunzelten.

„Na ja, das ist wohl Ansichtssache", gab Bertram leise zurück und hielt nach dem Kellner Ausschau. „Habt ihr gewählt? Dann können wir ja bestellen."

Eigentlich war Nell gerade einmal auf der ersten Seite beim Begrüßungswort angelangt, wollte aber nicht den Zorn Bertrams auf sich ziehen und nickte schließlich, während sie hastig zu den Pasta Gerichten blätterte und sich im letzten Moment für Penne mit Pesto und einen Weißwein entschied. Sehr zum Entsetzen der anderen, die sich konfliktscheu ein alkoholfreies Getränk bestellt hatten. Dieser Mann war gruselig und Nell konnte verstehen, warum Lucy nicht mit ihm allein sein wollte.

Das Essen verlief eher schweigend. Bertram gab immer wieder abwertende Kommentare von sich, die von der Temperatur des Mineralwassers über die Größe der Vorspeise bis hin zum Blattgemüse seines Hauptganges reichten. Kaum vorstellbar, dass sein Kopfsalat, der lediglich als Deko auf dem Teller fungierte, einen minimalen braunen Strich an einer Ecke aufwies! Lucy versank immer mehr in ihrem Stuhl und gähnte zum wiederholten Male lautstark. „Ach herrje, was für ein anstrengender Tag. Ich werde mich direkt nach dem Essen in mein Bett begeben müssen."

„Und ich werde mich direkt nach dem Essen erhängen", flüsterte Dylan Nell zu, die sich daraufhin an ihrem Wein verschluckte und lauthals lachen musste. Bertram verzog nur abschätzig eine Augenbraue, als wollte er noch einmal betonen, was Alkohol aus Menschen machte. Nell wäre das beste Beispiel dafür.

„Und, Berti? Ich darf dich doch Berti nennen, oder?", begann Dylan dann ein heiteres Gespräch.

„Ich ziehe es vor, wenn man mich bei meinem vollen Namen nennt. Daher lautet die Antwort: nein. Bertram bitte."

Dylan schluckte kurz und griff nach Nells Glas, aus dem er sich einen großen Schluck Wein gönnte. Dann stellte er mit Nachdruck das Glas wieder ab. „Okay, Bertram! Also, was machst du so beruflich?"

„Ich bin Archivar des *Widdingham Museums*. Das Museum für Geschichte ab dem 16. Jahrhundert", erklärte er mit nasaler Stimme und rückte erneut seine Brille zurecht, als würde er sich bereitmachen, gleich einen langweiligen Vortrag zu halten. Nell hoffte inständig, dass die Brille ihm ins Essen fiel.

Dylan nickte wissend. „Natürlich. Das ist bestimmt sehr spannend."

„Nicht nur spannend, sondern auch lehrreich. Gerade die jungen Leute halten sich ja heutzutage von allem fern, was mit Bildung zu tun hat. Mein Job ist es, ihnen anhand der Infotexte auf verständliche Weise die Geschichte unserer Vorfahren näherzubringen."

Nell nickte anerkennend, war sich aber sicher, dass kein Schüler der Welt sich von diesem Mann etwas über die Geschichte beibringen wollen lassen würde. So einschläfernd, wie er sich hier am Tisch gab, etwa doppelt so schlimm, schätzte sie ihn bei der Arbeit ein. Gott, wann war dieser Abend endlich vorbei?

Nell zählte die Minuten, bis sie die Nachspeise hinter sich gebracht hatten. Um Himmels willen, der Abend war komplett steril und eintönig verlaufen. Bertram hatte sich strikt dagegen entschieden, ein Lächeln hervorzubringen und Lucy blickte apathisch wie ein Versuchskaninchen hin und her und schien sich zu fragen, wann das Ganze endlich ein Ende nehmen würde. Dylan hingegen schien das Theater zu genießen. Immer wieder stellte er Bertram Fragen, woraufhin er mit einer versnobten Antwort rechnen konnte.

Gerade als der Kellner die leeren Teller abräumte, streckte Lucy sich auch schon lauthals gähnend. „Ich sag euch, Leute, ich muss unbedingt ins Bett."

Nell schielte auf ihre Armbanduhr. Es war gerade mal halb neun.

Bertram hingegen schien sich davon nicht beeindrucken zu lassen und schaute Dylan fragend an. „Wie wäre es mit einer kubanischen Zigarre im Blauen Salon?“

Alle am Tisch zogen fragend die Brauen hoch.

„Du rauchst?“, quiekte Lucy. „Ich denke, du bist ein Gegner jeglicher Genussmittel.“

Er zog eine Packung teuer aussehender Zigarren hervor. „Jeder hat so sein Laster, oder etwa nicht?“ Herausfordernd schaute er Lucy an. „Außerdem ... nur weil ich nichts trinke, heißt das nicht, dass ich nicht mal eine Zigarre genießen kann. Immerhin verliere ich dadurch nicht die Kontrolle über mein Bewusstsein. Also Dylan?“

„Eigentlich wollten wir ...“ Dylan blickte Nell fragend an, die nur hilflos den Kopf schüttelte.

„Keine Widerrede. Du wirst ja wohl eine halbe Stunde Zeit aufbringen können. Die Damen sind ohnehin, wie nun mehrmals angedeutet, höllisch müde.“

„Ich hab nie gesagt, dass ich ...“, wollte Nell protestieren, doch Lucy versetzte ihr unterhalb des Tisches einen Tritt ans Schienbein und ließ sie mit ihrem Blick verstummen. Nell räusperte sich. „Stimmt. Ich kann mich kaum auf den Beinen halten.“

Langsam erhoben sich die Frauen und Nell blickte auf Dylan herab, der sie hilfesuchend ansah.

„Du kannst ja später in mein Zimmer kommen“, gab Nell zuckersüß von sich und zwinkerte ihm zu.

Dann krallte sich Lucy auch schon Nells Arm und verabschiedete sich, noch einmal lautstark gähnend, von den Männern.

Als sie in die Empfangshalle kamen, atmete Lucy aus. „Um Himmels willen! Das war schrecklich.“

„Ja, es war schrecklich von dir, uns darum zu bitten, uns dazuzusetzen.“

„Ach, komm schon, du hättest mich unmöglich allein dort mit ihm sitzen lassen können. Immerhin scheint er nun zu wissen, dass ich kein Interesse an ihm habe. Aber auf Dylan scheint er ein Auge geworfen zu haben.“ Sie kicherte.

„Der Ärmste“, entgegnete Nell und verfluchte diesen Bertram, der für sie nun alle Chancen auf einen romantischen Abend mit Dylan zunichtegemacht hatte.

„Was hast du jetzt an deinem einsamen Abend vor?“, wollte Nell dann wissen, in der Hoffnung, dass sie noch ein wenig Zeit miteinander verbringen könnten, wenn sie nun schon auf Dylan verzichten musste.

Lucy lächelte ihre Freundin entschuldigend an. „Am liebsten würde ich mit dir noch die Hotelbar unsicher machen, aber als wir am Tisch saßen, habe ich einen Anruf bekommen, den ich weggedrückt habe. Es war meine Mum. Sie hatte mich bisher noch nicht einmal versucht anzurufen. Entweder ist etwas Schlimmes passiert oder sie will wissen, wie es mir geht, damit sie ihren Freundinnen von meinem ach so schlechten Zustand erzählen kann. Keine Ahnung“, seufzte sie und Nell bemerkte die Traurigkeit in Lucys Augen. „Jedenfalls sollte ich mal zurückrufen und so ein Telefonat mit meiner Mum kann dauern.“

Nells Stimmung sank noch ein Stückchen weiter. Auch wenn das kaum noch möglich war. Dennoch versuchte sie, es sich nicht anmerken zu lassen.

„Schon gut, das geht auf jeden Fall vor. Ich hoffe, dass es nichts Schlimmes ist."

„Es tut mir total leid, dass ich deinen Abend so ruiniert habe." Lucy legte Nell eine Hand auf die Schulter, doch sie winkte ab.

„Ist schon in Ordnung. Immerhin war es für einen guten Zweck."

Lucy lächelte erleichtert. „Also gut ... dann ... ich verschwinde mal aufs Zimmer und hoffe, dass dieser Bertram deinen Dylan bald freigibt. Gute Nacht, Nell. Wir sehen uns morgen", verabschiedete sie sich schließlich.

Nell hoffte nur, dass Dylan bald nachkommen würde, denn sie hatte nicht vorgehabt, den Abend allein ausklingen zu lassen.

Etwa drei Stunden später klopfte es an ihrer Zimmertür. Müde rieb sie sich die Augen und schälte sich aus dem Bett. Als sie Dylan verschlafen die Tür öffnete, funkelte sie ihn finster an. „Hat der Herr es geschafft, die Zigarre aufzurauchen? Wie groß war sie denn, dass du drei Stunden daran ziehen musstest?"

Sie ließ ihn stehen und kroch zurück ins Bett. Sie hatte drei Stunden allein auf ihrem Zimmer verbracht, Serien geguckt und war irgendwann schließlich eingeschlafen, immer in der Hoffnung, dass Dylan jeden Moment kommen würde. Als er sie jetzt sah, machte er ein zerknirschtes Gesicht. „Tut mir leid. Ich habe ein bisschen die Zeit vergessen."

„Mit Bertram? Da vergisst man nicht die Zeit. Da hat man die Uhr ganz genau im Blick!"

Dylan lachte und zog sein Hemd aus, das stark nach Zigarrenrauch roch. „Es war so schrecklich mit ihm, dass ich ihn dazu überreden konnte, einen edlen Tropfen Whisky zu trinken. Und na ja ... Lucy hatte recht: Der Typ verträgt rein gar nichts.“

„Du hast ihm noch einen Drink aufgeschwatzt? Ich dachte, dein Plan wäre, dass du die Zigarre in Rekordzeit inhalierst und dann aufs Zimmer kommst.“

„Tut mir echt leid“, entgegnete Dylan und verzog das Gesicht, sodass Nell ihren Ärger herunterschluckte. Seufzend fragte sie: „Und wie hast du es geschafft, ihn auf einen Whiskey einzuladen?“

„Ich habe ihm klargemacht, wie gut ein Drink zu einer Zigarre passt und dass es eigentlich dazugehört, um den vollen Genuss zu erhalten.“ Achselzuckend schlüpfte er aus seiner Hose und marschierte ins angrenzende Badezimmer.

„Okay für dich, wenn ich deine Zahnbürste benutze?“, fragte er im Vorbeigehen und noch ehe sie antworten konnte, hörte sie schon, wie er sich im Bad daran bediente.

„Natürlich, kein Problem. Ich teile meine Zahnbürste liebend gerne“, seufzte sie und kuschelte sich schnaubend ins Bett.

Der Abend war anders geplant gewesen und dass Dylan nicht mehr ganz nüchtern war, roch sie aus meilenweiter Entfernung.

Dylan ließ sich kurz darauf ächzend ins Bett fallen und legte erschöpft einen Arm über die Augen. „Puh, was für ein Abend!“

„Wem sagst du das“, erwiderte Nell leise.

Dylan bemerkte ihren Tonfall und wandte sich zu ihr. Sie blickte auf seinen starken Oberkörper, bei dem sie den ganzen Tag schon eine heftige Anziehung verspürt hatte. Doch Dylans Augen nach zu urteilen, war er unglaublich müde. Mit Sicherheit war es nicht nur bei einem Drink geblieben.

„Tut mir wirklich leid wegen des Abends. Bertram ist gar nicht mal so übel, wenn er erst mal was getrunken hat."

„Spricht nicht gerade für ihn, findest du nicht?"

Dylan lachte. „Hast recht."

Dann legte er einen Arm um sie und bedeutete ihr, sich an ihn zu kuscheln. Eigentlich war sie sehr enttäuscht gewesen, wie der Abend verlaufen war. Doch wer war sie, dass sie wegen dieser Sache sauer auf Dylan sein durfte? Immerhin schnürte sie ein noch viel größeres Päckchen, das sie wie eine schwere Last mit sich trug, und zu feige war, es Dylan zu sagen. Missmutig kuschelte sie sich schließlich an ihn.

„Alles in Ordnung? Bist du noch sauer?", fragte er im Halbschlaf.

Nell zögerte kurz, schüttelte dann aber den Kopf. „Nein, es ist alles gut."

Sie würde es Dylan sagen. Schon ganz bald. Vielleicht morgen. Sie würde versuchen, es ihm morgen zu sagen. Vielleicht.

„Aufstehen, Schlafmütze!", brüllte Nell heiter durch das Zimmer und riss die Vorhänge beiseite. Die Sonne strahlte direkt in Dylans Gesicht und er drehte sich knurrend zur Seite. „Mach das Licht aus."

„Ich kann die Sonne nun mal nicht ausknipsen", erklärte sie und warf sich zu ihm aufs Bett, was er mit einem weiteren Murren quittierte.

„Komm schon, steh auf. Ich habe Großes mit dir vor!"

Dylan vergrub das Gesicht im Kopfkissen. „Ich hoffe, es hat etwas damit zu tun, dass du mir Frühstück ans Bett bringst. Ein großes bitte! Und du solltest dabei leicht bekleidet sein."

„Entschuldigen Sie, Herr Super-Macho, aber das werde ich garantiert nicht. Wer feiern kann, der kann auch früh aufstehen und sich von seiner Freundin überraschen lassen." Sobald Nell die Worte ausgesprochen hatte, schlug sie sich die Hand vor den Mund. Was hatte sie da gerade gesagt? Von seiner Freundin überraschen lassen? Sie wünschte sich augenblicklich, die Worte zurücknehmen zu können, doch Dylan hatte schon aufgeschaut. Ein schiefes Lächeln umspielte seinen Mund. „Hast du gerade Freundin gesagt?"

Nell spürte, wie sie rot anlief. „Schätze schon. Das war unpassend ..." Zumal sie gar nicht frei war.

Dylan lachte. Der Kater war für einen Moment vergessen. „Nein, ganz und gar nicht! Du kannst öfter solche netten Sachen sagen, dann geht es mir gleich besser."

Er sah heiß aus, so verschlafen und mit zerzausten Haaren. Gott, wie sehr könnte sie sich an diesen Anblick gewöhnen. „Wenn du dich anziehst und mitkommst, kommen mir vielleicht noch mehr nette Sachen über die Lippen", tat sie das Ganze gespielt ab und verschwand hastig im Badezimmer, während Dylan ihr mit einem Lächeln hinterherblickte.

Wenig später hatte Nell es schließlich geschafft, ihn unter die Dusche zu schicken und ihn zu einem ausgiebigen Frühstück zu überreden. Die ganze Zeit über hatte sie dieses aufgeregte Flattern in Magen oder war es eher in der Brust? Sie hatte keine Ahnung, aber es kam ihr vor, als würde ihr ganzer Körper vor Freude vibrieren. Der Gedanke, sie könnte womöglich Dylans Freundin sein, gefiel ihr irgendwie. Und er konnte vielleicht sogar wahrwerden. Dafür musste sie nur noch eines tun: die Wahrheit sagen. Anfangen würde sie bei Greg, denn jetzt war sie sich sicher. Sie würde sich von ihm trennen. Dann wäre es vermutlich einfacher, Dylan im Nachgang zu sagen, dass sie in einer merkwürdigen Beziehungspause steckte, bei der sie selbst nicht genau wusste, ob sie eigentlich tun und lassen durfte, was sie wollte oder ihrem eigentlichen Freund etwas Schlimmes antat. Es würde sich schon alles klären, dachte sie bei sich und konzentrierte sich lieber auf das schöne Gefühl, welches Dylan in ihr auslöste. Ihr breites Lächeln bekam sie nicht mehr aus dem Gesicht, auch nicht, nachdem Dylan sie schon das x-te Mal gefragt hatte, was sie mit ihm vorhatte.

„Du wirst schon sehen, lass dich überraschen", sagte sie nur, während sie in ein Taxi stiegen, das Nell zum Schloss bestellt hatte.

Dylan ließ sich mit einem erleichterten Seufzen in den Sitz fallen. Er hatte schon befürchtet, dass sie ihn womöglich noch zu einer Wanderung überreden könnte, aber nachdem er gestern Abend dann doch etwas zu viel getrunken hatte, stand ihm da heute nicht unbedingt der Sinn nach.

Sie fuhren etwa zehn Minuten über ein paar enge Landstraßen, ehe sie ein verschneites Schild erreichten, an dem sie das Taxi verließen. Voller Vorfreude stieg Nell aus und grinste Dylan breit an, als dieser sich am Nacken kratzte und sich umblickte. „Wo sind wir hier?"

„Wir sind hier in Golsham, das ist eines der kleinen
malerischen Dörfchen, von dem mir ein netter Herr vor
ein paar Tagen im Schloss erzählt hat. Außerdem
wurde es im Flyer erwähnt. Es soll wunderschön und
verschlafen sein. Mit ein paar Restaurants, niedlichen
Läden und Cafés. Ich dachte, vielleicht ist es mal eine
nette Abwechslung dazu, ständig etwas im Schloss zu
unternehmen.“

Dylan sah sich noch einmal um und nickte anschließend. „Gut, okay. Ein bisschen bummeln kann ja nicht
schaden. Verschlafen passt außerdem gut zu meinem
Gemütszustand.“

„Du wirkst aber nicht sehr erfreut“, stellte Nell skeptisch fest und hakte sich unter seinem Arm ein.

„Mag daran liegen, dass ich gestern Abend zu viel getrunken habe. Außerdem ist es echt mächtig kalt
heute.“

„Du bist ja eine richtige Heulsuse!“, lachte Nell und
zog ihn euphorisch mit sich. „Komm, das wird lustig.
Ich kaufe dir auch irgendwo einen pechschwarzen Kaffee.“

Nell hatte recht behalten: Das Dorf war malerisch. Enge
Straßen aus Kopfsteinpflaster führten vereinzelt an
urigen Geschäften vorbei, deren Waren sich von getöp-
fertem Geschirr über selbstgenähte Quilts bis hin zu
handgefertigter Seife erstreckten. Nell konnte sich gar
nicht sattsehen und staunte einmal mehr, als sie an der
Dorfkirche vorbeikamen. Sie stammte, wie das Schild
am Wegesrand erklärte, noch aus dem 13. Jahrhundert.
Die Wohnhäuser waren dicht aneinandergereiht und
in bunten Farben gehalten. Beinahe alle hatten diese

altmodischen Fensterläden, die Nell an das Märchen von Frau Holle erinnerten. Hier und da erkannten sie auch ein paar Bewohner des *Eastwood Castle* und grüßten freundlich, wenn sie an ihnen vorbeischlenderten. Dylan hatte seinen Arm fest um Nell gelegt, die seine Berührungen genoss.

„Schön hier, nicht?"

Dylan nickte. „Jap, sehr schön. Aber was ist denn nun mit meinem Kaffee?"

„Du bist unmöglich!", grinste Nell und stieß ihn leicht in die Seite. „Na dann komm. Da vorne sehe ich ein kleines Café. Ich bin mir sicher, dass sie einen Kaffee für dich übrighaben."

Nach dem Kaffee fühlte Dylan sich ein wenig lebendiger und versuchte sich, Nell zuliebe, etwas am Riemen zu reißen. Sie erkundeten weiter die Straßen und sie schien ganz in ihrer eigenen Welt zu sein. Immerhin zog sie ihn mit ihrer Begeisterung in ihren Bann und er genoss es ebenfalls, mit ihr einen Ausflug zu unternehmen. So wie Paare das nun mal machten, dachte er. Immerhin kam es ihm vor, als wären sie inzwischen eins. Hatte Nell sich vorhin nicht selbst als seine Freundin betitelt? Komisch, dieser Gedanke, aber gleichzeitig auch spannend. Er wünschte, Maria hätte ihn jetzt sehen können. *Du bist ja ein richtiger Softie*, hätte sie laut gerufen und ihm gegen die Schulter geboxt. Er lächelte bei der Vorstellung und bemerkte, wie Nell vor einem Laden plötzlich Halt machte. Sie grinste ihn an.

„Was ist?", hakte er nach und suchte mit Blicken das Schaufenster ab. Dort entdeckte er diese extrem kitschigen Schneekugeln, in denen künstlicher Schnee wirbelte, sobald man sie bewegte und in denen Fotos von Pärchen oder Familien steckten.

Dylan verzog das Gesicht. „Oh bitte, Nell. Das ist doch nicht dein Ernst, oder?"

„Warum denn nicht? Die sind doch total süß!"

„Ja, wenn man in den Achtzigern lebt, wo so was noch in war", entgegnete er.

Nell stieß ihn mit der Schulter an. „Komm schon, nun sei nicht so. Wir können doch nur mal reingehen und schauen, was es da so gibt."

„Das kann ich dir sagen: Trödel, Kitsch und andere Sachen, die niemand braucht und die nur den Grund haben: den Leuten das Geld aus der Tasche zu ziehen."

Nell lachte und schüttelte den Kopf. „Stell dich nicht so an. Wir brauchen doch eine Erinnerung an diesen Urlaub!"

„Ich könnte auch einfach mit dem Smartphone ein Foto von uns machen."

Doch das hörte Nell schon gar nicht mehr, als sie mit Dylan an der Hand auf die Eingangstür zusteuerte.

Kapitel 28

„Du willst mir allen Ernstes weismachen, dass du und Dylan …“, Piper konnte den Namen kaum aussprechen, ohne ihn dabei ungläubig in die Länge zu ziehen, „… Sex hattet? Nell, was zum Henker ist da bei dir los? Muss ich vorbeikommen und dich besser im Auge haben?“

Nell lachte laut, das Telefon zwischen Ohr und Schulter geklemmt, während sie sich den Knöchel ihres Fußes einbalsamierte, von dem sie kaum noch etwas spürte.

„Also zunächst einmal war es nur einmal. Na ja, also zweimal, wenn man es nicht an einem Tag sieht, sondern einzeln zählt. Außerdem verbringe ich gerne Zeit mit ihm. Es macht wirklich Spaß und er bringt mich zum Lachen. Und glaub mir, Pipe, es fühlt sich verdammt gut an. Also wirklich, ich könnte es selbst nicht glauben, wenn ich nicht live dabei gewesen wäre, aber Dylan ist wirklich toll. Er ist witzig, liebevoll …“

„Und vor ein paar Wochen wolltest du ihm noch die Kehle durchtrennen“, fiel Piper ihr ins Wort.

Wieder kicherte Nell und ließ sich rücklings auf ihr Bett fallen. „Also zur Mörderin hätte er mich nun nicht gemacht, aber ich weiß … es hört sich vermutlich alles total merkwürdig an, aber du kannst mir glauben. Ich bin wirklich glücklich. Das mit Dylan fühlt sich gut an und auch richtig."

Am anderen Ende der Leitung herrschte kurzes Schweigen.

„Pipe, bist du noch dran?"

„Ja, ich bin noch dran. Ich hatte nur gerade ein Blumengesteck fallen lassen. Und was ist mit Greg?"

Nell stutzte einen Moment. „Tja, Greg … mit dem werde ich noch einmal reden müssen. Ich habe lange darüber nachgedacht. Natürlich empfinde ich noch was für ihn, aber solange er sich nicht ändert, gibt es für uns keine Zukunft. Und jetzt die Sache mit Dylan … na ja, die erleichtert mir meine Entscheidung irgendwie. Ich denke, das Beste ist eine Trennung und ich werde es ihm auch bald sagen."

Piper pfiff anerkennend durch die Zähne. „Wahnsinn, Nell! Endlich hast auch du es begriffen. Und weiß Dylan zufällig von deiner kleinen Altlast?"

Nell antwortete nicht, sondern spielte an der Bettdecke herum.

„Nell? Er weiß doch von euch, oder?"

„Na ja, nicht so wirklich." Sie schluckte. „Ich hatte noch nicht die Möglichkeit, es ihm zu sagen."

„Oder wolltest du es ihm nicht sagen?"

„Vielleicht auch das. Es hat sich einfach noch nicht ergeben, verstehst du? Immer wenn ich vorhatte, es ihm zu erzählen, kam was dazwischen oder es hat einfach nicht gepasst. So oder so, es ist egal, denn wenn ich mich von Greg trenne, spielt es ohnehin keine Rolle mehr."

„Na wunderbar. Dann sieh bitte zu, dass du das schnell hinter dich bringst. Nicht, dass eure Beziehung direkt auf Lügen aufbaut. Und wenn das geklärt ist, dann steht dir und deinem Dylan ja nichts mehr im Weg. Und wann genau kommst du zurück?", wechselte Piper nun das Thema.

„In etwa eineinhalb Wochen."

„Perfekt!", rief Piper etwas lauter. „Ich wollte dir noch Bescheid geben. Als ich neulich mit einer Kundin geplaudert habe, sind wir irgendwie auf das Thema Wohnungen zu sprechen gekommen und ich habe sofort an dich gedacht. Jedenfalls hat die Dame eine leerstehende Wohnung, die sie vermieten möchte. Sie hat es nur noch nicht öffentlich gemacht und da bin ich sofort hellhörig geworden. Also habe ich ihr von dir erzählt und habe einfach mal einen Besichtigungstermin mit ihr vereinbart. Die Wohnung ist zwar klein, aber superschön. Bis zum Blumenladen sind es nur etwa zehn Minuten zu Fuß. Sie befindet sich in einem Mehrfamilienhaus in der Milton Street."

Nell dachte kurz nach. Sie kannte die Straße. Sie durchfuhr sie häufig, wenn sie sich mit dem Fahrrad auf den Weg zur Arbeit machte. Soweit sie sich erinnern konnte, war sie voller schnuckeliger Reihenhäuser aus rotem Backstein. Eine schöne Ecke und wunderbar ruhig gelegen. Direkt in der Nähe, wusste Nell, befand sich ein kleiner Park, der zu schönen Spaziergängen einlud.

„Wow, das kommt aber plötzlich. Piper, das klingt echt gut. Und was soll sie kosten?"

„Also sie hat drei, zugegeben eher kleine Zimmer, aber einen offenen Wohnbereich mit niedlicher Einbauküche. Da kannst du auf jeden Fall was Süßes draus zaubern. Das Badezimmer ist neu, nur die Heizkosten sind meiner Meinung nach ein bisschen teuer.“

Piper listete Nell die Kosten ganz genau auf und im ersten Moment empfand sie die Gesamtmiete als ganz schön hoch, wusste aber, dass sie sich diese leisten und in einer netten Gegend wohnen konnte. Außerdem konnte sie sich somit das Fahrtgeld mit dem Auto sparen und auf ihr Fahrrad zurückgreifen.

„Ach und das Beste ist: Sie ist schon zum Teil möbliert. Das Sofa sieht zwar etwas mitgenommen aus, aber mit einem schicken Überwurf ist es vollkommen ausreichend. Auch ein Esstisch mit vier Stühlen und ein komplettes Schlafzimmer sind schon vorhanden. Vorausgesetzt du möchtest es so übernehmen. Ich schicke dir gleich mal ein paar Fotos, dann kannst du mir ja schreiben, was du davon hältst.“

„Ich weiß gerade gar nicht, was ich sagen soll. Das ist toll, danke Piper! Und eigentlich vertraue ich deinem guten Geschmack, aber ich schaue mir die Bilder sehr gerne an. Danke dir, wirklich.“

Nell meinte geradezu, ein stolzes Lächeln durch den Hörer zu vernehmen. „Sehr gerne. Hat irgendwie Spaß gemacht, die Maklerin zu spielen. Allerdings solltest du dich schnell entscheiden, denn es gibt noch ein paar weitere Interessenten.“

„Wie lange habe ich Zeit?“

„Am besten bis heute Abend.“ Piper wurde immer leiser am anderen Ende.

Das war ganz schön wenig Zeit, zumal Nell die Wohnung noch nicht persönlich gesehen hatte. Dennoch, eine Wohnung musste her und dann auch noch eine, die sie sich leisten konnte.

„Ist gut", sagte Nell dann, „schick mir am besten die Fotos und ich melde mich später dann bei dir. Ich habe ein gutes Gefühl."

Etwa drei Stunden später hatte Nell die Zusage über Piper erhalten und strahlte übers ganze Gesicht. Ein weiterer Schritt zu ihrem neuen Leben war gemacht und das ging auch noch einfacher als gedacht. Völlig beschwingt wollte sie einen Spaziergang durch den Park unternehmen, ein bisschen frische Luft schnappen und vor allem jede Minute auskosten, die der Winter noch zu bieten hatte. Die Temperaturen waren in den vergangenen Tagen zwar langsam und nur wenig gestiegen, sorgten aber dafür, dass der Neuschnee nicht mehr lange liegen blieb und sich binnen weniger Stunden auflöste. Nell liebte den Anblick von der leichten weißen Decke, die sich über den Pflanzen ausbreitete, jedoch hier und da grüne Farbe durchschimmern ließ. Das zeigte ihr immer, dass es bis zum Frühling nicht mehr weit war und sie sich in einer Phase genau dazwischen befand.

Sie wollte gerade ihr Zimmer verlassen, als sie vor ihrer Tür plötzlich etwas entdeckte. Stutzig blickte sie auf einen Strauß wunderschöner roter Rosen herab und mit einem Mal begann ihr Herz noch schneller zu schlagen. Mit einem breiten Lächeln hob sie sie auf und atmete ihren herrlichen Duft tief ein. Dylan war wirklich für Überraschungen gut, dachte sie fröhlich. Hastig verließ sie das Zimmer, den Strauß Rosen fest ihm Arm, und machte sich auf den Weg zu ihm. Doch in seinem Zimmer und im Schloss konnte sie ihn nirgendwo finden und so versuchte sie es draußen. Vielleicht hatte er sich ebenfalls für einen Spaziergang bei dem sonnigen Winterwetter entschieden, dachte sie lächelnd und freute sich darauf, gemeinsame Zeit mit dem Mann zu verbringen, der in den vergangenen Tagen dafür verantwortlich gewesen war, dass ihr Herz schneller schlug und sie alles um sich herum vergessen konnte.

Sie verließ das Schloss und marschierte in Richtung Park. Sie umrundete gerade das Gebäude, als sie hinter sich ihren Namen hörte. „Hey, Nell!"

Ihre Nackenhaare sträubten sich bei der dunklen Stimmfarbe. Das konnte nur Einbildung sein. Doch als sie sich langsam umdrehte, wusste sie, dass es echt war. Sie erkannte die breiten Schultern, den teuer aussehenden Wintermantel, der mit Nerz am Kragen verziert war. Greg stand ein paar Meter entfernt von ihr. Sie blickten sich in die Augen.

„Nell!", rief er erneut und setzte sein Sonnyboy-Lächeln auf, was Unbehagen in Nell hochsteigen ließ. Was zum Henker machte er hier?

Kapitel 29

„Kaum zu glauben, dass ich dich gefunden habe!", trällerte Greg überschwänglich und kam ihr entgegen. Unwillkürlich machte Nell ein paar vorsichtige Schritte
zurück.

„Kaum zu glauben, das stimmt", gab sie noch immer
geschockt von sich und presste die Rosen gleich noch
enger an sich, als könnte sie mit Dylans Geschenk eine
Mauer zwischen ihnen errichten. „Was willst du hier,
Greg?", fragte sie dann und wich erneut zurück, als er
sie zur Begrüßung in seine Arme schließen wollte.

Als er ihren Rückzug bemerkte, hielt er räuspernd
inne und versenkte die Hände in seinem Mantel. „Verzeih mir bitte, wenn ich dich so überfalle. Es ist nur ...
ich habe dich vermisst, Nell. Schon seit Tagen. Und du
hast ja kaum mit dir reden lassen und daher habe ich
mich ins Auto gesetzt und bin hierhergekommen. Auch
wenn das gegen unsere Abmachung war, aber Nell ...
ich konnte nicht anders."

Greg kratzte sich verlegen im Nacken. „Könnten wir
vielleicht reden?"

Sie bemerkte den reumütigen Blick in seinen Augen
und hätte ihn beinahe nicht wiedererkannt. Sie
schnaubte resigniert. „Ich weiß nicht, ob das so gut ist,

Greg. Ich brauche Abstand von allem … von dir", fügte sie hinzu.

„Dann lass es mich wenigstens kurz erklären. Du musst nichts sagen, sondern dir nur anhören, was ich zu sagen habe, in Ordnung?" Doch er wartete ihre Antwort gar nicht erst ab.

„Ich war ein Idiot! Ich habe mich so sehr in meine Arbeit gekniet, dass ich dich völlig vergessen und so mies behandelt habe, obwohl du das nicht verdient hattest. Du hast mir immer den Rücken freigehalten, mich unterstützt, aber ich habe es dir nie gedankt und das ist unentschuldbar. Und das mit Liza, da war wirklich nichts. Ja, sie flirtet manchmal ganz schön heftig mit mir, aber ich habe mich da wirklich nicht drauf eingelassen. Das musst du mir glauben! Nachdem du gegangen bist, habe ich viel nachgedacht und gemerkt, dass nicht die Arbeit das Wichtigste für mich ist, sondern du. Und das war schon immer so. Ich kann ohne dich nicht leben und ich will es auch nicht."

Er holte kurz Luft und Nell spürte einen dicken Kloß in ihrem Hals. Wie lange hatte sie sich nach solchen Worten von ihm gesehnt. Wieso mussten diese ausgerechnet jetzt aus seinem Mund kommen? Warum nicht vor drei Wochen?

„Ich vermisse dich, Nell, und möchte, dass du uns noch eine Chance gibst. Eine allerletzte. Ich weiß, was ich dir angetan habe und ich kann das nicht rückgängig machen. Aber ich kann mich ändern. Wirklich, Nell, und ich verspreche dir, dass ich das auch werde. Bitte komm nach Hause!"

Jetzt schaute er sie an und Nell hatte mit einem Mal das Gefühl, dass er das, was er sagte, wirklich ernst meinte. Er schien aufrichtig zu sein und wirklich zu bereuen, was er getan hatte. Überhaupt wirkte er nicht mehr wie der alte Greg, den sie kannte. Er hatte leichte Schatten unter den Augen und auch der Ansatz eines Bartes zeichnete sich deutlich auf seinem Gesicht ab – etwas, das er früher nie zugelassen hätte. „Bärte sind etwas für Bauern und Landstreicher", hatte er ihr einmal gesagt, was Nell nur mit einem entsetzten Blick quittiert hatte. Zu oft hatten ihr bei ihm einfach nur die Worte gefehlt. Doch jetzt, wo sie ihn so niedergeschlagen vor sich stehen sah, war es, als wäre er wieder der alte Greg. Der, den sie vor vielen Jahren kennen und lieben gelernt hatte.

„Ich weiß, dass ich nicht verlangen kann, dass du wieder nach Hause kommst, aber ich kann zumindest versuchen, dich davon zu überzeugen, dass ich mich ändern könnte und vor allem, dass es mir alles so unheimlich leidtut", sprach er weiter, noch ehe Nell etwas einwenden konnte. Er legte ihr vorsichtig eine Hand auf den Arm und kam einen Schritt näher. Sie roch seinen Duft, noch derselbe, den er schon immer getragen hatte und den sie eigentlich immer sehr anziehend an ihm gefunden hatte.

„Ich möchte dich zu nichts drängen, Nell. Wirklich nicht. Ich möchte nur, dass du weißt, dass ich es aufrichtig bedaure und dass ich ein Riesenarsch war! Ich möchte, dass wir wieder zusammen sind. So wie früher. Ich könnte mir keine andere Frau an meiner Seite vorstellen. Das warst bisher nur du."

Nell schluckte, verwirrt von den einfühlsamen Worten, die sie Greg gar nicht zugetraut hatte. Sie atmete leise aus und blickte zu Boden. Seine Hand lag noch immer auf ihrem Arm und ein merkwürdiges, vertrautes Gefühl machte sich in ihr breit.

„Du weißt, dass das alles nicht so einfach ist", erklärte sie leise und dachte an die Blumen in ihrer Hand. An Dylan. Nichts war mehr einfach in diesem Moment.

Greg nickte mit angespanntem Kiefer und nahm langsam die Hand von ihrem Arm. „Verstehe ich", gab er leise wieder. „Tut mir leid, wenn ich dich hier so überfallen habe", sagte er dann mit Blick aufs Schloss. „Schön ist es hier. Und du siehst super aus. Total erholt."

Wieder ein Nicken und dann lächelte er versöhnlich. „Denk bitte einfach mal in Ruhe darüber nach, was ich dir gesagt habe. Ich werde noch eine Weile in Blynmouth bleiben. Ich habe dort für ein paar Tage ein Zimmer gemietet. Ich werde dich nicht drängen und gebe dir alle Zeit der Welt. Aber wenn du reden möchtest, dann bin ich nicht weit weg, in Ordnung?"

Nell nickte knapp.

„Wie ich sehe, scheinen dir die Rosen zu gefallen", lächelte Greg schließlich und deutete auf den Strauß, den sie immer noch fest umklammert hielt.

Hastig folgte Nell seinem Blick und mit einem Mal fühlte es sich an, als könnte sie sich an ihnen verbrennen. Sie hielt sie schließlich leicht auf Abstand. „Die sind von dir?", fragte sie ungläubig.

„Na, von wem denn sonst?", lachte Greg. „Ich weiß doch, wie sehr du rote Rosen liebst."

In Nell zerbrach etwas. Sie waren gar nicht von Dylan. Sie waren von Greg. Ihrem Greg, mit dem sie eigentlich auch noch zusammen war und den sie in

Wirklichkeit verlassen wollte. Und jetzt stand er hier vor ihr und lächelte sie so an, voller Wärme und Zuneigung, wie er es früher immer getan hatte.

„Also Nell ... hier ist meine Adresse", sagte er dann und reichte ihr einen kleinen Notizzettel. Sie nahm ihn an sich und starrte ihn nur an. Sie fand einfach keine Worte. Ihr Kopf schwirrte und alles schien in diesem Moment über sie hereinzubrechen, sodass sie kaum Luft bekam.

„Ich liebe dich, Nell!", raunte Greg leise zum Abschied, gab ihr einen Kuss auf die Wange und verschwand schließlich so schnell wie er gekommen war.

Nell blickte ihm wie erstarrt hinterher und konnte kaum glauben, dass das gerade wirklich passiert war.

Der Spaziergang war vergessen und Nell hatte sich wieder in ihr Zimmer zurückgezogen, aus Angst, sie könnte Dylan irgendwo über den Weg laufen. Sie musste zuerst ihre Gedanken sortieren, ehe sie ihm unter die Augen treten konnte. Sie saß auf dem Cocktailsessel vor ihrem Fenster und blickte gedankenverloren hinaus. Gregs Auftauchen hatte etwas in ihr ausgelöst. Ihre Gefühle wirbelten wild durcheinander und sie war kaum in der Lage, einen klaren Gedanken zu fassen.

Was sollte sie jetzt tun? Hatte Greg sich wirklich geändert? So niedergeschlagen wie heute hatte sie ihn schon seit langem nicht mehr gesehen. Er war ihr hinterhergereist, hatte ihr versprochen, sich zu ändern und ihr sogar gesagt, dass er sie liebte! Wie lange hatte sie das nicht mehr aus seinem Mund gehört? Wie lange hatte sie sich nach diesem Satz gesehnt? Natürlich hatte sie auch noch Gefühle für Greg. Sonst hätte sie direkt Schluss mit ihm gemacht und nicht nur eine Beziehungspause vorgeschlagen. Und sein Auftauchen hatte ihr noch einmal gezeigt, dass es vermutlich die richtige Entscheidung gewesen war, ihm noch eine Chance zu geben.

Doch was war mit Dylan? Je mehr sie an ihn dachte, desto schmerzlicher zog sich ihr Herz zusammen. Sie hatten eine wunderbare Zeit zusammen erlebt. Sie hatten gelacht, wie sie schon lange mit keinem anderen Mann mehr gelacht hatte. Sie hatten sich geküsst und noch mehr. Sie hatten sogar miteinander geschlafen. Und sie hatte es genossen. Sie hatte seine Nähe genossen! Einfach alles an ihm. Sie hatte alles andere um sich herum vergessen. Einschließlich Greg. Und doch war der hier aufgetaucht und sie stand zwischen den Stühlen. Zwischen Greg und Dylan. Zwischen zwei Männern, für die, wie sie merkte, ihr Herz schneller schlug.

Kapitel 30

Nell wusste, dass sie handeln musste. Sie musste mit Dylan sprechen und ihm erklären, was Sache war. Er hatte die Wahrheit verdient, auch wenn sie wehtun würde. Aber noch mehr wehtun würde es ihm, wenn sie ihm die Sache mit Greg weiterhin verschwieg. Sie würde es ihm begründen und hoffentlich würde er sie verstehen. Aber sie machte sich keine Illusionen. Würde sie es Dylan verzeihen können, wenn sich herausstellte, dass er nur eine Beziehungspause eingelegt und in gewisser Weise noch vergeben war? Sie war sich nicht sicher.

Mit schweren Schritten verließ sie ihr Zimmer und machte sich auf den Weg zu Dylan, den sie hoffentlich in Ruhe in seinem Zimmer antreffen würde. Zögerlich klopfte sie an die Tür. Ihr Herz schlug ihr bis zum Hals.

Kurz darauf öffnete sich die Tür und er stand da und starrte sie mit ernstem Blick an. Da ahnte sie bereits, dass etwas ganz und gar nicht stimmte.

„Hallo, Dylan", begann sie vorsichtig.

Er lehnte sich mit verschränkten Armen an den Rahmen und musterte sie. „Hast du dich in der Tür geirrt?"

„Was meinst du?"

„Solltest du nicht eigentlich bei deinem Freund sein? Das war doch vorhin dein Freund, mit dem du da draußen so nett geplaudert hast, oder?“

Nell öffnete den Mund und schloss ihn wieder. „Ich … also … das war …“ Sie seufzte. „Könnte ich bitte reinkommen und es dir erklären?“

„Ich denke, da gibt es nichts zu erklären. Ich habe euch gesehen. Dich und *deinen Freund* und du mit diesen hübschen Blumen im Arm. Sag mal Nell, hältst du mich eigentlich für komplett bescheuert?“

Nells Herzschlag beschleunigte sich und sie schluckte. „Dylan, bitte. Ich möchte es dir erklären. Ja, der Mann da vorhin, das war mein Freund – oder auch nicht – ich weiß es, um ehrlich zu sein, nicht so genau. Wir hatten eine Beziehungspause eingelegt. Ich brauchte Abstand von ihm und dann …“

„… dann hast du dich einfach mal mit mir abgelenkt?“, beendete er ihren Satz und funkelte sie wütend an.

Nell hob abwehrend die Hände. „Nein … bitte … so war das nicht gemeint, also …“ Sie suchte nach den richtigen Worten, doch sie wusste, dass sie Dylan nicht erreichen würde.

„Kann ich nicht einfach reinkommen und es dir in Ruhe erklären? Bitte, Dylan!“, flehte sie, doch er schüttelte nur den Kopf.

„Ist das dieser Greg? Der, von dem du mir erzählt hast?“, fragte er ausdruckslos.

Langsam nickte Nell und schaute zu Boden. Sie schaffte es nicht, Dylan in die Augen zu sehen. Seinen verachtenden Blick auf sich zu spüren, reichte ihr vollkommen. Sie wollte ihn nicht auch noch sehen.

„Dann hast du ihn mir nicht nur verschwiegen, sondern mich auch belogen“, stellte er fest.

Nell schloss einen Moment die Augen und atmete tief ein und wieder aus. „Dylan, hör mir bitte zu. Ich möchte es dir ja erklären.“

„Ich will es aber nicht hören!“, rief er jetzt laut aus und Nell zuckte zusammen.

„Wir haben über ihn gesprochen, hörst du? Über deinen *Ex-Freund*! Meinst du nicht, dass du spätestens da mal hättest ehrlich sein können und ihn nicht als deinen Ex-Freund zu bezeichnen? Hm? Wäre das nicht ein guter Zeitpunkt gewesen? Mir mitzuteilen, dass er dein Freund ist?“, fuhr er sie an.

„Es …“, begann Nell, doch Dylan unterbrach sie erneut.

„Oder der Moment, in dem ich dir erzählt habe, dass meine Ex-Freundin mich betrogen hat und ich Lügen nicht ausstehen kann? Vielleicht hätte dir ja da mal in den Sinn kommen können, dass du mit der Sprache rausrückst!“

„Das wollte ich ja jetzt“, rief Nell schließlich und spürte heiße Tränen in ihren Augen. „Ich wollte es dir sagen, aber ich habe...“

„Du warst feige und hast dich nicht getraut, stimmt’s?“, unterbrach er sie nun wesentlich leiser und Nell nickte schließlich.

„Das mit uns war ...“

„... verschwendete Zeit“, beendete er ihren Satz und funkelte sie an.

Nell blickte auf und die Worte trafen sie wie Messerstiche. Verschwendete Zeit ...

„Nein, das war es nicht! Es war genau das Richtige. Nichts hat sich falsch oder verschwendet angefühlt, Dylan, nichts! Wenn ich es dir doch einfach nur erklären könnte, dann würdest du verstehen, warum ich nichts gesagt habe." Die Tränen liefen über ihre Wangen und sie machte sich nicht die Mühe, sie wegzuwischen. Sie wollte ihn an den Armen greifen, ihn anflehen, dass er ihr zuhörte, doch die Kluft, die sich zwischen ihnen auftat, wurde immer breiter.

„Es gibt nichts mehr zu sagen. Das mit uns vergessen wir mal ganz schnell wieder." Dann wandte er sich ab und schlug ihr die Tür vor der Nase zu.

„Dylan!", rief Nell ihm nach.

Wie erwartet öffnete er sie nicht. Sie stand da, starrte auf seine verschlossene Tür und kämpfte um Fassung.

Was habe ich nur getan?

Es vergingen ganze zwei Tage, an denen Nell nicht mit Dylan gesprochen, geschweige denn ihn gesehen hatte. Immer wieder hatte sie versucht, ihn anzurufen, hatte ihm Nachrichten geschickt, dass er sich bitte melden sollte und sie es ihm erklären könnte, doch auch auf ihr Klopfen an seiner Zimmertür hin reagierte er nicht. Jeder Versuch, Kontakt mit ihm aufzunehmen, war zwecklos. Wie hatte es nur so weit kommen können? Wie hatte *sie* es so weit kommen lassen können? Immerhin hatte sie Dylan Hoffnungen gemacht. Sie hatte sich selbst Hoffnungen gemacht. Sie hatte Gefühle für ihn. So stark, dass sie jedes Mal nach Luft japste, wenn sie daran dachte, dass es nun vorbei war. Er würde ihr nicht zuhören, sie würden nicht mehr zusammenfinden. Natürlich nicht, immerhin hatte sie ihn belogen. Oder vielmehr hatte sie ein wichtiges Detail aus ihrem Leben verschwiegen und das war mindestens genauso schlimm. Sie verabscheute sich dafür so sehr, dass sie den Anblick ihres eigenen Spiegelbildes nicht mehr ertrug. Auch aus dem Grund, dass sie furchtbar aussah. Ihre Augen waren rot unterlaufen, ihre Haut war fahl und ihre Haare hingen kraftlos herab.

Sie kauerte auf dem Bett, als ihr Smartphone klingelte. Voller Hoffnung griff sie danach und hätte es beinahe fallen lassen, noch bevor sie auf das Display schauen konnte.

Es war Greg.

Seufzend legte sie das Telefon beiseite. Wie sollte sie nur mit dem ganzen Chaos, was sie angerichtet hatte, fertigwerden? Sie hatte Greg in gewisser Weise betrogen und Dylan auch. Was war nur in sie gefahren? Sie hatte herkommen, das Schloss und die Ruhe genießen wollen, stattdessen hatte sie am laufenden Band Herzen gebrochen. Was war sie nur für ein Mensch ...

Sie schlug die Hände vor ihr Gesicht und schniefte laut. Der Gedanke, dass sie Dylan verloren hatte, schmerzte so sehr. Und auch Gregs Anrufe, sein Auftauchen, brachten ihren Kopf beinahe zum Explodieren. Dann plötzlich erklang ein *Pling* und sie erkannte eine Nachricht auf ihrem Telefon. Sie war von Greg. Traurig griff sie danach und las die Zeilen:

Liebe Nell, ich möchte dich wirklich nicht bedrängen, dennoch wollte ich dir nur mitteilen, dass ich bis übermorgen noch in Blynmouth in der Pension Veronica sein werde. Wenn du also reden möchtest, dann melde dich doch gerne bei mir. Ich liebe dich, Greg!

Mehrere Male überflog Nell die Nachricht und ließ sich müde rückwärts nach hinten sinken. Hatte Greg sich also wirklich geändert? Alles das, was sie sich in den vergangenen Jahren gewünscht hatte, schien nun endlich in Erfüllung zu gehen und nun, als sie ihren alten Greg, den sie einmal so sehr geliebt hatte, zurückhaben konnte, wusste sie nicht mehr, ob sie das noch wirklich wollte. Immerhin war da jetzt Dylan. Der Mann, den sie verloren hatte, noch bevor sie zusammen sein konnten. Wie kompliziert die Welt doch manchmal war.

Kapitel 31

Nell zog den Kragen ihres Mantels höher, als eine frische Bö ihre Haare aufwirbelte. Es war zwar kalt, aber die Temperaturen waren in den letzten Tagen etwas höher geklettert und so gab es auch keinen Neuschnee mehr. Sie marschierte die mit Kopfstein bepflasterten Straßen entlang, die sie schon einmal gegangen war, als sie Blynmouth erkundet hatte. Damals – es kam ihr schon vor, als wäre es eine Ewigkeit her – war sie voller Neugierde gewesen und jetzt so voller Scham, Traurigkeit und Gewissensbisse.

An einem Gebäude, welches doppelstöckig und grau vor ihr lag, die Hauswand mit wildem Efeu bewachsen, blieb sie schließlich stehen und atmete ein paarmal tief ein und wieder aus. Sie warf einen Blick auf den Zettel, den Greg ihr bei ihrem Treffen gegeben hatte, und glich noch einmal die Hausnummer ab. Hier war sie richtig. Pension Veronica. Es handelte sich bei der Adresse um eine kleine Pension, die, wie es den Anschein machte, nur wenige Zimmer hatte. Heimelig und gemütlich. So wäre es Nell zumindest vorgekommen, wenn sie nicht wüsste, dass sie in wenigen Minuten erneut ein ernstes Gespräch führen musste. Aber auch Greg verdiente die Wahrheit und was er damit machte, würde sie dann sehen.

Dylan hatte sich entschieden: Es gab keine Chance mehr für sie. Sie hatte es noch einmal bei ihm versucht. Hatte an die Tür geklopft, die er nicht geöffnet hatte. Ihm Nachrichten geschickt und ihn versucht anzurufen. Er ging nicht ran. Beim Essen hatte sie ihn nirgendwo entdeckt, als hätte er ihr Kommen und Gehen im Schloss bestens abgepasst. Seine Antwort stand also fest. Und trotz des unglücklichen Ausgangs war sie zum Teil erleichtert, dass sie nun nichts mehr verheimlichen musste. Und jetzt würde sie dem nächsten Menschen, der ihr nahestand, eine unangenehme Wahrheit offenbaren müssen.

Sie betrat das Gebäude und schritt in einen dunklen Empfangsbereich. Doch noch ehe sie die alte Dame, die vornübergebeugt auf einen Haufen Zettel starrte, fragen konnte, wo sie Gregs Zimmer finden würde, ertönte neben ihr eine überraschte Stimme. „Nell!"

Sie wandte sich um und entdeckte Greg, der fröhlich auf sie zumarschiert kam. „Du bist wirklich gekommen!"

„Hallo, Greg." Sie schenkte ihm ein zögerliches Lächeln.

Die Dame hinter dem Tresen blickte fragend auf, vertiefte sich aber wieder in ihre Unterlagen, als Greg sie am Ellenbogen leicht mit sich zog.

„Am besten reden wir auf meinem Zimmer. Die alte Frau hat nämlich ihre Ohren überall. Auch wenn sie so unscheinbar wirkt", scherzte er flüsternd und unwillkürlich musste Nell an Dylan denken, wie er ihr von den Wangen-kneifenden alten Frauen erzählt hatte. Ihr Magen zog sich schmerzlich zusammen und sie schüttelte den Gedanken an ihn schnell wieder ab. Greg führte sie eine Treppe nach oben in sein Zimmer, welches am Ende des kurzen Ganges lag.

Das Zimmer war spärlich eingerichtet. Ein Einzelbett stand neben einer kleinen Kommode und es gab einen Kleiderschrank auf der gegenüberliegenden Seite. Ein kleines Fenster erhellte den engen, aber gemütlichen Raum und tauchte ihn in warmes Licht.

Greg deutete auf das Bett. „Setz dich doch." Er hingegen ließ sich ihr gegenüber auf einen Stuhl sinken, von dem er zuerst ein paar Sachen beiseitelegen musste.

Vorsichtig ließ Nell sich nieder. Es kam ihr komisch vor, auf dem Bett zu sitzen, in dem Greg die Tage über geschlafen hatte und auch der Blick auf ein paar Kleidungsstücke rief in ihr ein altbekanntes Gefühl der Vertrautheit hervor. Sie erkannte seinen beigen Pullover, unter dem er immer ein dunkelblaues Hemd trug. So fremd der Raum auch für sie war, irgendwie fühlte es sich an wie nach Hause zu kommen: sein Duft, das akkurat gemachte Bett, seine Kleidung ordentlich in seinem Koffer. All das kannte sie. Damit war sie sozusagen groß geworden.

„Also ... du wolltest reden, nehme ich an?", begann Greg und bedachte sie mit neugierigen Blicken.

Nell nestelte an ihrem Mantel, den sie noch immer trug, und zog ihn langsam aus, da ihr bei dem Gedanken an das bevorstehende Gespräch ganz heiß wurde.

„Na ja, ich dachte, bevor du morgen abreist, ist es vielleicht gut, wenn wir reden. Da du ja nun mal hier bist. Außerdem ist ein Gespräch unvermeidlich."

Greg nickte betroffen. „Wie ich schon sagte, es tut mir alles so furchtbar leid. Als du weg warst, dachte ich, dass du jeden Moment wiederkommen würdest. Doch als du einfach nicht nach Hause kamst, da wusste ich erst, wie ernst die Sache eigentlich war. Wie schrecklich ich dich behandelt habe."

Nell atmete tief ein und wieder aus. Wie lange hatte sie sich nach diesem Greg, nach diesen Worten von ihm, gesehnt?

„Ich muss zugeben", begann Nell und vermied den Blickkontakt, „ich war ganz schön überrascht, dich hier zu sehen und das zeigt mir, dass du es womöglich ernst meinst. Vor ein paar Monaten wärst du mir jedenfalls nicht hinterhergereist."

„Ich meinte jedes Wort so, wie ich es dir gesagt habe", warf er hastig ein.

Kurz flackerte ein Bild von Dylan vor ihrem inneren Auge auf, aber Nell schob es geflissentlich beiseite. Sie durfte nicht mehr an ihn denken. Sie saß jetzt hier, mit Greg. Mit ihrem *Freund*.

„Dann sollten wir zunächst ausgiebiger über das Thema Ehrlichkeit sprechen", setzte sie schließlich an und griff angespannt in die Kante der Matratze.

Greg nickte wissend. „Ich weiß, dass ich nicht immer ehrlich zu dir war und auch das will ich ändern. Keine Lügen mehr. Keine Geheimnisse mehr."

Nell sah ihn an. Traurig verzog sie das Gesicht. „Dann will ich auch ehrlich sein."

Greg zog stutzig die Brauen zusammen. „Okay ..."

„Es geht um die Zeit, in der wir diese Beziehungspause hier hatten ... haben ... wie auch immer", seufzte sie und erkannte, dass Greg sich etwas entspannte. Abwehrend hob er die Hände. „Schon gut! Wir hatten eine Pause und waren in der Zeit nicht zusammen. Was auch immer du mir zu sagen hast, du musst es nicht tun."

Er erhob sich rasch und setzte sich vor sie auf die Knie. Er griff nach ihrer Hand und kurz keimte in Nell der Gedanke auf, dass sie sich diese Szene so lange gewünscht hatte. Greg, wie er vor ihr auf die Knie ging und ihr einen Antrag machte. Mit ebendiesem liebevollen Blick. *Warum erst jetzt,* dachte sie traurig. *Warum nicht schon vor ein paar Monaten?* Jetzt war es womöglich zu spät.

„Lass uns einen Strich unter das Ganze ziehen und völlig von vorn anfangen. Wir reden nicht über die Beziehungspause und auch nicht über die Vergangenheit. Lass uns über jetzt und die Zukunft sprechen."

Sein Handgriff wurde fester und Nell schloss kurz die Augen. Irgendetwas in ihr hegte den Verdacht, dass da womöglich gleich die Frage aller Fragen über Gregs Lippen kommen könnte, doch so sehr sie sich das gewünscht hatte, jetzt bereitete es ihr Unbehagen. Der Zeitpunkt war jetzt einfach denkbar schlecht.

„Lass uns einen Neuanfang starten, in Ordnung?", redete Greg unbeirrt weiter, erhob sich und ließ sich neben sie aufs Bett sinken. Nell atmete angespannt wieder aus. Kein Antrag – Gott sei Dank!

Sie spürte seine Hand auf ihrer. Warm und sanft. Sie blickte ihn an. Seit langem waren sie sich nicht mehr so nahe gewesen wie in diesem Moment. Alles das, was sie sich in den vergangenen Jahren herbeigesehnt hatte, prasselte nun auf sie herab wie ein Regenschauer und sie wusste nicht, ob sie sich freuen oder schämen sollte.

„Ich muss noch ein wenig nachdenken, in Ordnung?", sprach sie dann heiser und kämpfte gegen den Kloß in ihrem Hals an.

Greg nickte und versuchte sich seine Enttäuschung nicht anmerken zu lassen. „Natürlich, das verstehe ich."

Mit schweren Beinen erhob Nell sich vom Bett und schritt zur Tür.

Greg folgte ihr. „Du weißt ja, wo du mich findest. Ich bin wie gesagt nur noch bis morgen hier."

Nickend stand Nell in der Tür und schaute ihn an. Seine Augen funkelten. Da war es: das Funkeln, was ihr so gefehlt hatte. Er hatte sich wirklich geändert. Er war wie ausgewechselt. „Gib mir etwas Zeit, um nachzudenken, okay?"

„Selbstverständlich", lächelte Greg. Plötzlich kam er ein kleines Stückchen näher und legte vorsichtig, als wäre es das erste Mal, seine Lippen auf ihre.

Nell ließ ihn regungslos gewähren und versuchte in sich hineinzuhören. Es war ein schöner, vorsichtiger, leichter Kuss. Wie ein Kennenlern-Kuss. So, wie man ihn aus Filmen kannte und bei dem die Herzen direkt höher schlugen. Doch leider fühlte sie nichts außer Traurigkeit und wünschte sich, dass es Dylan wäre, der ihre Lippen berührte.

Kapitel 32

Nell saß an der Bar und nippte an einem Glas Weißwein. Im Hintergrund lief aus einem der Lautsprecher leise Jazzmusik, wurde aber von den Gesprächen der anderen Gäste größtenteils übertönt. Sie hatte sich mit Absicht mit dem Rücken zum Raum gesetzt, aus Angst, sie könnte sonst Dylan irgendwo entdecken. So war sie nicht versucht, sich ständig nach ihm umzusehen. Aber allein auf ihrem Zimmer zu sitzen und nachzudenken kam auch nicht infrage. Sie brauchte einen neutralen Ort, mit neutralen Menschen und einer neutralen Atmosphäre.

Es würde vermutlich der letzte Abend hier sein, dachte sie traurig und rief sich noch einmal die schönen Momente, die sie hier erlebt hatte, vor Augen. Doch die meisten waren mit Dylan verknüpft und somit schüttelte sie den Kopf. Sie musste ihn vergessen! Sie würden keine Zukunft haben, dafür hatte sie gesorgt. Sie hatte ihn belogen, ihn verletzt und jetzt würde sie damit leben müssen.

„So ein trauriger Blick?", hörte sie neben sich eine vertraute Stimme. Es war Lucy, die sich neben sie an die Bar setzte.

Nell lächelte zögerlich. „Leider ja, es gibt einige Dinge, über die ich gerade nachdenke."

„Ich bin zwar nicht so gut im Ratschläge verteilen, aber ich kann gut zuhören", erklärte sie bereitwillig und Nell lächelte dankbar.

„Also, schieß los. Was ist Sache bei der sonst so fröhlichen Nell?"

„Wenn ich dir erzähle, was bei mir gerade los ist, dann wirst du mich für verrückt halten ... oder grausam."

Lucy winkte ab. „Ach, so schlimm kann es doch gar nicht sein. Erinnerst du dich, ich habe das Auto meines Ex-Freundes mit einem Schraubenzieher bearbeitet. Wenn hier einer verrückt ist, dann ja wohl ich."

Nell musste lachen und trank einen Schluck von ihrem Wein. Auch Lucy bestellte sich ein Glas. „Also?"

Seufzend schob Nell ihr Weinglas zwischen den Händen hin und her. Dann begann sie zu reden. Von der Beziehungspause zwischen ihr und Greg, von den ersten Tagen hier im Schloss und den Begegnungen mit Dylan – auch wenn Lucy schon einen Teil davon live miterlebt hatte. Sie erzählte, was tatsächlich zwischen ihnen in der Waldhütte passiert war und erklärte Lucy, wie sehr sie ihr schlechtes Gewissen plagte. Sie redete sich alles von der Seele, schilderte ihr, wie sehr sie die Zeit mit Dylan genossen und ihn gleichzeitig verletzt hatte. Sie sprach auch über das Gespräch mit Greg und dass sie überlegte, ihm noch eine Chance zu geben. Greg wollte sich ändern – eigentlich sollte sie überglücklich sein.

Als sie schließlich endete, schaute Lucy sie mit einem bedrückten Ausdruck im Gesicht an. „Oh Mann, das klingt aber wirklich kompliziert."

Nell nickte. „Das ist es auch und das Schlimmste daran ist, dass ich weiß, dass Dylan und ich keine Chance mehr haben, uns zu versöhnen. Er spricht nicht mit mir und ich kann es ihm nicht verdenken.“

„Was will denn dein Herz?“, fragte Lucy und Nell sah sie fragend an.

„Na, du weißt schon. Wofür schlägt dein Herz? Was sagt dir dein Kopf? Das sind nämlich zwei verschiedene Paar Schuhe. Wichtig ist, was dein Herz dir sagt, denn der Kopf macht manchmal verrückte Dinge mit einem. Aber das Herz lügt niemals.“

Nell dachte über Lucys Worte nach. Sie hatte so verdammt recht. Aber egal was ihr Herz ihr sagte, in diesem Fall wäre es aussichtslos.

„Mein Herz sagt mir, dass ich nun endlich das habe, was ich mir immer gewünscht habe: Und das ist Greg, so wie er jetzt ist. Als hätte er verstanden, worauf es ankäme. Er könnte es wirklich schaffen, sich zu ändern.“

„Dann hast du deine Antwort. Obwohl ich glaube, dass es sich dabei doch eher um eine Kopfentscheidung handelt“, betonte ihre Freundin und trank einen Schluck aus ihrem Weinglas.

„Weißt du, ich habe das Gefühl, als wäre ich es Greg irgendwie schuldig. Nachdem ich ihn ja sozusagen betrogen habe ...“

„Das sehe ich anders. Eine Beziehung führt man nicht aus Pflichtgefühlen. Aber wenn du dir sicher bist, dass Greg die richtige Entscheidung ist, dann solltest du mit ihm gehen. Wenn du aber Zweifel hast, dann lass es lieber.“

Das Problem war, dass Nell nicht daran zweifelte, dass Dylan ihr nicht verzeihen würde. Und Greg war ihre große Liebe gewesen und er war bereit, ihr etwas zu verzeihen, von dem er noch nicht einmal etwas wusste. Sie hatte immer gedacht, dass Greg ihre Zukunft sein würde und vielleicht war es ja so vorherbestimmt.

„Ja, ich zweifele wirklich, aber an meinem eigenen Menschenverstand, den ich tatsächlich mal als gesund angesehen habe", lächelte Nell traurig. „Aber seitdem ich hier bin, ist alles anders. Ich mag Dylan und das sogar sehr. Aber wir haben keine Zukunft, das habe ich verbockt. Mit Greg hätte ich eine und ich weiß einfach nicht, ob ich dumm wäre, wenn ich es nicht wenigstens versuchen würde. Und gleichzeitig fühlt es sich so an, als wäre er meine zweite Wahl. Aber eigentlich war er ja immer die Nummer eins. Gott, wie kann es sein, dass mein Herz so sehr für Dylan schlägt, aber Greg mir das Gefühl gibt, als wäre er meine Zukunft?"

„Wenn du ihn liebst …", antwortete Lucy lediglich.

„Tja, tue ich das?", fragte Nell mehr sich selbst und schaute starr auf ihr Glas. „Eigentlich schon, oder? Ich meine … hätte ich sonst nicht sofort Schluss gemacht? Aber ich habe ihm eine Chance gegeben, sich zu ändern und er hat sie genutzt. Sollte ich dann nicht wenigstens so fair sein und es versuchen?"

„Die Liebe ist nicht immer fair", erklärte Lucy. „Ich habe es selbst schon miterlebt und sehe es immer wieder. Ob bei Freunden, Arbeitskollegen oder der Familie. Irgendwo ist immer etwas, das nicht fair ist. Aber ich denke, man kann aus all diesen komplizierten Puzzleteilen versuchen, ein anständiges Bild zu zaubern. Du und Greg scheint mal sehr glücklich gewesen zu sein. Vielleicht werdet ihr es wieder. Versuche es, finde es heraus. Und wenn nicht, tja … dann kannst du immer noch gehen. Du hast es ja immerhin schon einmal geschafft. Du schaffst es wieder." Lucy lächelte sanft und legte ihre Hand auf Nells Arm. „Und Dylan ... nun ja, wie lange kennst du ihn wirklich?"

„Ein paar Tage, wenige Wochen. Die Schulzeit jetzt einmal nicht mitgezählt ..."

„Und deinen Greg?"

„Neun Jahre."

„Das ist eine lange Zeit. Denk in Ruhe darüber nach, was die Pause nicht nur aus ihm, sondern auch aus dir gemacht hat."

Und genau das war die Frage, die Nell sich in den vergangenen Stunden so oft gestellt hatte. Greg hatte sich verändert. Aber was war mit ihr? Jetzt, wo ihr Wunsch erfüllt schien, wusste sie nicht mehr, ob es wirklich noch so wichtig für sie war. Aber Lucy hatte recht. Wenn sie Greg noch eine Chance geben würde, könnte sie es herausfinden. Sie könnte mit ihm gehen und versuchen, Dylan zu vergessen. War das gemein? Sie fühlte sich, als ob sie ohnehin nichts mehr richtig machte. Aber es schien eine Möglichkeit zu sein, ihr eigenes gebrochenes Herz wenigstens ein bisschen zu schonen. Auch wenn Dylan einen deutlich größeren Platz in ihrem Herzen einnahm, als sie sich eingestehen wollte.

Nachdem sie das Glas geleert und noch ein weiteres bestellt hatte, unterhielten sich die beiden Frauen noch eine Weile. Dabei hielten sie sich an möglichst lockere Themen.

Doch irgendwas an Lucy war verändert. Nell hatte es schon bemerkt, als sie mit rosigen Wangen und leuchtenden Augen neben ihr Platz nahm.

„Sag mal, willst du mir vielleicht irgendetwas erzählen?“, hakte Nell schließlich nach.

Lucy druckste ein wenig herum und kaute auf der Innenseite ihrer Wange. „Ich wüsste nicht ... also ... nein, eigentlich nicht.“

Ihre Stimme war ungewohnt schrill und Nell schwante etwas. „Raus mit der Sprache. Wer ist der Glückliche?“

Schockiert blickte Lucy ihre Freundin an. „Bitte? Also, da hast du was falsch interpretiert.“

Schließlich musste Nell lachen. Es war das erste Mal seit dem Streit mit Dylan und es fühlte sich befreiend an. „Sag schon. Ich habe dir mein Herz ausgeschüttet, jetzt will ich wissen, warum du so ... verliebt aussiehst.“

Lucys Wangen färbten sich noch dunkler und endlich strahlte sie. „Du wirst es nicht glauben, aber ...“, sie zupfte sich an ihren kurzen Haaren und starrte auf ihr Glas, „... du hast ihn bereits kennengelernt.“

Nell machte große Augen. „Du meinst doch wohl nicht diesen Typen von neulich! Bertram?“

Als Lucy nichts weiter antwortete, verfiel Nell in ein heftiges Lachen. Die Welt war doch einfach nur verrückt!

„Aber ... wie?“

Fahrig zuckte Lucy mit den Achseln. „Ich weiß auch nicht. Wir haben uns nach dem Abend doch noch ein paarmal getroffen und eigentlich war er plötzlich gar nicht mehr so schlimm. Ich glaube, er wollte einfach nur niemanden an sich heranlassen. Du musst wissen, dass er eine heftige Trennung hinter sich hat und er hat mir erzählt, dass er sich sofort in mich verguckt hatte, aber das einfach nicht zulassen wollte.“

„Wow", staunte Nell und starrte auf ihr Getränk. „Das freut mich total für dich. Auch wenn ich es mir irgendwie nicht so richtig vorstellen kann", schob sie kichernd hinterher.

„Na ja, wir schauen nur mal, wo das Ganze mit uns so hinführt. Eher so eine kleine Urlaubsromanze und dann werden wir sehen", erklärte Lucy und Nell spürte ein unschönes Ziehen im Magen. Eine Urlaubsromanze. Ja, da konnte sie bestens mitreden.

„Und das Telefonat mit deiner Mum?", hakte Nell wenig später nach. „Konntet ihr ein bisschen reden?"

Achselzuckend schaute Lucy auf ihr Glas. „Ein bisschen. Sie hat sich erkundigt, wie es mir geht und mir gesagt, dass sie mich ganz schön vermisst."

Nell sah ihre Freundin von der Seite an. „Aber das klingt doch ganz gut."

Zustimmend nickte Lucy. „Tatsächlich war das Gespräch sehr angenehm. Ungewohnt angenehm."

„Dann war dein Aufenthalt hier eher hilfreich für deine Mum als für dich", stellte Nell fest und stieß ihre Freundin leicht in die Seite.

Lucy kicherte. „Irgendwie schon. Lustig, oder? Wo sie es doch bezahlt. Eigentlich hätte sie auch herkommen und Urlaub machen können."

„Dann hättest du aber Berti nicht kennengelernt", rief Nell ihr in Erinnerung.

„Komisch, wie das Leben manchmal so spielt, oder?", sinnierte Lucy und hob prostend ihr Glas, woraufhin Nell mit ihr anstieß.

Nachdem die beiden Freundinnen sich noch intensiv über Bertram ausgetauscht hatten, überkam Nell irgendwann eine heftige Müdigkeit und sie verabschiedete sie sich von ihrer Freundin.

Sie machte sich gerade auf den Weg in Richtung Treppe, um auf ihr Zimmer zu gehen, da bemerkte sie einen Schatten neben sich. Sie blickte zum Fahrstuhl, vor dem sie einen Mann stehen sah. Es war Dylan. Gerade öffnete sich die Fahrstuhltür, da raffte Nell all ihren Mut zusammen und rief: „Dylan!“

Doch er betrat die Kabine, sah sie ausdruckslos an und betätigte demonstrativ einen Knopf. Nell stand wie angewurzelt da und blickte ihm traurig in die Augen, während sich die Tür vor ihr schloss. Es war eindeutig, dass sie an Dylan nicht mehr herankommen würde. Sie blinzelte die Tränen beiseite und atmete einige Male tief ein und wieder aus.

Völlig erschöpft betrat Nell kurz darauf ihr Zimmer. Vor wenigen Tagen war ihr alles noch so herzlich und warm vorgekommen und jetzt erdrückte sie das alles hier: ihre schlechten Gedanken, die Stille im Zimmer und die Einsamkeit, die sich über ihr ausbreitete. Sie trat vor das Fenster, die Arme fest um ihren Oberkörper geschlungen, und blickte nach draußen. Es hatte nicht mehr geschneit und die Sonne war am Tag über so kräftig gewesen, dass sie einen Teil des Schnees zum Schmelzen gebracht hatte. Der Frühling war nicht mehr weit entfernt. Durch die Straßenlaternen, die den Schlossgarten beleuchteten, erkannte Nell die Büsche und Pflanzen, die sich allmählich von der Decke des weißen Schnees befreiten. Wie gerne hätte sie das Schloss im erwachenden Frühling betrachtet. Doch sie würde nicht mehr lang genug bleiben, um das Spektakel zu sehen. Sie wusste, dass sie überhaupt nicht mehr vorhatte, noch lange zu bleiben. Immerhin gab es hier nicht mal mehr Platz für die Erholung, die sie sich so sehr herbeigesehnt hatte. Alles Schöne, was ihr hier widerfahren war, wurde vom Streit mit Dylan überschattet. Nein, sie würde gehen müssen.

Kapitel 33

Es war Mr Brown, den Nell an ihrem ersten Tag im Schloss kennengelernt hatte und den sie jetzt an der Rezeption traurig ansah und ihm zu erklären versuchte, dass sie ihre Reise würde abbrechen müssen.

„Leider gibt es privat einen schlimmen Vorfall und ich sollte besser nach Hause fahren", erklärte sie seufzend und lehnte sich mit den Händen auf den Tresen.

Mr Brown bedachte sie mit einem mitfühlenden Blick. „Das tut mir wirklich sehr leid für Sie. Vor allem, da Sie ja auch noch gut eineinhalb Wochen ihr Zimmer gebucht haben. Nun ...", er räusperte sich, als wäre ihm das, was er gleich sagen müsste, äußerst unangenehm, „... leider kann ich Ihnen das Geld nicht erstatten. Das verstehen Sie sicher."

Nell nickte. „Natürlich, kein Problem." Sie schluckte schwer bei dem Gedanken, dass sie eigentlich so viele wunderbare Tage hier im Schloss hätte erleben können. Mit Dylan. Aber das war vorbei. Die Zeit mit ihm war zwar kurz, aber traumhaft gewesen. Und jetzt war sie innerhalb weniger Stunden einfach wieder vorbei.

Mr Brown lehnte sich leicht über den Tresen. „Hören Sie, ich werde das Zimmer noch eine Weile reservieren. Immerhin haben Sie dafür bezahlt. Sollten Sie sich also doch noch entschließen, ein paar Tage herzukommen, dann können Sie sich noch bis zum Ablauf Ihres Buchungszeitraumes bei uns melden." Er zwinkerte ihr freundschaftlich zu und Nell lächelte dankbar. „Das ist gut zu wissen. Vielen herzlichen Dank."

„Ich hoffe, Sie hatten eine angenehme Zeit bei uns?"

„Oh ja, die hatte ich auf jeden Fall. Es war traumhaft, danke schön."

„Dann hoffe ich umso mehr, dass ich Sie bald wiedersehe."

„Ja, vielleicht. Ich wünsche Ihnen alles Gute", verabschiedete sich Nell und versuchte ihr freundliches Lächeln beizubehalten, obwohl sie am liebsten in Tränen ausgebrochen wäre.

Sie griff nach ihren Koffern und trat mit langsamen, aber entschiedenen Schritten hinaus ins Sonnenlicht. Etwas weiter die Hofeinfahrt herunter stand das von ihr bestellte Taxi schon bereit. Nell hatte extra darum gebeten, dass sie ein Stückchen zu Fuß laufen konnte, um die letzten Meter vor *Eastwood Castle* noch einmal in Ruhe auf sich wirken zu lassen, ehe sie den Mauern komplett ihren Rücken kehrte. Sie wandte sich noch einmal zum Schloss um und betrachtete das anmutige Gebäude mit gemischten Gefühlen. Sie schaute auf die zwei großen Säulen, die den Eingang umrahmten. Ihre Blicke glitten nach oben auf die kleinen Fenster mit Rundbögen und die einzelnen blumenhaften Elemente, die sich die Fassade emporschlängelten. Einerseits war sie dankbar für alles, was ihr hier widerfahren war. Sie hatte sich selbst besser kennengelernt, hatte Ruhe gefunden und – Dylan. Sie hatte traumhafte Momente erlebt. Die Landschaft erkundet, nette Menschen kennengelernt. Sie dachte an Lucy, der sie schon bald schreiben würde, dass sie früher abgereist war, damit sie jetzt nicht das erklären musste, wofür sie noch nicht einmal selbst die richtigen Worte fand. Hier war sie glücklich gewesen. Hatte gelacht, geweint, geträumt und gelebt. Wie tragisch ihr Aufenthalt hier auch endete, sie hatte so viel dazugewonnen. Vor allem die wunderbaren Erinnerungen an die Zeit mit Dylan. Sie schüttelte den Gedanken an ihn hastig beiseite und machte auf dem Absatz kehrt. Sie musste zu ihrem Taxi und dieses kurze, aber wunderbare Kapitel unbedingt hinter sich lassen.

Der Taxifahrer ließ sie direkt vor dem grauen Gebäude raus, in dem sie vor kurzem erst mit Greg gesessen und geredet hatte. Es wird das Richtige sein, sagte sie sich immer wieder wie ein Mantra und ja, vielleicht würde sie es auch bald selbst glauben können.

„Ich fasse es nicht, du bist wirklich hier!", rief Greg laut aus, als er gerade das Gebäude mit seiner Reisetasche verließ und Nell erblickte, wie sie verloren dastand, mit ihrem Gepäck in der Hand und einem Lächeln auf den Lippen, das ihre Augen allerdings nicht erreichte.

Greg ließ seine Tasche auf den Boden gleiten, ging auf sie zu und zog sie fest in eine innige Umarmung. Nell versuchte weiterhin zu lächeln und schaffte es sogar, die Umarmung zu erwidern. Sie atmete seinen Duft ein und versuchte das zu spüren, wonach sie so lange Zeit vergeblich gesucht hatte. Freude und Glück.

Aber da war nichts. Vielleicht würde das ja noch kommen. Jedenfalls hatten sie beide eine Chance verdient und sie war sich sicher, dass es das Beste wäre, wenn sie diese nutzten.

Greg griff nach ihren Taschen und strahlte sie überschwänglich an. „Komm Schatz, fahren wir nach Hause!"

Kapitel 34

Hier in London tickten die Uhren anders. Die Menschen verhielten sich anders. Die Luft war anders. Es war deutlich milder als auf Eastwood Castle. Es war kaum noch Schnee zu sehen, bis auf den Matsch, der sich als bräunliche Berge an den Straßenrändern sammelte. Nell stand vor dem Gebäude, in dem sie vor einer gefühlten Ewigkeit noch zu Hause gewesen war. Heute sollte sie in die ihr fremd wirkende Wohnung zurückkehren. Bis sie in ihre neue Wohnung ziehen konnte, war es noch zwei Wochen hin. Solange würde sie bei Greg bleiben können, hatte er ihr angeboten.

„Du glaubst nicht, wie glücklich es mich machen würde, wenn du erst einmal wieder nach Hause kommst. Danach können wir ja noch weitersehen. Vielleicht finden wir ja jemand anderen für deine neue Wohnung oder aber du möchtest unbedingt ein bisschen Ruhe haben. Dann verstehe ich das natürlich", hatte Greg ihr auf dem Rückweg gepredigt und ihr immer wieder verstohlen das Knie getätschelt. Er hatte auf die Straße geblickt, mit einem breiten Lächeln auf den Lippen, und Nell hatte ihre Augen aus dem Beifahrerfenster gerichtet und gehofft, dass der Weg nach Hause – in ihr Zuhause – noch ewig dauern würde.

Jetzt, wenige Stunden später, stand sie da und betrachtete das Wohnhaus mit traurigem Blick. Dennoch schickte sie sich an, endlich froh zu sein, dass sich alles so gefügt hatte, wie sie es sich all die Jahre gewünscht hatte. *Reiß dich zusammen*, befahl sie sich im Stillen und schenkte Greg ein zaghaftes Lächeln, als er sie an die Hand nahm und vorsichtig mit sich zog.

Es war, als würde sie in eine fremde Wohnung treten, als sie die ersten Schritte über die Türschwelle machte. Zwar war noch alles so, wie sie es vor einigen Wochen verlassen hatte, aber dennoch wirkte die Wohnung einsam und kalt. Nichts im Vergleich zum heimeligen Zimmer auf Eastwood Castle.

„Komm", durchbrach Greg Nells Gedanken, nahm ihr ihre Taschen ab und stellte sie an die Seite. „Auspacken können wir später. Wenn du möchtest, dann kann ich vorerst im Gästezimmer schlafen und du gehst ins Schlafzimmer", schlug er dann vor und steckte die Hände in die Taschen seiner Jeanshose.

Doch Nell winkte dankend ab. „Nein, ist schon gut. Bleib du ruhig im Schlafzimmer und ich gehe ins Gästezimmer. Das ist überhaupt kein Problem für mich."

Greg schritt auf sie zu und nahm ihre Hände in seine. Nell versteifte sich ein wenig und rief sich in Erinnerung, dass es doch nur Greg war. Ihr Greg! Der Greg, den sie doch liebte.

„Schatz, das ist auch immer noch dein Zuhause. Bitte denk nicht, dass du kein Recht hast, im Schlafzimmer zu schlafen. Es sind auch deine Kissen, deine Decken. Alles hier ist auch deins." Eindringlich sah er sie an und Nell lächelte leicht. „Entschuldige, du hast recht. Es ist

nur ein wenig seltsam, nach all den Wochen wieder
hier zu sein."

„Das verstehe ich und ich weiß, dass wir das hinbekommen, in Ordnung?"

Nell nickte. „In Ordnung."

„Ich liebe dich", flüsterte er und drückte ihr einen
sanften Kuss auf die Lippen, den Nell kaum erwiderte.
Kurz darauf ließ er mit einem Leuchten in den Augen
von ihr ab. „Kaum zu fassen, dass du wieder da bist." Er
warf einen kurzen Blick auf seine Armbanduhr.

„Hast du noch was vor?", fragte Nell.

„Leider ja. Ich muss noch einmal zur Arbeit. Wir haben noch eine Besprechung, aber sie wird nicht lange
dauern." Er senkte entschuldigend den Blick. „Tut mir
wirklich leid."

„Kein Problem. Geh nur. Ich pack solange meine Sachen aus."

Gregs Gesicht erstrahlte wieder und er küsste sie erneut. Als er von ihr zurücktrat und zur Wohnungstür
schritt, rief er über die Schulter: „Hast du Lust, heute
Abend gemeinsam mit mir zu essen? Ich bringe etwas
mit."

„Okay", antwortete Nell lediglich.

Greg drehte sich an der Tür um. „Chinesisch? Ich
weiß, du liebst chinesisches Essen, also bringe ich etwas davon mit. Möchtest du auch Wein?", fragte er voller Vorfreude, doch Nell schluckte schwer, als ihr die
Bilder von Dylan in den Kopf kamen, als sie gemeinsam
den Weinabend im Schloss erlebt hatten. Sie schüttelte
den Kopf. „Mir ist eher nach Bier."

Nachdem Greg die Tür hinter sich ins Schloss fallen-
gelassen hatte, hatte Nell das Gefühl, als befände sie

sich in einer fremden Welt. Sie marschierte langsam durch das offene Wohnzimmer, dessen grelle Farben ihr plötzlich in den Augen wehtaten. Es hatte sich nichts verändert. Und doch hatte sich einfach alles verändert. Sie hatte sich verändert und mit ihr auch ihre Empfindungen, ihr Geschmack, ihre Gefühle ...

Mit langsamen Schritten näherte sie sich der Küche, stützte sich am weißen Hochglanztresen mit schwarzer Marmorplatte ab und versuchte, irgendein vertrautes Gefühl in sich auflodern zu lassen, doch sie spürte nur Leere.

Auf dem Weg zum Gästezimmer griff sie nach ihren Taschen. Sie legte sie auf das Gästebett, welches sich ein Zimmer neben dem Schlafzimmer im hintersten Teil der Wohnung befand. Ihr Blick fiel auf die schneeweiße Kommode und sie rief sich Pipers Kommentar bezüglich dieser Wohnung in Erinnerung. *Stattdessen lebst du in einer Penthouse-Wohnung, die einer sterilen Arztpraxis gleicht. Und selbst Arztpraxen sind im Gegensatz zu eurer ... zu seiner Wohnung kunterbunt.* Wie recht sie hatte. Warum hatte Nell erst jetzt das Gefühl, dass das hier nicht ihre Welt war? Sie seufzte und besann sich darauf, dass sie Greg und sich eine Chance geben wollte.

„Oh, es ist so schön, dich zu sehen!", rief Piper aus und fiel ihrer besten Freundin um den Hals, kurz nachdem sie den Blumenladen betreten hatte. Nell drückte ihre Freundin fest an sich und schloss einen Moment die Augen. Hier spürte sie, im Gegensatz zur Wohnung, die nötige Vertrautheit, die sie brauchte.

„Schön, wieder hier zu sein", murmelte Nell in Pipers Haare, die ihr Gesicht kitzelten.

Als Piper sich von Nell losmachte, betrachtete sie sie ganz genau. „Hm", machte sie dann.

„Was ist?"

„Nichts, nur … ich dachte, du würdest ein bisschen erholter aussehen, wenn du wieder da bist. Vor allem nach deinen kleinen Abenteuern mit deinem Lover Boy", zwinkerte sie dann mit einem verschmitzten Grinsen.

Nell lächelte traurig. „Bis zu einem gewissen Grad hatte ich mich auch erholt."

„Aber dann kam Greg", schloss Piper.

Nell hatte ihr einen Teil während der Autofahrt gesimst, um ihre beste Freundin darauf vorzubereiten, dass sie als Seelentröster herhalten musste.

„Es ist alles so aus dem Ruder gelaufen", erklärte Nell und lehnte sich an den Verkaufstresen. Eine herrliche Brise des Dufts der frischen Blumen wehte ihr entgegen. Wenigstens ein bisschen Vertrautheit an diesem Tag. „Wäre ich doch nur von Anfang an ehrlich zu Dylan gewesen, dann wäre es nicht so weit gekommen."

„Dann hättet ihr aber vielleicht auch nicht einen Moment von dem erlebt, was ihr erlebt habt. Es wäre doch denkbar, dass er direkt einen Riegel vor das Ganze geschoben hätte. Meinst du nicht?"

„Mag sein, ja. Ich fühle mich trotzdem so schuldig. Ihm gegenüber und auch Greg."

„Und jetzt bist du mit Greg zurückgekehrt", seufzte Piper und schüttelte den Kopf, als könnte sie das Ganze nicht verstehen.

„Das, was Greg getan hat, wie er sich entschuldigt hat und das alles, hat mir gezeigt, dass er es wirklich ernst meint, Pipe."

„Und wo ist er jetzt?"

„Bei der Arbeit."

„Aha", sagte ihre Freundin mit einem Blick, der Nell deutlich machte, dass er sich nicht geändert hatte.

„Du brauchst gar nicht so zu schauen", grinste Nell ihre Freundin an und warf ihr einen kleinen Strunk einer Blume entgegen. „Greg hat eine neue Chance verdient. Und jetzt bleibe ich ein paar Tage bei ihm, bis ich in die neue Wohnung kann. Es wird schon gut werden, wenn wir erst einmal eine räumliche Trennung ausprobieren."

„Die Hauptsache ist, dass du davon überzeugt bist", gab Piper von sich und entfernte ein paar Reste eines Straußes, den sie vor wenigen Minuten angefertigt hatte.

Nell blickte sich im Laden um. Hier hatte sich ebenfalls nichts verändert, aber im Gegensatz zu Gregs und ihrer Wohnung fühlte sich das hier wirklich wie Zuhause an.

„Ist irgendwas passiert, seitdem ich weg bin?", wollte Nell wissen und ging ihrer Freundin zur Hand.

Doch diese scheuchte Nell beiseite. „Nix da! Du hast noch Urlaub, schon vergessen? Du wirst jetzt hier keinen Finger rühren!"

Nell lachte, als sie in Pipers ernstes Gesicht blickte, was an das einer finsteren alten Frau erinnerte. Beschwichtigend hob sie die Hände. „Schon gut, schon gut. Also, was gibt's Neues?"

Piper besprühte den Tresen mit Reinigungsmittel und griff zum Putzlappen. „Bisher haben wir zwei große neue Aufträge reinbekommen. Einmal für ein Sommerfest einer Firma in der Stadt und dann ist da noch eine kleine Verlobungsparty im März."

„Das klingt super!", strahlte Nell und freute sich inzwischen, endlich wieder im Blumenladen arbeiten zu können.

Piper lächelte ebenfalls breit. „Das wird auch super. Chloe hat schon so tolle Ideen für die Verlobungsfeier und ich bin gespannt, was du dazu sagen wirst. Aber dazu erzähle ich dir mehr, wenn dein Urlaub auch wirklich vorbei ist."

„Ich bin gespannt." Nell sah sich kurz um. „Wo steckt Chloe eigentlich?"

„Einkäufe erledigen. Denke, sie ist in einer Stunde etwa wieder da." Piper legte den Lappen beiseite und schaute Nell eindringlich an. „Du bist doch glücklich, oder?"

„Wie meinst du das?"

„Na mit Greg. Du bist mit ihm zurückgekehrt, weil du glücklich mit ihm bist, habe ich recht?"

Nell knabberte einen Moment auf ihrer Unterlippe, ehe sie schließlich nickte. „Ich denke schon."

Piper sah sie an und schien zu wissen, dass Nell nicht ganz ehrlich war. „Und Dylan ist vergessen. Geschichte. Vergangenheit?"

Einen Moment lang zögerte Nell, doch dann nickte sie erneut. „Ich denke, dass es besser ist, ihn zu vergessen." Mit einem fröhlichen Gesichtsausdruck schnappte sie sich schließlich ihre Handtasche und nahm ihre Freundin in den Arm. „Es wird Zeit, dass ich mich ans Auspacken mache. Sehen wir uns morgen Abend? Wir könnten essen gehen.“

„Klar, machen wir.“

„Dann bis morgen, Piper. Ich freue mich“, verabschiedete Nell sich und verschwand aus dem Blumenladen.

Piper blickte ihr noch einen Augenblick lang nach und seufzte. Ihre Freundin war so unglaublich schlecht im Lügen …

Kapitel 35

„Und? Schmeckt dir das Essen?", fragte Greg und deutete mit seinen Stäbchen auf die Box in Nells Hand.

Diese stocherte nur wahllos darin herum. „Sehr gut, danke."

„Und warum isst du dann nichts?", hakte er nach und wischte sich mit einer Papierserviette über den Mund.

„Ich bin nicht besonders hungrig", gestand sie und schob die Box auf den Esstisch, an dem sie saßen. Stattdessen griff sie zum Bier und trank einen Schluck. Obwohl sie sich explizit für Bier entschieden hatte, damit sie beim Wein nicht an Dylan denken musste, dachte sie ausgerechnet aus diesem Grund jetzt doch an ihn. Sie schob die Erinnerung an sein schönes Gesicht schnell wieder beiseite.

„Möchtest du reden?", fragte Greg schließlich und betrachtete sie eingehend.

„Es ist nur alles ein bisschen viel im Moment. Sonst nichts", tat sie das Ganze ab.

„Wollen wir uns sonst einfach einen Film ansehen?", wechselte Greg hoffnungsvoll das Thema.

Nell lächelte dankbar. „Sehr gerne."

Wenig später lümmelten sie auf der Couch und schauten auf das Programm von Netflix. Sie entschieden sich für einen Krimi, da Nell absolut keine Lust auf eine Liebesgeschichte hatte, bei der sie doch nur wieder an Dylan denken musste. Ein Krimi wäre nun genau das Richtige.

Kurz darauf legte Greg einen Arm um Nells Schultern und zog sie näher an sich heran. Sie lehnte ihren Kopf an ihn und versuchte, nicht an die Waldhütte zu denken, als sie bei Dylan in der gleichen Position gelegen hatte. *Himmel! Nicht immer an Dylan denken,* rügte sie sich innerlich und versuchte, den Moment mit Greg zu genießen. Sie atmete seinen vertrauten Duft ein, spürte die Wärme, die sein Körper ausstrahlte, lauschte seinem ruhigen Atem und spürte ... nichts. Nur eine tiefe Traurigkeit und schlimme Gewissensbisse. Automatisch drückte sie sich noch ein wenig fester an ihn und dachte sich, dass es nur ein bisschen dauern würde, bis alles wieder beim Alten war.

Als Nell am nächsten Morgen die Augen öffnete, brauchte sie einen Moment, um zu realisieren, dass sie nicht wie erwartet im Schloss erwachte, sondern hier, im Gästezimmer, nur einen Raum von Greg entfernt. Sie hatte geglaubt, dass sie ein paar Stunden, nachdem sie ins Bett gegangen waren, aufwachen und einen Hoffnungsschimmer spüren würde. Hoffnung für Greg und sich. Aber da war nichts außer einem leeren Gefühl. Sie war nicht glücklich und sie wusste tief in sich, dass sie es auch nicht mehr werden würde. Zumindest nicht mit ihm.

Sie schlich wie eine Fremde ins Badezimmer, nahm eine heiße Dusche und machte sich zurecht, um anschließend in die Küche zu gehen. Sie war froh, dass sie Greg nirgendwo entdecken konnte, sondern nur eine

Nachricht auf dem wunderbar hergerichteten Frühstückstisch entdeckte.

Es ist vermutlich nicht vergleichbar mit Eastwood Castle, aber ich hoffe, es schmeckt dir trotzdem.

Ich liebe dich,
Greg!

Nell betrachtete den Tisch. Er hatte ihr ein herrliches süßes Frühstück bereitet, genau so, wie sie es mochte: süße Brötchen, Marmelade, Saft und schwarzen Tee. Sie lächelte schwach und setzte sich an den Tisch. Mit einem schlechten Gewissen knabberte sie schließlich an ihrem Brötchen und bestrich es immer wieder mit Erdbeermarmelade. Greg gab sich so viel Mühe, er versuchte sich wirklich zu ändern und sie fühlte rein gar nichts – außer einem Schuldgefühl, das ständig an ihr nagte. Nicht nur Dylan gegenüber, sondern auch Greg, der gerade allein für diese Beziehung zu kämpfen schien. So, wie sie es früher immer getan hatte.

Nachdenklich trank sie von ihrem Tee und schaute sich in der stillen, hellen Wohnung um, die sie frösteln ließ. Das hier war nicht mehr ihre Wohnung. Es war nicht mehr ihr Leben, nicht ihre Probleme, ihre Streitereien. Es war nicht mehr ihr Greg und es war auch nicht mehr ihre Hoffnung, dass alles so sein könnte wie früher. Da war nicht mehr der Wunsch nach einem Antrag. Der Wunsch einer gemeinsamen Zukunft. *Eastwood Castle* hatte sie verändert. Dylan hatte sie verändert. Greg hatte sie verändert. Auch wenn es eine Weile gedauert hatte, bis sie sich eingestehen konnte, was sie wirklich wollte, so wusste sie es in diesem Moment. In dem Augenblick, als sie die hochglanzpolierten Möbel betrachtete. Die Fensterfront, die den Großteil der Wohnung einnahm. Die hallenden Räume, die sterile Küche. Das ungemütliche Sofa, die teuren Kunstwerke an den Wänden, deren Bedeutungen sie noch nie verstanden hatte. Das hier war nicht mehr ihr Leben und das sollte es auch nicht länger sein.

Kapitel 36

Als Greg am späten Nachmittag die Wohnung betrat, fand er Nell auf der Couch sitzend.

„Hallo, Schatz!“, rief er fröhlich und marschierte auf sie zu. Bei seiner Freude, sie zu sehen, zuckte sie schmerzlich zusammen.

„Hallo, Greg“, antwortete sie leise.

„Was ist los? Habe ich etwas ausgefressen?“

„Du hast nichts gemacht, keine Sorge“, beschwichtigte Nell ihn, doch als Greg zur Küche blickte, neben der Nells gepackten Reisetaschen standen, wurde er unruhig.

„Schatz ... Nelly, was ist los?“

Nell atmete traurig aus. „Wir sollten reden, Greg.“

Vorsichtig setzte er sich gegenüber von ihr auf einen Sessel und blickte sie fragend an. „Du ziehst wieder aus? Kannst du schon früher in die Wohnung?“

Nell schüttelte den Kopf. „Nein, das dauert noch eine Weile, aber ich werde die kommenden Tage bei Piper unterkommen.“ Sie hatte am Vormittag ihre Freundin angerufen und sie gefragt, ob sie bei ihr bleiben könnte. Man hätte meinen können, dass Piper lautlos jubelte, doch hatte Nell versucht, das geflissentlich zu ignorieren. „Natürlich kannst du zu mir kommen! Das wird lustig!“

Jetzt saß sie hier auf der Couch, die nicht länger ihre war, um Greg vor vollendete Tatsachen zu stellen.

„Brauchst du jetzt schon Abstand von mir?“, versuchte er zu scherzen, doch Nell erkannte den traurigen Ausdruck auf seinem Gesicht.

Kopfschüttelnd blickte sie auf ihre Hände. „Ich werde nicht wiederkommen. Und deshalb wollte ich mit dir reden.“

Greg nickte wissend. „Du verlässt mich. Endgültig.“

„Ich sehe für uns keine Zukunft mehr, Greg. Das hat nichts mit dir zu tun, sondern mit mir. Auch wenn sich das wie eine hohle Floskel anhört, so ist es auf jeden Fall die Wahrheit. In den vergangenen Wochen ist so viel passiert. Wir haben uns verändert. Du hast dich verändert und ich weiß, dass du alles ehrlich gemeint hast und darüber bin ich wirklich sehr glücklich. Dennoch weiß ich jetzt, dass es einfach nicht mehr passt und bevor ich zu viel Zeit ins Land gehen lasse und dir womöglich noch falsche Hoffnungen mache, ist es besser, wenn ich es jetzt beende. Dann tut es vielleicht weniger weh.“

In ihren Augen sammelten sich Tränen, die sie hastig fortblinzelte.

Greg sagte nichts, sondern schaute nur auf seine Hände, die er in den Schoß gebettet hatte.

„Greg, es tut mir schrecklich leid, dass es so gekommen ist...“

„Liegt es an einem anderen Mann?“, fragte er unvermittelt, sodass Nell ins Stocken geriet.

„Nein, ähm ... ich meine ...“ Sie seufzte. Sie musste ehrlich mit ihm sein, auch wenn sich die Wahrheit für ihn schrecklich anhören würde. Immerhin hatte sie es sich fest vorgenommen, ehrlich zu sein. Keine Lügen mehr.

„Da ist tatsächlich jemand, den ich kennengelernt habe. Aber erst während unserer Beziehungspause."

„Du meinst also auf Eastwood Castle", schloss Greg und nickte wissend. Sein Gesicht war ausdruckslos und Nell wusste, dass er insgeheim sauer war.

„Ja, dort habe ich jemanden kennengelernt, mit dem ich gerne Zeit verbracht habe. Deshalb habe ich auch angefangen, noch intensiver über uns nachzudenken."

„Liebst du diesen Mann?", funkte er wieder dazwischen.

Nells Augen wurden riesig. „Bitte was? Ob ich ihn liebe?"

„Na, tust du es, oder nicht?"

Als sie nicht sofort antwortete, sprang Greg von seinem Platz auf und lief aufgebracht im Wohnzimmer auf und ab.

„Nein, Greg. Ich kann da nicht von Liebe sprechen", antwortete sie, doch der Satz fühlte sich irgendwie falsch an. Man konnte doch nach so kurzer Zeit noch nicht von Liebe sprechen!

„Dann lag ich mit meiner Vermutung also richtig", sprach Greg mehr zu sich selbst, ohne auf Nells Einwand einzugehen.

„Was meinst du?"

Greg fixierte sie und Nell sah den Schmerz in seinen Augen. „Als du mir in Blynmouth etwas erzählen wolltest und ich dir sagte, dass du nichts sagen müsstest, da war mir insgeheim klar, worum es dabei ging. Vermutlich wollte ich es nur einfach nicht hören."

„Ich wollte es dir ja sagen", wandte Nell beschwichtigend ein, doch Greg schüttelte wütend den Kopf. „Verdammt, was war ich dämlich! Wie hatte ich glauben können, dass das hier funktionieren könnte?"

„Ich hatte es mir so sehr gewünscht, dass es klappen könnte."

„Aber dann hast du dich an den Nächstbesten rangeschmissen!", rief er plötzlich aufgebracht.

Nell zuckte kaum merklich zusammen und blickte beschämt auf ihre Finger. Eine ganze Weile lang schwiegen sie, bis Greg sich irgendwann erschöpft in den Sessel sinken ließ und sich müde das Gesicht rieb.

„Tut mir leid", murmelte er in seine Hände und blickte schließlich auf. „Ich wollte dich nicht so anfahren."

„Schon okay. Vermutlich hast du sogar recht."

„Und dennoch bin ich nicht unschuldig an der ganzen Sache", seufzte er. „Immerhin hätten wir keine Beziehungspause gehabt, wenn ich nicht so ein Arsch gewesen wäre in der letzten Zeit. Und dann wärst du ja auch nicht ins Schloss gefahren, um eine Auszeit zu nehmen. Und dann hättest du auch nicht diesen ..." Er sprach den Satz nicht zu Ende, doch Nell wusste insgeheim, was er sagen wollte.

„Bitte gib dir nicht die Schuld daran, Greg. Zu einer Beziehung gehören immer noch zwei. Vielleicht hätte ich die Pause gar nicht erst vorschlagen und dir Hoffnungen machen sollen. Ich hätte womöglich gleich gehen sollen, um es uns zu erleichtern."

„Ja, vielleicht wäre es besser gewesen", stimmte er ihr zu und sah sie direkt an. „So hast du es doch nur unnötig rausgezögert, was ohnehin feststand."

„Es tut mir leid, wenn ich dir wehgetan habe“, entschuldigte sich Nell abermals. „Aber ich wollte ehrlich zu dir sein und das bin ich jetzt. Ich könnte dir nicht vorspielen, dass alles gut ist bei uns. Das wäre nicht fair.“

Greg schwieg, senkte den Blick und schüttelte immer wieder mit dem Kopf. Nell wusste, dass er sauer war. Dass er am liebsten seinen Frust rausgeschrien hätte und er sich nur ihretwegen zusammenriss. So gut kannte sie ihn. Sie wusste, was er dachte, was er wollte. Und sie wusste auch, dass es ihm wehtun würde. Ein paar Tage. Wochen vielleicht. Aber dann würde seine Welt wieder in Ordnung sein. Da war sie sich sicher.

Nell erhob sich langsam von der Couch und schritt auf ihre Taschen zu. An der Haustür blieb sich noch einmal stehen und wandte sich zu Greg um, der sie mit traurigem Blick ansah.

„Du bist ein wunderbarer Mensch, Greg. Und all die Jahre, die wir hatten, würde ich nicht missen wollen. Aber manchmal verändern die Menschen sich und so sehr sie am Anfang zusammengepasst haben, so unterschiedlich können sie mit der Zeit werden.“ *Oder genau andersherum,* dachte Nell, als sie sich Dylans Gesicht vor Augen rief. „Ich wünsche dir jedenfalls von Herzen alles Gute.“

„Danke, dir auch. Mach’s gut, Nell“, gab er mit einem traurigen Lächeln von sich und wandte den Blick schnell wieder ab. Mit wild klopfendem Herzen verließ Nell schließlich die Wohnung.

„Kaum zu glauben, dass es jetzt wirklich vorbei ist“, sprach Piper leise vor sich hin und schaute Nell prüfend an. Sie saßen in Pipers Küche und hatten mittlerweile eine ganze Flasche Wein geleert. Nell hatte insgeheim gehofft, dass ihr der Alkohol die Situation ein wenig erleichtern könnte, doch das Gegenteil war eingetreten. Er machte sie nur sentimentaler. Eigentlich sollte sie sich befreit fühlen. Immerhin hatte sie endlich einen Schlussstrich unter die Beziehung mit Greg gesetzt. Sie war stark genug gewesen, um zuletzt ihre eigene Entscheidung für ihr Wohlbefinden zu treffen und dennoch klaffte da eine ungeahnte Leere in ihr, die sie innerlich auffraß. Vielleicht war das eben die Quittung für ihr Verhalten gewesen. Verdient hätte sie es jedenfalls, dachte sie.

„Du siehst nicht sonderlich glücklich aus“, stellte Piper schließlich fest, während Nell nicht antwortete, sondern nur auf ihr Glas stierte, als könnte es sich in eine Wunderlampe verwandeln, die ihr drei Wünsche erfüllte.

„Glaubst du etwa, dass du die falsche Entscheidung getroffen hast?“

Nell schüttelte entschieden den Kopf. „Nein, auf keinen Fall. Natürlich tut es mir weh und auch leid, wenn ich an Greg denke, da er sich scheinbar wirklich geändert hat, aber ich habe gemerkt, dass ich ihn nicht mehr so liebe wie früher. Wenn ich ihn überhaupt noch liebe“, setzte sie nachdenklich hinzu. „Vermutlich war es einfach nur noch dieses Gefühl, dass wir zusammengehören, weil wir es eben schon so lange waren. Klar liebe ich ihn, aber eher auf freundschaftliche Weise, verstehst du? Und ich schätze, dass ich mit ihm nach

Hause gefahren bin, damit ich es irgendwie wiedergutmachen kann.“

Piper zuckte mit den Schultern. „Vermutlich, ja. Aber was quält dich dann so? Eigentlich solltest du doch erleichtert sein. Immerhin hast du dich für diesen Weg entschieden.“

Nell blickte auf ihr Weinglas und hatte wieder einmal den wunderbaren Weinabend mit Dylan vor Augen. Sie dachte an sein schönes Gesicht. An seine warmen Hände, wenn er sie berührte. An seine Lippen. An seine stechenden Augen, die sie schon so oft fixiert hatten. Ob vor Belustigung, Gemeinheit oder Leidenschaft. Egal wofür, sie vermisste seine Augen so sehr. Sein Lachen. Diesen sanften, dunklen Ton, den er lachte, sobald er einen Witz machte, den eigentlich kein anderer lustig fand. Unwillkürlich lächelte Nell.

„Du denkst an ihn, richtig?“

Nell blickte auf und nickte schließlich. „Er fehlt mir so und ich habe es kaputtgemacht. Wäre ich doch von Anfang an ehrlich zu ihm gewesen...“

„Dann wärt ihr euch vielleicht niemals so nahegekommen. Dann hättest du dich vielleicht niemals in ihn verliebt“, rief Piper Nell ins Gewissen.

Erschrocken sah Nell ihre Freundin an. „Verliebt? Na, das würde ich nun nicht behaupten.“

„Und wie erklärst du dir deine Trauer dann? Du trauerst nicht einem Bekannten hinterher, den du gerade einmal ein paar Tage kanntest. Du trauerst auch keinem Mann hinterher, mit dem du dich gestritten hast. Sondern du trauerst dem Mann hinterher, in den du dich verliebt hast. Für den du sogar deine vermeintlich große Liebe Greg hast sitzen lassen. Und ich dachte, das wäre niemals möglich, dass du jemand anderen außer ihn kennenlernst. Aber ich sehe, wie sehr Dylan dir fehlt. Ich habe deine Stimme gehört, als wir telefoniert haben", erklärte Piper eindringlich und legte Nell eine Hand auf ihre. „Du hast so gestrahlt, wenn du von ihm erzählt hast. Du warst so glücklich."

„Ja, vielleicht war ich das", räumte Nell schließlich ein. „Aber das mit uns wird es nicht mehr geben. Dylan hat es mir unmissverständlich gezeigt. Ich habe versucht, mit ihm zu reden, aber ich hatte keine Chance."

„Vielleicht hast du sie jetzt."

„Wie meinst du das?"

„Na, immerhin hatte Dylan nun wenigstens ein bisschen Zeit, nachzudenken. Sieh doch mal, er war überrumpelt von der ganzen Situation und jetzt, wo du weg bist, hat er vielleicht ebenfalls gemerkt, wie sehr du ihm fehlst."

„Selbst wenn ich ihm fehle, heißt das nicht, dass er mir noch einmal verzeiht, geschweige denn vertraut."

Piper zog skeptisch eine Braue hoch. „Und das weißt du ganz sicher, weil ...?"

„Na, weil ich mir eben sicher bin. Jedenfalls vermute ich es mal."

„Siehst du! Du kannst es also gar nicht so genau wissen. Und um das herauszufinden, gibt es nur eine Lösung."

Nell schüttelte den Kopf. „Ich rufe ihn nicht an. Ich werde viel zu enttäuscht sein, wenn er ohnehin nicht drangeht. Das habe ich außerdem schon tausendmal versucht."

Mit rollenden Augen schüttelte Piper den Kopf. „Dummerchen! Du sollst ihn auch nicht anrufen. Du sollst zu ihm fahren."

„Ich habe doch gar nicht seine Adresse", rief Nell mit großen Augen.

Piper seufzte. „Oh Herr, schenk dieser Frau bitte ein bisschen Grips, ja?"

„Hey, ich sitze vor dir und kann dich hören", warf Nell ein.

„Du sollst doch nicht zu ihm nach Hause fahren, sondern ins Schloss. Setz dich in ein verdammtes Taxi und fahr zurück. Immerhin hättet ihr gemeinsam den gleichen Abreisetag gehabt. Und du bist früher abgehauen, also wird er ja wohl noch da sein."

„Ja und dann? Er wird nicht mit mir reden."

„Wie kannst du dir da so sicher sein? Finde es heraus. Und wenn er dann immer noch dichtmacht, dann kommst du einfach wieder nach Hause. Dann bleibst du hier bei mir, bis deine Wohnung frei wird, und machst dir ab dann ein schönes neues Leben." Piper schnaufte zufrieden und trank einen Schluck Wein.

„Bei dir hört sich das alles so einfach an", seufzte Nell.

„Und das ist es auch!", pflichtete sie ihr bei. „Also, soll ich ein Taxi rufen oder tust du es selbst?", fragte Piper dann, ohne auf weitere Einwände einzugehen.

Kapitel 37

Nervös nestelte Nell am Saum ihres Mantels, während sie im Taxi saß und die Dörfer und Wälder an ihr vorbeizogen wie ein Film, den man vorspulte. Als sie das letzte Mal in diese Richtung gefahren war, hatte ihr Herz vor Aufregung und Vorfreude wie wild geschlagen. Dieses Mal schlug es noch schneller, doch von Vorfreude war nicht die Rede. Sie hatte Angst. Entsetzliche Angst vor Dylans Reaktion, wenn sie vor ihm auftauchte und ihn darum bat, in Ruhe über alles zu reden. Ihm zu erklären, was tatsächlich los war, wie sie fühlte, was sie für ihn empfand, wie dumm sie gewesen war, nicht von Anfang an die Wahrheit gesagt zu haben. Sie konnte sich kaum daran erinnern, wann sie sich das letzte Mal so schuldig gefühlt hatte.

Draußen lag noch immer der Schnee, aber auch hier begann er allmählich zu tauen und legte grüne Büsche und Bäume frei. Der Taxifahrer summte leicht vor sich hin und Nell war froh, diese Normalität um sich herum zu haben, sonst wäre sie vermutlich komplett durchgedreht. Sie erlaubte sich sogar, einen Moment die Augen zu schließen und ein bisschen Hoffnung zu empfinden. Hoffnung, dass Dylan sie nicht direkt zum Teufel jagen und ihr zumindest zuhören würde. Sie würde es ihm erklären und wenn es sein musste, würde sie ihn an einen Stuhl fesseln, damit er nicht weglaufen konnte und ihr zuhören *musste*. Sie lächelte ein bisschen bei der Vorstellung, dass Dylan sich ohnehin von ihr nicht an einen Stuhl fesseln lassen würde. Die Kraft dazu hätte sie gar nicht. Aber sie hatte die Kraft, ihn mit Worten zu erreichen. Mit denen, die sie ihm nicht gesagt hatte. Mit der Wahrheit. Und die war, dass sie sich vielleicht sogar doch in ihn verliebt hatte, obwohl sie versucht hatte, Piper diesen Gedanken aus dem Kopf zu schlagen. Dennoch hatte ihre Freundin insgeheim recht gehabt. Nell konnte es jetzt, wo sie mit jeder Sekunde näher bei Dylan war, deutlich spüren. Ihr Bauch kribbelte angenehm, bei der Vorstellung, ihm in die Augen zu sehen, ihn zu berühren, ihn zum Lachen zu bringen. Wenn er es denn nur zuließ.

Doch, sie schöpfte Hoffnung. Dylan war zwar ein Sturkopf, aber er war auch ein Mann mit Gefühlen. Ein sensibler Mann, mit dem man reden konnte. Auch wenn es die letzten Male schwierig gewesen war, aber so wie Piper schon sagte, war er verletzt gewesen. Nun waren ein paar Tage Zeit vergangen und Nell würde sehen, was diese Zeit ihr gebracht hatte.

Sie ließ sich auf ihren Sitz zurücksinken und versuchte die Landschaft so gut es ging zu genießen. Bald schon war sie wieder da, wo alles begonnen und gleichzeitig geendet hatte: auf Eastwood Castle.

Das Knirschen unter den Reifen des Taxis kündigte an, dass sie ihr Ziel erreicht hatten. Sie schaute auf das imposante Schloss, welches sich vor ihr auftat, und spürte ihr aufgeregtes Herz schlagen. Sie hatte sich so sehr in diesen Anblick verliebt und hoffte, die letzten

Tage hier im Schloss noch einmal so richtig genießen zu können.

Hastig verließ sie das Taxi, nahm ihr Gepäck und eilte die Stufen hinauf in den Empfangsbereich. Ein vertrauter Duft von altem Holz schlug ihr entgegen und eine angenehme Wärme empfing sie, als sie die Kälte von draußen hinter sich ließ. Nells Blicke wanderten hin und her, auf der Suche nach Dylan, doch bis auf ein paar Gäste, die sie freundlich grüßten, war nichts zu sehen. Sie lächelte ihnen zu und wandte sich dem Empfangsbereich zu, an dem sie schon von einem vielsagend lächelnden Mr Brown begrüßt wurde.

„Mrs Pierson! Wie schön, dass Sie wieder da sind.“

„Ich freue mich auch sehr, wieder hier zu sein“, entgegnete sie freundlich. „Ist mein Zimmer denn noch frei?“

„Aber natürlich! Das hatte ich Ihnen ja zugesagt. Immerhin haben Sie dafür bezahlt. Es ist noch alles so, wie Sie es verlassen haben. Na ja, gereinigt wurde es schon“, setzte er mit einem Augenzwinkern hinzu.

Nell lachte dankbar. „Das ist wirklich unglaublich nett von Ihnen. Ich freue mich auf die letzte Woche hier im Schloss.“ Sie verabschiedete sich und machte sich hastig auf den Weg auf ihr Zimmer, um ihre Sachen zu verstauen. Als sie den Raum betrat, war es, als würde sie nach Hause kommen. Alles lag so da, wie sie es verlassen hatte. Sie stellte sich ans Fenster und blickte mit einem Lächeln auf den Schlossgarten, der sich allmählich vom Schnee verabschiedete. Die Sonne strahlte und Nell überkam ein ungeahntes Gefühl von Hoffnung. Es würde alles gut werden. Sie würde mit Dylan reden. Jetzt gleich.

Mit eiligen Schritten verließ sie ihr Zimmer und lief in Richtung Treppe, um ein Stockwerk weiter oben nach Dylan zu suchen. Vielleicht hatte sie ja Glück und er war auf seinem Zimmer.

Kurz vor seiner Tür atmete sie noch ein paarmal tief durch. Sie hob die Hand, setzte zum Klopfen an, doch dann hielt sie einen Augenblick inne. Was, wenn er sie sofort wieder wegschickte? Nein, sie schüttelte die Gedanken hastig wieder ab. So schnell würde sie sich dieses Mal nicht abwimmeln lassen.

Erst leise, dann etwas nachdrücklicher, klopfte sie an seine Tür. Als sich nach einer Weile nichts tat, ließ sie ihre Faust erneut gegen die Tür schnellen. Kurz danach ertönte ein leises Rumpeln und Nell sog scharf die Luft ein. Sie wappnete sich auf seine Reaktion, wenn sie sich das erste Mal wieder in die Augen sahen.

Langsam wurde die Tür geöffnet und Nell überlief ein kalter Schauer, als sie in überraschte Augen blickte, die einer dunkelhaarigen Frau gehörten.

„Hallo? Kann ich Ihnen helfen?“, fragte sie und öffnete die Tür noch ein Stückchen weiter.

Nell stockte einen Moment und spürte ein unwohles Gefühl in sich aufkeimen. Doch als sie an der Frau hinabblickte, erkannte sie die schwarze Uniform, eine weiße Schürze und den Besen in ihrer Hand. Sie atmete erleichtert auf.

Das Zimmermädchen sah sie fragend an. „Entschuldigung?“, hakte sie etwas ernster nach als Nell nicht geantwortet, sondern sie nur mit großen Augen angestarrt hatte.

„Oh … ähm … verzeihen Sie bitte. Ich wollte zu Mr Bresslin. Soweit ich weiß, wohnt er in diesem Zimmer.

Aber vermutlich ist er gerade nicht da", erklärte Nell eher sich selbst und wollte gerade gehen, als die junge Frau sie entschuldigend ansah. „Ich fürchte, da haben Sie ihn gerade verpasst. Er ist heute Morgen abgereist. Ich reinige gerade das Zimmer."

Um Nell herum begann sich alles zu drehen. „Bitte was? Er ist abgereist?"

„Ja, heute Morgen", wiederholte die Frau allmählich ungeduldig, als würde sie gerne weiter ihrer Arbeit nachgehen.

„Oh ... okay", stammelte Nell und wandte sich wie betäubt um. Sie marschierte mit eiligen Schritten in Richtung Empfang. Vielleicht war ja alles nur ein blödes Missverständnis. Ein Irrtum und das Dienstmädchen war lediglich falsch informiert worden.

Mr Brown saß nach wie vor am Empfang und lächelte Nell freudig entgegen, als sie auf ihn zulief. „Mrs Pierson, was darf ich für Sie tun?" Erwartungsvoll richtete er sich auf.

Nell lehnte sich leicht über den Tresen, damit andere Gäste sie nicht hören konnten. „Entschuldigen Sie bitte, ich weiß natürlich, dass Sie mir keine Auskunft über die anderen Gäste hier im Schloss geben dürfen. Aber gerade wollte ich zu Mr Bresslin und das Dienstmädchen meinte, dass er heute Morgen abgereist ist. Können Sie mir sagen, ob das stimmt oder ob es sich nur um einen Irrtum handelt?" *Bitte, lass es einen Irrtum sein*, flehte Nell innerlich, doch als sie sah, wie Mr Brown entschuldigend das Gesicht verzog, war ihr klar, dass ihre Welt gerade in tausend Teile zerbrach.

„Ich fürchte, da hat die Dame recht", erklärte er leise. „Auch wenn ich es Ihnen eigentlich nicht sagen darf ...

aber ja, er ist heute Morgen in aller Frühe abgereist. Die Gründe darf ich natürlich nicht nennen", fügte er hastig hinzu.

„Natürlich nicht, aber trotzdem danke", versuchte Nell freundlich hervorzubringen, doch bemerkte sie, wie sich der Kloß in ihrem Hals ausbreitete und ihr beinahe die Luft zum Atmen nahm.

Dylan war weg. Die letzte Chance, die sie für sie beide gesehen hatte, das letzte Stück Hoffnung, war wie weggeblasen. Jetzt hatte sie ihn endgültig verloren.

Kapitel 38

Nachdem Nell eine Weile durch den Schlosspark geirrt war, um ein bisschen die Fassung zurückzuerlangen, ließ sie sich schließlich auf einer Parkbank unter einer großen Eiche nieder. „Scheiße!", fluchte sie lauthals und erschrak über ihre eigene heftige Reaktion. Sie hatte schon vor einiger Zeit versucht, sich das Fluchen abzugewöhnen, doch in diesem Moment brach der Frust über sie herein wie ein Wasserfall.

„Scheiße, scheiße, scheiße!", presste sie weinend hervor und vergrub ihr Gesicht in den Händen. Was hatte sie nur getan? Wie hatte sie Dylan nur so leichtfertig gehen lassen können? Ihr wurde das Herz schwer bei dem Gedanken, dass er nun weg war. Sie wusste ja nicht einmal genau, wo er wohnte. London, ja. Das wars. Die Chance, dass sie sich noch einmal rein zufällig über den Weg liefen, war also sehr gering. Eine Träne lief ihr über die Wange, bei der Erinnerung daran, wie sie Dylan in London begegnet war. Wie hoch war die Chance, dass es noch einmal so kommen würde? Und dann? Was sollte sie dann sagen? *Ach hey, gut, dass ich dich hier treffe. Ich wollte eh gerade mit dir reden?* Vielleicht würde sie ja im Internet seine Adresse herausfinden.

Kopfschüttelnd sackte sie auf der Bank zusammen. Scheinbar sollte es einfach nicht sein. Sie würde die letzten Tage hier hinter sich bringen, nach Hause fahren und ein neues Leben beginnen. Ein neues, trauriges, einsames Leben. Vielleicht würde sie sich eine Katze anschaffen und der Männerwelt abschwören. Gedankenverloren begab sie sich schließlich zurück ins Schloss. Ihr war kalt und sie wollte sich in ihrem Zimmer aufwärmen, ins Bett legen, unter der Decke vergraben und nie wieder hervorkommen. Na ja, jedenfalls eine Woche lang nicht, denn dann würde man sie wohl aus dem Hotel werfen. Aber eine Woche wäre schon mal ein guter Anfang, um ordentlich in Selbstmitleid zu baden.

Träge stieg sie die Stufen hinauf und schob sich den Gang entlang in ihr Zimmer. Vor ihrer Tür angekommen erblickte sie schließlich etwas Weißes auf der Fußmatte. Einen Umschlag. Fragend hob sie ihn auf. Es stand kein Name oder sonst irgendetwas darauf. Sie nahm ihn mit in ihr Zimmer, setzte sich auf das kuschelige Bett und öffnete ihn. In seinem Inneren befand sich nichts weiter als eine Postkarte von *Eastwood Castle*. Sie drehte und wendete sie, doch auch auf der Rückseite stand weder ein Text noch ein Absender. Das Bild auf der Vorderseite zeigte das Schloss mitsamt seiner waldigen Umgebung aus der Vogelperspektive.

Nell schob ein paar Tränen beiseite und betrachtete die Karte genauer. Ihr Blick wanderte neben das Schloss, etwas abseits in den Wald. Sie hielt sich die Karte näher an die Augen und erkannte schließlich das kleine Kreuz, was nachträglich mit einem Kugelschreiber darauf gekritzelt worden war. Vom Weitem wäre es ihr gar nicht aufgefallen. Sie fuhr mit dem Finger über die Einkerbungen, die der Stift auf der Karte hinterlassen hatte, und blickte aus dem Fenster neben sich. Sie musste zugeben, sie war neugierig geworden. Derjenige, der die Karte hier platziert hatte, hatte gewollt, dass sie das Kreuz entdeckte. Da war sie sich sicher. Sie blickte auf den Wald, der vor ihr lag, und dachte angestrengt nach. Und dann, plötzlich, tauchte vor ihr ein Bild auf. Sie konnte sich eigentlich nicht sicher sein, doch irgendetwas in ihr schrie danach, dass sie sich unbedingt auf die Socken machen sollte, um ihrem Verdacht nachzugehen.

Sie sprang vom Bett auf, warf sich ihren Mantel über und griff nach ihrer Handtasche. Dieses Mal würde sie nicht ohne Handy in den Wald gehen.

Draußen schlug ihr erneut eisige Luft entgegen, doch sie war durch ihre Neugierde so erhitzt, dass sie die Kälte kaum wahrnahm. Sie marschierte mit eiligen Schritten um das Schloss herum, während ihr vereinzelt ein paar Gäste entgegenkamen und sie freundlich grüßten. Nell winkte ihnen und setzte ihren Weg fort. Ihr Herz schlug hastig und sie blickte immer wieder auf die Postkarte in ihrer Hand. Was hatte das Ganze zu bedeuten? Sie stellte sich auf einen langen Fußmarsch ein und war dieses Mal sehr genau darauf bedacht, wo sie hintrat. Immerhin konnte sie auf einen gestauchten Knöchel gut verzichten.

Je tiefer sie in den Wald gelangte, desto höher reichte hier noch der Schnee. Der Rest der weißen Pracht schien durch die Strahlen der Sonne allmählich zu schmelzen. Wie wunderbar es hier im Sommer wohl sein musste, dachte Nell verträumt, als sie für einen kurzen Moment verschnaufte und sich in der Gegend umsah. Einige Stellen kamen ihr bekannt vor, wie etwa Bänke oder umgefallene Bäume, an denen sie bei ihrer ersten Tour schon Halt gemacht hatte. Wieder warf sie einen Blick auf die Postkarte und steckte sie sich anschließend in ihre Manteltasche, damit sie sie nicht noch verlor. Zwischendurch warf sie immer mal wieder einen Blick auf ihr Handy. Sie hatte keinen Empfang. Gut, sollte sie also wieder stürzen oder vielleicht wirklich von einem wilden Tier angefallen werden, hätte sie zumindest versucht, erreichbar zu sein. Sie erinnerte sich an Dylans Worte, als sie gemeinsam hier im Wald gewesen waren. *Weißt du was? Vielleicht wäre es besser, wenn du die Nacht tatsächlich draußen verbringst. Dann kannst du wenigstens den Tieren auf den Keks gehen. So wirst du nicht angefallen und hast deine Ruhe.* Vor ein paar Wochen hatte sie sich darüber noch tierisch aufgeregt und hätte ihn am liebsten in der Luft zerfetzt. Doch jetzt stand sie verträumt da und lächelte vor sich hin, wenn sie an die Streitereien zwischen ihnen dachte. Wie sehr sie ihn vermisste!

Schnaubend setzte sie ihren Weg fort und versuchte sich zu erinnern, in welche Richtung sie gehen musste. An einer kleinen Gabelung dauerte es eine Weile, bis sie sich entsann, wo es lang ging, doch auch hier kamen die Erinnerungen wenig später wieder. Nell stapfte durch den Schnee und schlang ihre Jacke fester um sich, denn tiefer im Wald wurde es merklich kälter, da die Sonne es kaum schaffte, durch die Baumkronen zu strahlen.

Während sie weiterging, schaute sie auf den mit Schnee bedeckten Fußboden. Sie konnte keine Schritte oder Fußspuren erkennen. Kurz blieb sie stehen und wurde stutzig. Was tat sie hier eigentlich? War es eine gute Idee gewesen, hier so allein durch den Wald zu stapfen und einer kryptischen Botschaft nachzugehen? Immerhin hätte ihr die Karte jeder zustecken können. Sie war so impulsiv aufgebrochen, vermutlich um sich auch von den traurigen Gedanken an Dylan zu befreien, dass sie gar nicht überlegt hatte, was sie hier eigentlich tat. Allerdings war sie schon so weit gekommen, wollte sie da wirklich wieder umkehren? Nein, dafür war sie einfach zu neugierig. Entschlossen setzte sie ihren Weg fort und wusste, dass sie bald da war.

Plötzlich kam ihr ein Geruch entgegen. Sie schnupperte in der Luft und brauchte einen Moment, um zu überlegen. Es duftete nach Rauch. Nach verbranntem Holz. Nach Wärme. Sie kannte den Geruch. Sie hatte ihn schon einmal eingeatmet. Ein Blick in den Himmel zeigte ihr, dass sie sich auf einer kleinen Lichtung befand. Über ihr zogen leichte Nebelschwaden vorbei. Als sie genauer hinsah, beschloss sie, dass es sich um Rauch handeln musste, was auch den Geruch erklärte.

Mit vorsichtigen Schritten lief sie weiter und erkannte endlich vom Weitem die kleine braune Holzhütte, die sie vor einigen Tagen noch als gruselig empfunden hatte. Jetzt spürte sie ein angenehmes Kribbeln im Bauch, wenn sie daran dachte, dass sie und Dylan sich hier das erste Mal geküsst hatten.

Sie trat näher, die Arme schützend vor der Kälte um sich geschlungen, und blieb einige Meter vor der Hütte stehen. Aus dem kleinen Schornstein kroch der Qualm empor und durch das schmutzige Fenster konnte sie ein schummriges Licht erahnen. Vielleicht war der Besitzer tatsächlich wiedergekommen, wie sie es damals schon überlegt hatte.

Langsam lief sie auf die Hütte zu, stieg die brüchigen Stufen hinauf und legte vorsichtig ihre Hand auf das kalte Holz der Tür. Mit der anderen Hand umfasste sie die Türklinke und betätigte sie.

Warme Luft schlug ihr entgegen, als sie die Tür mit einem Quietschen öffnete und es dauerte einen Moment, bis sich ihre Augen an die ungewohnte Dunkelheit hier im Raum gewöhnt hatten.

Als sie sich umblickte, stellte sie fest, dass sie allein war. Das Feuer im Kamin knisterte leise vor sich hin. Aber etwas war anders. Die Hütte wirkte ordentlich, ja beinahe sauber. Das Bett schien frisch bezogen zu sein, eine Lichterkette war um das Gestell gewickelt und spendete dem Raum dieses angenehm warme Licht.

Etwas verloren stand Nell mitten im Raum und betrachtete stutzig das Bett, auf dem etwas Kleines lag, was sie zunächst kaum wahrgenommen hatte. Erst als sie nähertrat, begann ihr Herz wie wild zu schlagen. Sie griff nach dem kleinen runden Ding und nahm es mit einem Lächeln in die Hand. Sie strich mit dem Daumen über die Schneekugel, die sie und Dylan im Dorf hatten anfertigen lassen. Es zeigte die beiden, wie Nell strahlend in die Kamera blickte und Dylan, noch immer leicht verkatert und müde, versuchte, seine Mundwinkel zu einem Lächeln zu verziehen. Sie lachte und fing gleichzeitig an zu weinen, als sie an das Gespräch mit Dylan dachte, das sie vor dem Trödelladen geführt hatten.

„Oh bitte, Nell. Das ist doch nicht dein Ernst, oder?"

„Warum denn nicht? Die sind doch total süß!"

„Ja, wenn man in den Achtzigern lebt, wo so was noch in war."

„Komm schon, nun sei nicht so. Wir können doch nur mal reingehen und schauen, was es da so gibt."

„Das kann ich dir sagen: Trödel, Kitsch und andere Sachen, die niemand braucht und die nur den Grund haben, den Leuten das Geld aus der Tasche zu ziehen."

„Stell dich nicht so an. Wir brauchen doch eine Erinnerung an diesen Urlaub!"

„Ich könnte auch einfach mit dem Smartphone ein Foto von uns machen."

Tränen liefen Nell über die Wangen und sie drückte diese Erinnerung ganz fest an sich.

„Ich wollte dich nicht zum Weinen bringen", ertönte hinter ihr plötzlich eine Stimme.

Erschrocken fuhr Nell herum und sah Dylan direkt in die Augen. „Dylan! Ich habe dich gar nicht kommen hören", entschuldigte sie sich rasch und ließ die Schneekugel hastig aufs Bett gleiten, als hätte sie sich die Hände an ihr verbrannt.

Dylan schloss die Tür hinter sich und sperrte die Kälte aus. Mit den Händen in den Manteltaschen stand er da und deutete mit einem Nicken auf die Schneekugel. „Verdammt kitschig, diese Dinger."

„Und dennoch beherbergen sie so wunderschöne Erinnerungen", setzte Nell traurig hinzu und steckte ihre Hände ebenfalls in die Taschen ihres Mantels. Schweigend standen sie beide da und sahen sich unschlüssig an.

„Hat man dich aus dem Hotel geworfen und du
wohnst nun hier?“, versuchte Nell die Spannung zwischen ihnen zu lockern.

Dylan lächelte schief und kam einen Schritt näher.
„Du bist zurückgekommen.“

Sie schüttelte den Kopf. „Ich hätte gar nicht erst gehen
sollen.“

„Aber du bist gegangen. Mit ihm“, stellte Dylan leise
fest, doch er ließ sie dabei nicht aus den Augen.

Schulterzuckend stand Nell da und schüttelte den
Kopf. „Ich wusste nicht, was ich tun sollte. Du hast
nicht mit dir reden lassen und ich … ich weiß auch
nicht, was ich da eigentlich angestellt habe. Ich weiß
nur, dass es furchtbar dumm war. Moment mal, woher
weißt du, dass ich mit Greg …“

„Das spielt keine Rolle, ich weiß es eben.“ Dylan ging
an ihr vorbei und ließ sich auf das Bett neben ihr sinken. Vorsichtig setzte sie sich neben ihn und gemeinsam blickten sie auf den Boden vor sich.

„Dylan, es tut mir unfassbar leid, was ich dir angetan
habe. Ich habe dich belogen. Zumindest habe ich dir
nicht alles erzählt. Weißt du, ich hatte Angst, dass du
dich gleich von mir fernhalten würdest, wenn ich dir
erzählte, dass ich eigentlich nur in einer Beziehungspause steckte. Dass da zwischen uns allerdings so viel
mehr sein würde, hätte ich niemals gedacht und dann
war es irgendwann zu spät, um es dir zu erklären. Immer wenn ich vorhatte, dir die Wahrheit zu sagen, war
es entweder zu schön, um diesen Moment kaputtzuma-
chen oder ich war einfach nur feige.“ Sie wischte ein
paar Tränen beiseite und versuchte, ruhig zu atmen.

Dylan schwieg.

„Das alles ist so aus dem Ruder gelaufen und als ich dann mit Greg nach Hause gefahren bin, habe ich gemerkt, dass ich es noch viel schlimmer gemacht hatte. Eigentlich wollte ich nicht mit ihm zurück. Es war mehr die Gewohnheit oder vielleicht auch die Tatsache, dass wir ja nicht offiziell getrennt waren. Zu Hause habe ich dann gemerkt, dass das nicht mehr mein Leben ist." Nell warf Dylan einen unsicheren Seitenblick zu, doch dieser schaute ernst zu Boden.

„Ich wollte ja mit dir reden", erklärte Nell weiter, „aber als du mich ignoriert hattest, hatte ich keine andere Idee außer nach Hause zu fahren."

„Und jetzt bist du wieder hier", stellte Dylan leise fest.

Nell nickte. „Jetzt bin ich wieder hier. Und du bist eigentlich abgereist."

„Und trotzdem bin ich hier."

„Schon komisch, oder? Dass wir beide immer wieder hier im Schloss landen?"

„Oder in dieser gottverlassenen Hütte." Dylan schnaubte leicht und endlich begegnete er ihrem Blick. „Ich war das letzte Arschloch, Nell. Ich hätte dich nicht so anfahren und dir wenigstens die Gelegenheit geben sollen, dich ausreden zu lassen. Aber ich war so wütend auf dich. Und auf mich, dass ich mich von dir überhaupt so habe hinreißen lassen. Ich meine ... das hatte ich bisher noch nie bei einer Frau. Dass sie mich so fasziniert hat. Du hast mich herausgefordert, provoziert und dich gegen mich behauptet. Bisher haben sich die Frauen eher von mir abgewandt, wenn ich mal eine dumme Bemerkung gemacht habe oder so. Aber du ...", er schüttelte ungläubig den Kopf, „... warst einfach anders."

„Ich wollte mich von dir nicht schon wieder klein-
kriegen lassen", erklärte Nell.

„Und das hast du auch nicht."

„Und jetzt habe ich mir deinetwegen wieder die Augen ausgeheult. Aber nicht so wie früher. Heute hat es
andere Gründe."

„Und die wären?" Neugierig schaute Dylan Nell von
der Seite an.

Sie begegnete schließlich seinem Blick. „Heute empfinde ich anders für dich." Sie wurde immer leiser und
atmete angespannt aus.

„Du hasst mich also nicht mehr?" Er stieß sie leicht
mit dem Ellenbogen in die Seite und Nell lachte schließlich. „Nein, heute hasse ich dich nicht mehr."

„Das ist gut."

„Und? Hasst du mich jetzt, nach allem, was passiert
ist?"

Dylan schüttelte kaum merklich den Kopf. „Ich
schätze, ich habe ein bisschen überreagiert. Du hättest
die Chance, es mir zu erklären, verdient gehabt. Aber
ich bin manchmal einfach ein verdammt sturer Esel. Jedenfalls hat Maria mich früher immer so genannt.
Weißt du, das, was in den letzten Monaten vorgefallen
ist – Marias Tod, der Bruch mit meinen Eltern, das war
einfach alles zu viel. Und dann, als ich dachte, dass ich
mit dir etwas gefunden habe, was mich aus diesem
Loch wieder rausholt, sehe ich dich da mit diesem anderen Mann. So vertraut. Und die Blumen ..." Er schüttelte den Kopf. „Als ich dann geahnt habe, dass ihr eigentlich noch ein Paar seid, da wollte ich einfach nur
noch Abstand von dir gewinnen, um es nicht noch

schlimmer für mich zu machen. Vielleicht war ich ein bisschen egoistisch."

„Nein", entschied Nell und griff vorsichtig nach Dylans Hand. Er zog sie nicht weg und sie spürte ein angenehmes Gefühl bei der Berührung. „Das war nicht egoistisch. Du hast viel durchgemacht und ich habe dich am Ende auch noch verletzt. Das verstehe ich."

„Was ist jetzt mit dir und Greg?", hakte Dylan schließlich nach und blickte auf Nells Hand herab, die auf seiner lag.

„Ich habe mich von ihm getrennt. Endgültig", erwiderte sie und versuchte den Gedanken an ihn schleunigst zu verdrängen. Sie spürte nach wie vor noch eine gewisse Schuld, wenn sie an ihn dachte, aber sie hatte sich nun einmal so entschieden. Für Dylan.

„Und du bist zurückgekommen, weil du für das Schloss bezahlt hast und das gute Essen noch bis zum Ende genießen wolltest?", fragte er dann.

Nell musste leise glucksen. „Genau deswegen. Aber ich hatte gehofft, dass wir den Rest des Urlaubes gemeinsam verbringen könnten."

Auf Dylans Mund stahl sich ein flüchtiges Lächeln. „Tja, dumm nur, dass ich ausgecheckt habe."

„Ich zeige dir gern, wie man wieder eincheckt", fuhr Nell schnell dazwischen. „Immerhin habe ich nun schon Erfahrungen damit. Und Mr Brown lässt wirklich gut mit sich reden. Warum hast du eigentlich ausgecheckt? Und kannst du mir bitte einmal erklären, was genau du hier in der Hütte treibst und was es mit dem Ganzen hier auf sich hat?" Die Neugierde, die sie schon befallen hatte, seitdem sie Karte in den Händen gehalten hatte, konnte sie einfach nicht abschütteln.

„Ich sage mal, da war so eine kleine Elfe, die mir in den Hintern getreten hat“, erklärte Dylan und lachte schließlich.

„Und diese Elfe hat dich dazu verdonnert, hier in der Hütte zu schlafen?“, fragte sie ungläubig.

„Ähm … nein, sie hat mir gesagt: Sieh zu, dass ihr beide zueinanderfindet, sonst lernst du mich richtig kennen.“ Er verzog etwas skeptisch das Gesicht.

Nell musste laut auflachen. „Ich glaube, die Elfe kommt mir sehr bekannt vor.“

„Die Elfe kann auch gut mit Blumen umgehen“, erklärte Dylan weiter und lachte nun ebenfalls.

„Piper hat dich also angerufen?“, fragte Nell dann.

Er nickte. „Ja, ganz früh heute Morgen. Sie hat wohl so lange auf den Empfangsmitarbeiter eingeredet, bis er mich endlich ans Telefon geholt hat. Da hat sie mir dann kurz die Hölle heiß gemacht und anschließend erklärt, dass du und Greg nicht mehr zusammen seid und du auf dem Weg hierher wärst. Ich war gerade dabei, meine Sachen zu packen und na ja …“, er zuckte mit den Achseln, „… dann habe ich Nägel mit Köpfen gemacht. Ich bin ins Dorf gefahren, habe all diesen Krimskrams hier gekauft …“, er deutete auf das Bettzeug, „… habe hier für Ordnung gesorgt und bin extra mitten durch den Wald gestapft, damit du meine Fußspuren nicht siehst. Ganz schön schräg, oder?“

Nell unterdrückte ein Lachen und schüttelte den Kopf. „Nein, ganz und gar nicht.“

„Na ja und dann habe ich hier auf dich gewartet. Zum einen aus Angst vor deiner Freundin und zum anderen, weil ich gehofft hatte …“ Er strich mit seinem Daumen über Nells Hand und schaute sie ernst an. Sie schluckte.

„Ich hatte gehofft, dass wir noch einmal von vorn anfangen könnten."

„Das wäre eine wunderbare Idee", stimmte Nell ihm erleichtert zu und spürte, wie eine schier endlose Last von ihren Schultern, ihrem Herzen und überhaupt von ihrem ganzen Körper abfiel.

Ganz langsam kam Dylan ihr schließlich näher, umfasste mit einer Hand ihren Nacken und zog sie dichter an sich heran. Vorsichtig legte er seine Lippen auf ihre. Nell seufzte erleichtert und gab sich dem Kuss hin, der voller Sehnsucht war, als wären sie beide schon eine Million Jahre getrennt gewesen. Sie ließen sich sacht aufs Bett sinken. Sie spürte seine Hand auf ihrem Rücken hinabgleiten, atmete seinen Duft ein und verfluchte im gleichen Atemzug den dicken Mantel, den sie noch immer trug. Plötzlich quietschte sie laut und richtete sich hastig wieder auf. „Autsch!"

„Was ist?", fragte Dylan und blickte sie verwirrt an.

Nell lachte laut, als sie unter sich fasste und die Schneekugel hervorzog. Auch Dylan musste lachen.

„Ich sagte doch, dass diese Dinger einfach nur kitschig sind."

„Aber sie beinhalten eben auch tolle Erinnerungen", schmunzelte Nell verträumt, während sie die Kugel vorsichtig neben das Bett legte.

Dylan drückte sie wieder zurück und küsste sie erneut. „Dann wird es Zeit, dass wir eine neue Erinnerung schaffen", raunte er in ihr Ohr.

Epilog

Piper seufzte genüsslich, während sie mit einem Glas Weißwein in der Hand das Gesicht in die Sonne reckte und die Beine weit von sich streckte. „Es ist wunderschön hier.“

Nell nickte zustimmend und blickte auf den von ihr so geliebten Schlossgarten von *Eastwood Castle*. „Ich bin so froh, dass wir gemeinsam hergekommen sind“, pflichtete sie ihrer Freundin bei. „Allein die Aussicht in der Weg hierher allemal wert.“

„Und diese Ruhe erst. Überhaupt nicht vergleichbar mit dem Stadtleben.“ Piper schob ihre Sonnenbrille ein Stückchen nach oben und schaute ihre Freundin eindringlich an. „Wir sollten uns ein Häuschen hier in der Gegend kaufen und herziehen.“

Nell lachte auf. „Das würdest du nicht wollen. Nach einer Woche würdest du das Stadtleben ja doch vermissen.“

Piper ließ sich in ihren Korbsessel zurücksinken. „Stimmt. Aber als Auszeit ist das hier der perfekte Ort.“

„Genau“, pflichtete Nell ihrer Freundin bei, mit der sie es sich schon den ganzen Nachmittag in der Sommersonne auf der Terrasse des *Eastwood Castle* gemütlich gemacht hatte.

„Und um die große Liebe zu finden", plauderte Piper weiter. „Hast du deine denn gefunden?", hakte Nell feixend nach.

Kopfschüttelnd seufzte Piper. „Noch nicht. Aber heute ist ja auch der erste Tag von vielen. Ich bin da sehr zuversichtlich. Immerhin hast du es auch geschafft."

„Was soll das denn heißen?", fragte Nell und gab ihrer Freundin einen Stoß gegen den Oberarm. „Als ob ich ein hoffnungsloser Fall wäre."

Schulterzuckend vermied Piper den Blickkontakt. „Das warst du ja auch. Neun ganze Jahre lang."

„Komm schon, so schlimm ist es auch nicht, wie du es darstellst."

„Ansichtssache." Jetzt schaute sie Nell mit fragendem Blick an. „Wo wir schon von großer Liebe sprechen, wo bleibt deine überhaupt?"

Nell warf einen Blick auf ihr Smartphone. „Er müsste jeden Moment ankommen. Auf der Arbeit gab es noch ein bisschen was zu tun, deshalb hat er den ersten Zug verpasst", erklärte Nell und schrak heftig zusammen, als neben ihr eine quietschige Stimme ertönte.

„Ladyyys, Nachschub!" Lucy stellte den beiden Frauen ein weiteres Getränk auf den Abstelltisch in der Mitte von ihnen und ließ sich seufzend in ihren Sessel fallen. „Ich sag euch, das werden harte vier Wochen, wenn wir in diesem Tempo starten."

„Niemand hat um Nachschub gebeten", erklärte Piper lachend und deutete mit dem Finger auf die vollen Weingläser.

„Es tut mir leid, aber bis mein Liebster da ist, muss ich mich so gut es geht damit versorgen, denn danach gibt's nur in geheimen Minuten was für mich."

Nell lachte laut und schüttelte den Kopf. „Dass ausgerechnet du und Berti … entschuldige, Bertram meine ich natürlich, mal ein Paar werdet, damit hätte ich ja in tausend Jahren nicht gerechnet."

„Tja", lächelte Lucy verträumt, „wo die Liebe nun mal hinfällt. Aber das müsstest du ja am besten wissen", schob sie noch nach, „denn immerhin hast du bestimmt auch nicht geglaubt, dass du und Dylan mal ein Paar sein würdet."

„Da muss ich Lucy recht geben", pflichtete Piper ihr bei.

Nell sagte nichts, sondern schaute nur lächelnd auf ihre Hände. Es war kaum zu fassen, wie das Leben manchmal so spielte. Dass sie ausgerechnet hier im Schloss, wo sie doch Erholung finden und der Männerwelt den Rücken kehren wollte, sich in Dylan verlieben würde – den Mann, der ihr das Schulleben zur Hölle gemacht hatte – hätte sie selbst niemals geglaubt. Und nicht nur das, sie hatte eine wunderbare Freundin gefunden, mit der sie plante, die die nächsten vier Wochen im Schloss zu verbringen. Und damit nicht genug, denn selbst ihre beste Freundin war mit von der Partie und gemeinsam würden sie die Zeit unvergesslich machen. Nell freute sich auf das, was auf sie zukommen sollte. Sie wollten Wanderungen unternehmen. Durch die Dörfer spazieren und all die wunderbare Landschaft bei schönstem Sommerwetter genießen können, so, wie sie es sich im vergangenen Jahr schon gewünscht hatte, als sie den herrlichen Winter hatte miterleben dürfen.

„Also, da wir beide ja nun unseren Mr Right gefunden haben", begann Lucy schließlich, doch Nell unterbrach sie: „Da bin ich mir bei dir nicht ganz sicher."

Sie brachen in ein lautes Gelächter aus. „Hey! Sei nicht so gemein zu Berti! Du wirst ihn noch besser kennenlernen. Warts nur ab."

„Ich bin gespannt. Erinnerst du dich noch an den Abend, als wir dich vor ihm *retten* sollten?"

Lucy kicherte. „Und ob, erst dadurch ist es ja so eine romantische Geschichte geworden. Immerhin hat er mir, nachdem dein Freund ihn anschließend beim Zigarren rauchen ordentlich abgefüllt hat, so liebreizende Nachrichten geschickt, dass ich nicht anders konnte, als mich noch einmal mit ihm zu treffen. Entschuldige, ich hätte dir ja schon damals davon erzählt, aber du warst mit deiner eigenen Liebesgeschichte so sehr beschäftigt. Nachdem ich ihm dann deutlich gemacht hatte, dass er sich mal den Stock aus dem Hintern ziehen soll, sonst würden wir uns das letzte Mal sehen, hat er sich wohl meine Worte zu Herzen genommen." Lucy lächelte triumphierend. „Ich sag euch, das ist das Schloss der Liebe!"

„Dann gibt's für mich ja vielleicht auch noch Hoffnung", murmelte Piper und trank einen großen Schluck aus ihrem Glas. „Wo ist der Mann deines Herzens denn jetzt?"

Lucy schaute auf ihre Armbanduhr. „Er müsste bald anreisen. Oh, apropos anreisen, schaut mal, wer da kommt!" Lucy deutete mit einem Kopfnicken hinter

Nell, die mit klopfendem Herzen ihren Kopf zur Seite legte und da erblickte sie ihn. Den Mann, der ihr Herz so viel höher schlagen ließ, dass es ihr beinahe aus der Brust sprang. Dylan kam mit einem schiefen Lächeln auf sie zu und Nell erhob sich.

„Dylan, da bist du ja schon!"

„Jap, und ich habe jemanden mitgebracht." Er deutete mit dem Daumen hinter sich und auch Bertram kam auf die Terrasse. Er nickte den anderen zu und Lucy schoss von ihrem Platz auf und warf sich ihm in die Arme. Ein wenig überrumpelt erwiderte er die Umarmung jedoch und schließlich stahl sich ein zufriedenes Grinsen auf seine Lippen. Nell musste breit lächeln, als sie die beiden beobachtete. Verrückt, wie das Leben manchmal so spielte ...

„Ich hab dich vermisst", flüsterte Nell und gab Dylan einen Kuss auf den Mund. Sie waren jetzt seit etwas über einem Jahr ein Paar, aber sie hatten sich entschieden, es langsam angehen zu lassen. Das hieß auch, dass sie bisher noch nicht zusammen wohnten, aber auch diesen Schritt würden sie bald gehen. Jetzt war erst einmal das Schloss für die nächsten vier Wochen ihr Zuhause und Nell freute sich unglaublich auf die gemeinsame Zeit.

„Ich habe dich auch vermisst. Und wenn ich dich jetzt bitten dürfte ... kommst du bitte einmal mit mir?"

„Aber du bist doch gerade erst angekommen." Skeptisch beäugte Nell ihren Freund, der sie amüsiert musterte.

Nell seufzte. „Also gut." Sie wandte sich zu den anderen um.

„Geht nur, ihr braucht keine Rücksicht auf mich zu nehmen", nahm Piper ihr lächelnd vorweg und hob ihr Glas in die Höhe. „Ich habe ein Buch dabei, ein Glas Wein und vor allem eine wunderbare Aussicht." Dabei deutete sie allerdings nicht auf den Schlossgarten.

Nell folgte ihrem Blick und entdeckte einen gutaussehenden blonden Mann, der sich gerade – wohlbemerkt allein – an einen Tisch setzte und sich einen Kaffee bestellte. Nell lachte laut und ahnte, worauf das hinauslaufen würde.

„Gut, komm Dylan. Ich denke, wir sind alle bestens beschäftigt."

„Sehen wir uns heute Abend zum Essen?", fragte Lucy in die Runde.

„Klar, und nun macht, dass ihr verschwindet. Ich habe zu tun", scherzte Piper und deutete wieder auf den blonden Mann, der ihren Blick in diesem Moment mit einem Lächeln erwiderte.

„Bis heute Abend, Leute", rief Dylan in die Runde und zog Nell an den Händen mit sich.

„Also, wohin entführst du mich?", fragte sie neugierig.

„Lass dich überraschen. Aber ich denke, du solltest dir deine Wanderstiefel schnappen. Der Weg kann ein paar Minuten dauern."

Und da ahnte Nell, wohin Dylan sie lotsen wollte. Lächelnd folgte sie ihm und spürte dieses aufgeregte Kribbeln in der Magengegend, was sie immer empfand, sobald sie in seiner Nähe war, seine Stimme hörte oder einfach nur an ihn dachte. Dass Dylan aber vorhatte, ihr das kleine Kästchen zu überreichen, was er noch vor der Anreise schnell beim Juwelier abgeholt hatte, ahnte Nell in diesem Moment noch nicht.

Ende

Danksagung

An dieser Stelle möchte ich mich unbedingt bei so vielen großartigen Menschen bedanken. Fangen wir mit meinem Mann an. Ja, ganz richtig gelesen, aus dem „Freund", den ich sonst immer erwähnt habe, ist nun mein „Mann" geworden. Daher möchte ich mich von ganzem Herzen bei ihm für seine Unterstützung bedanken. Ohne dich, Lars, wäre das gar nicht möglich gewesen.

Natürlich war wie immer meine Familie eine Riesenunterstützung für mich, sodass ich diese natürlich nicht unerwähnt lassen möchte! Vielen lieben Dank euch allen, dass ihr mir immer so gut zuredet und mir helft, wo auch immer ihr könnt.

Liebe Francesca, auch dir möchte ich von Herzen danken, denn immerhin hast du so viel Zeit und Geduld in diesen Roman investiert, und warst immer für meine Sorgen da, hast großartige Ideen mit eingebracht und dir meine Bedenken angehört. Tausend Dank dir für diese tolle Zusammenarbeit! Und natürlich auch einen Riesendank an das ganze Team des Verlags, was dieses wundervolle Buch gezaubert hat.

Ach Astrid, auch mit dir war es wieder einmal wunderbar zusammenzuarbeiten. Ich danke dir für deinen Input und deinen Einsatz, die mir gegeben hast.

Aber das ganze Buch wäre niemals das geworden, was es nun am Ende ist, wären da nicht meine wunderbaren Testleserinnen gewesen. Ihr alle habt dazu beigetragen, dass ich diesen Roman noch einmal umgekrempelt und nach so langer Zeit mit einem guten Gefühl beendet habe. Ihr seid einfach super! Und dafür möchte ich mich von ganzem Herzen bei euch bedanken.
Meine lieben Leser und Leserinnen – natürlich habe ich euch nicht vergessen. Aber wie sagt man? Das Beste kommt zum Schluss! Ihr macht es möglich, dass ich meinen Traum erfüllen konnte und jetzt diese Zeilen hier tippen darf. Wahnsinn, wie viel Kraft und Motivation ihr mir gebt und dafür erhaltet ihr selbstverständlich ein riesengroßes Dankeschön!
Ich hoffe, wir lesen uns ganz bald wieder.